嶋中 潤

死を招く

RDS
E LEAD TO
TH

JUN SHIMANAKA

装幀　川谷康久
装画　シマ・シンヤ

登場人物

東日本成人矯正医療センター函館分院のスタッフ

医療部　医師

金子《かねこ》由衣《ゆい》：旅行と食べ歩きの趣味に最近釣りが加わる。専門は呼吸器外科。

中村《なかむら》威一郎《いいちろう》：仙台の病院から転職してきた生真面目な若手医師。専門は精神科。

熊谷《くまがい》比呂志《ひろし》：医療部長。釣りが生きがい。専門は皮膚科。

鈴木《すずき》潤三《じゅんぞう》：院長。東京の東日本成人矯正医療センターにも籍を置く。専門は消化器外科。

医療部　看護師

岡崎《おかざき》芙美《ふみ》：分院設立時から勤務。小学生の娘を育てる看護師。

北条《ほうじょう》珠緒《たまお》：二年前の春に退職。娘の千波《ちなみ》から孫娘の世話を頼まれイタリアへ。元看護師。

処遇部　刑務官、他

森川《もりかわ》詩織《しおり》：社会福祉士の資格を持つ福祉専門官。由衣の飲み友だち。

富樫《とがし》三樹夫《みきお》：堅物の刑務官。

島岡《しまおか》健介《けんすけ》：春に特別司法警察官に任命された刑務官。

受刑者

サリタ・チャテルジー：インド人。ストーカー規制法違反で懲役六ヵ月。
グエン・ティ・ラン：ベトナム人。技能実習生として来日。傷害罪で懲役一年八ヵ月。
ジョセフ・カールソン：アメリカ人。『ナザレの聖人』の教団幹部。監禁罪他で懲役四年。

その他

桜井《さくらい》 美帆《みほ》：二浪で函館医科大学に合格。由衣が家庭教師をしていた。
大久保《おおくぼ》 麻耶《まや》：インド出身。大学のベンガル語講師。日本人男性と結婚。北海道在住。
高田《たかだ》 清美《きよみ》：弁護士。ランの裁判他、外国人を被告とする裁判で弁護士を務める。
倉本《くらもと》 颯太《そうた》：函館東署の刑事。
髙橋《たかはし》 芳隆《よしたか》：熊谷の釣り友だち。日本料理店『夢咲』の店主。
ファム・ヴァン・ハイ：ベトナム人。ランの幼馴染みで同じ技能実習生として来日。

＊お断り＊
受刑者という言葉は「刑を受ける者＝裁判で刑が確定した者」ですが、医療刑務所には拘置所などに収容されている未決拘禁者（被告人および被疑者）も時に入所します（本書の坂上敏江）。よって、医療刑務所に収容されている者は正確には「受刑者および未決拘禁者」とすべきですが、本書ではほぼ受刑者であるため「受刑者」に統一しています。

プロローグ

「どれくらい？」

「十ヵ月。いや半年」

いったい何度、同じ質問をしただろう。けれどもつい口にしてしまう。

「散歩しようか」

乾いた風が肌をくすぐる。誘われるようにベンチから腰を上げた。今日のデートコースは皇居周辺。目に鮮やかな芝生と松の植えられた公園が広がり、水をたっぷりたたえた濠《ほり》の前には玉砂利が敷かれている。

「あれは何？」

石造りの重厚な橋。眼鏡《めがね》に似たその橋の右奥に、尖《とが》った灰色の屋根と白い壁の建物が見えた。それは公園を取り囲むように建ち並ぶ高層ビルとはまったく違う形をしている。

「江戸城……オールド・キャッスルの一部。百五十年以上前、将軍が暮らしてた」

日本語はまだ半分も理解できない。だから怪訝《けげん》な顔をして見せると彼は英語を交えて説明してくれる。そんな小さな心づかいがとてもうれしい。

「将軍。知ってるわ。映画で観《み》たから。腰にカタナを差して。おもしろい形の髪をした」

「ちょんまげ」

「それ。家族全員で観たの。その時は日本にくるなんて思いもしなかった」

ここであなたに会って、あなたを好きになって、あなたとこうして手をつないで散歩して。

ざくりざくりと、足を進めるたび靴底から砂利を食《は》む感触が伝わってくる。

「ごめんなさい」

背後からの声に振り返ると、駆け寄ってきた男の子がスカートの裾《すそ》をつかむ。何がおかしいのか、大きく口を開けて笑いかけてくる。

「ダメよ」

薄緑色のリネンのカーディガンを羽織《はお》った女性が男の子を抱き上げ頭を下げる。

柔らかな陽射《ひざ》しの下、談笑しながら歩くカップル。日傘をかざす女性たち。結婚して、子どもを産んで家庭を築く。むずかしくはないはずなのに……。丸い地球の上、多くの人間たちはそうやって暮らしているのだから。

「カレーはやっぱり手で食べるほうがおいしいかな？」

「カレーを？　どうして？」

「今度食べる時は一緒に手で食べよう」

歩き出すと突然、手をぎゅっと握りしめてそんなことをいう。

どうしたの？　そう思って見つめると彼が続けた。

「必ず迎えに行くよ」

1

「どうですか、調子は？」

解錠してもらい五階の部屋に入った金子由衣《かねこゆい》は、ベッドで横になるサリタに話しかけた。

ここは函館《はこだて》市にある医療刑務所。東京・昭島《あきしま》市にある東日本成人矯正医療センターの分院で、主として北海道や東北地方にある矯正施設に収容されている受刑者を診《み》ている。つまり収容者は成人男女を問わないばかりか、高齢者はもちろん外国人にまで及ぶ。ちなみに医療刑務所は、法務省矯正局が管理監督を行う矯正施設の一つで全国に四ヵ所。東京の他は愛知県岡崎《おかざき》市、大阪府堺《さかい》市、それに福岡県北九州市にある。

午前の回診。寝返りを打つサリタ・チャテルジーはインド・西ベンガル州生まれ。体格はほぼ日本人女性と同じ。平たい顔の日本人と違い、目鼻立ちはくっきりとして彫りが深く唇《くちびる》が厚い。瞳《ひとみ》は茶色。睫《まつげ》は長く肌は茶褐色で、健康的に日焼けしたように見える。

このサリタが分院へ送られてきたのは雪解け間近、啓蟄《けいちつ》の頃。

「ちょっといいかな」

三月のその時、由衣に声をかけてきたのは医療部長の熊谷比呂志《くまがいひろし》だった。

「栃木刑務所の医務課から連絡があった。肺動脈性肺高血圧症の患者を診てほしいそうだ」

医療部長室へ入るや否や熊谷はそういった。

病名を聞くとすぐに理解した。自分を主治医にすべく声をかけたであろうことを。分院に籍を置く医師は院長以下、わずか六人。春に、消化器内科が専門の四十歳の新人が着任したが、呼吸器系の専門医は自分しかいない。

「正月明けに話をした二十代の女性ですか?」

「その患者だ」

「中リスクだったので内服で様子を見ることにしたはずですが?」

「どうも悪化して持続点滴が必要なレベルになったらしい。外部の病院に入院させる方向で調整していたが、主治医になるはずの専門医が体調を崩して休職してしまったという説明だ。院長にも相談したが、運よく一部屋空くから受け入れてはどうかと」

「つまり主治医になれと?」

「君の専門だからね」

「悪化したというならもちろん診ます」

「担当してくれるわけだね。ありがとう」

「ありがとうも何も、入院が必要な肺高血圧症の女性ですから」

この病気では、心臓から肺に血液を送る「肺動脈」の血流が悪くなるため肺動脈の血圧が高くなる。結果、心臓に負担がかかり、息切れや足や全身のむくみ、それに失神や喀血《かっけつ》といった症状が出る。発症頻度は百万人当たり一人から二人程度と非常に希《まれ》。男女比では女性が男性の二倍近く高く、年齢的には七十代から八十代が多い。現在三百種類以上存在する指定難病の一つで放置しておけば命をも奪う。発症してしまうと予後は極めて不良。しかしながら前世紀末、特異的効果を示す治療薬が開発されたことで状況は劇的に好転。適切な薬剤を選択・処方することで生存の確率は驚くほど改善された。とはいえ薬剤はいずれも高額な希少疾病用医薬品であるため、主治医の判断だけでは利用できないという厄介な代物でもある。

「ところでどんな患者さんなんですか？」

「どんな？　罪状はストーカー規制法違反だが、体調は入所前から悪かったらしい」

「入所前から？」

「ここからは本人の話だが、去年の夏頃、動悸《どうき》や喀血さらに失神といった症状が出たので病院へ駆け込んだ。そこで生まれてはじめてという健康診断とともに検査を受け、肺高血圧症の疑いありと診断された。ところがその後何もせず放置してしまったと」

「生まれてはじめてって……もしかしたら」

突然、悪夢が頭をもたげた。似たような患者を以前診た。それはモンゴル人の……。

「心配はない」

由衣の不安を遮《さえぎ》ると熊谷が胸を張る。

「最新の翻訳機二台分の予算は確保してある。またこれとは別に通訳のアルバイト代も予算計上した。必要ならいつでも東京のセンター経由で府中刑務所に依頼できる。完璧《かんぺき》だ」

通訳や翻訳といった人材は、日本人と異なる処遇を必要とする外国人受刑者、いわゆる「F指標受刑者」を収容する施設で募集する。北海道では札幌《さっぽろ》刑務所が該当するが、分院は組織的には東京のセンターの傘下にあるので多くはセンターのやり方に準じている。

「モンゴル語で嫌というほど苦労しました。同じような苦労はしたくありません」

何一つ詳しい話を聞かされたわけではないが早々に白旗を揚げた。熊谷が口にする「完璧」など信じられるはずがない。

逃げ腰と思われる消極的考えや態度はマイナス。どのような場面でも積極的に取り組むことが必要。常日頃、前向きに考えることが正義。そう刷り込まれ「困難こそ成長の糧《かて》」と信じる由衣だったが、それでも辞退したかった。

「いくら翻訳機があっても、症状の微妙な言い回しは訳せません。患者が説明する症状も正しく伝わりません。モンゴル語の時は優秀な通訳の方を見つけられましたけど、だからといって」

先は続かなかった。何より腹立たしいのは、外国人とは一言も告げず、肺高血圧症という呼吸器疾患を口にして主治医を引き受けるよう仕向けたこと。熊谷の得意技に簡単に引っかかってしまった自分にも腹が立った。これまで何度も痛い目に遭っているというのに。

「怒らない、怒らない。昨今の翻訳機の性能は指数関数的に進化してる。購入予定の翻訳機は高性能AIと連動した双方向型で百ヵ国以上の言語に対応する優れものだ。もちろんベンガル語にも対応してる」

「ベンガル語?」

「肺高血圧症の彼女、インド国籍を持つベンガル人ということだ。今やインドは中国を抜いて世界一、何と日本の十倍以上の人口を有している。これほどの国だから、言語も州ごとに公用語が決められてるらしい。もちろんこのベンガル語もその一つで、その言葉を操っているのがベンガル人。ちなみにインドの東隣のバングラデシュの国語でもあるらしい」

「不勉強で恐縮ですがすべてはじめて聞きました。ところでそれが何か？」

「日本の人口の倍以上の二億六千五百万人もの人々がベンガル語を日常会話に使っている。それだけ多くの人が使う言語を自動翻訳するわけだから精度は高いに決まってる」

どこから仕入れるのか妙なことだけはよく知っている。だが、こじつけとすら思えぬわけのわからぬ説明にはあきれるばかりだった。

「二十代女性の肺高血圧症だからね。希な症例だ。君にとってもよい経験になると思う」

「……わかりました。引き受けます」

「それを聞いて安心したよ。よろしく頼む」

議論をしてもしかたない。医療部長室を出る時には怒る気も失《う》せていた。また体《てい》よく丸め込まれてしまった、と。

振り返ってみれば、こんな不毛な会話をして主治医になってから早くも三ヵ月が経《た》っている。

『どうですか、調子？』

サリタとの出会いを思い出していた由衣はもう一度、今度はベンガル語で話しかけた。

「今日、グッド」

目を開けたサリタが二度、三度、瞬きしながら身体《からだ》を起こす。

「平熱で血圧も正常。薬も欠かさず飲んでます」

背中からベテラン看護師の岡崎芙美《おかざきふみ》が教えてくれる。

「胸を見せてください」

ゆっくりと話しかける。

ようやく来日三年となるサリタは日本語を完全には理解できない。それでも由衣はまずは日本語で話しかけるようにしている。少し待ったが答えがないので、自作の「用語集」を開き、ベンガル語と英文を併記した短文を見せる。胸の辺りを指さすと意図を察したのか布団をまくり上げる。由衣に続いて芙美がベッドに近づき、上着をめくりあげる動作をするとサリタが従う。うなずきかけた由衣は聴診器を胸に当てると心音、呼吸音を聴き、肺の調子を探った。

『呼吸、苦しくない？』

『だいじょうぶ』

ベンガル語の短文を見せるとベンガル語で答えてくる。

入院してからは毎日、血管拡張薬を服用させている。はじめの四週は日に三回、五週目以降は日に二回。薬との相性もよいようで症状はかなり改善した。とはいえ、塀の外へ出ても薬は一生飲み続けなければならない。

『だいぶよくなったわね』

何とか覚えたベンガル語で話しかけたがサリタはにこりともしなかった。

それが性格によるものなのか、サリタはほとんど感情を表に出さない。うれしいのか、悲しいのか。好きなのか、嫌いなのか。笑いたいのか、怒りたいのか。痛い時にはさすがに顔をゆがめるがそれ以外、心の内を見せることはなく想像するしかない。日本人ではないのでなおさら何を考えているのかわからず、時に苛立《いらだ》ちを覚え言葉がきつくなってしまう。

「まもなく出所ね」

部屋を出る時、声をかけたがやはり答えない。それどころか顔を背けてしまう。「出所」という日本語はこれまで何度も使っているから知らないはずはないのに。

「サリタさん。いつものことですけど全然うれしそうな顔を見せませんね。薬が効いて体調はよくなってるのにまったく元気がなくて」

芙美が口にしたのはエレベーターで一階まで下りてからだった。診察室へ続く廊下には、鉄格子の嵌《は》められた窓を通して初夏のさわやかな陽が射《さ》し込んでくるが気持ちは湿りがちだった。

「珍しいですよね。ほとんどの人は一日でも早く自由になりたい。そう願ってるのに」

「これまでに出所を拒《こば》んだ患者さんいました？」

芙美が首をかしげる。由衣の分院勤務は四年にも満たないが、芙美は開所当初からのメンバー。十年以上の経験がある。

「たしかに二人ほどいました。でもどちらも七十歳を超えた方で、外へ出ても家族は誰一人温かく迎えてくれないし、仲の良かった友人もすでに皆亡くなっているからと。それなら出所などせず、塀の中で暮らすほうがいいって」

「そうでしたか。そういう状況なら喜べませんね」

待つ者が外の世界にいない。そうした受刑者も相当数存在する。最も困るのは刑務所の方が暮らしやすいと考え、再び犯罪に手を染めること。刑務所に戻るためスーパーで万引きする者もいる。社会から孤立し、身の置き場がない者にとって、出所は悲しいかな喜びとはならない。自業自得ということもできようが、どうにもやりきれない現実がそこにはある。

最新の犯罪白書によれば、二〇二二年刑務所にあらたに入所した一万五千人弱のうち半数強は再入者。五度以上の者も四人に一人ほど存在する。男女別では男性のほうが再入者率は高いが、女性も五割近く存在する。就労状況では再入者は男性では七割強、女性では実に九割近くが無職。再犯者が多い罪名は、よく知られているように窃盗や覚醒剤取締法違反《かくせいざいとりしまりほう》などとなっている。

また分院にいる者を病人と考えれば別の思いも浮かぶ。何かといえば、塀の外へ出た途端無茶な生活をはじめる者も少なくないということだ。分院では病人として扱われるため無理をさせられることはないが、外でも同じとは限らない。出所の際、今後の生活態度や生活環境についてしっかり説明して送り出しているが、実践するかは本人次第。祈るしかない。

「サリタさん、日本に家族はいるわけでしょ？」

「いたとしてもストーカー規制法違反で逮捕され懲役刑ですからね」

芙美が残念そうに続ける。

「マスコミに大きく取り上げられなくても、周囲の人に隠しとおすのはむずかしかったと思いますよ。それを思えば、一家の面汚しと疎《うと》まれ縁を切るといわれてしまったかもしれません」

「親しい友人はいなかったのかしら？」

「どうでしょう？　由衣さん、面会者とか知りません？」

受刑者が全国のどの刑務所に収容されているかは、受刑者本人が手紙で知らせない限り外部の者は知りようがない。それは家族とて同じ。面会を希望し法務省や刑務所に問い合わせても教えてはくれない。弁護士に依頼し法令に基づき照会をすることは可能だが「正当な理由が認められれば開示する」という扱いなので必ず認められ、教えてもらえるわけでもない。

手紙の授受も事前申請や登録が必要で、誰とでも自由にやり取りできるわけではない。

とはいえ面会、手紙どちらであっても必ず受付はなされるから記録だけは身分帳に残る。

「……分院に移ってからの面会はないはずです。栃木ではわかりませんけど」

「そうでしたか。でも手紙は時々きてるみたいですね。ベッド脇《わき》に置かれてますから」

「私も見ました。つまり誰かとそれなりの交流はあるということですね。もしそうならきっと会いたいでしょうけど。身分帳に記録が残ってるはずだから調べてみます」

「それより詩織《しおり》さんに聞けばいいんじゃないですか。出所後の相談をしてるはずですから」

飲み友だちの森川《もりかわ》詩織は社会福祉士の資格を持つ福祉専門官。処遇部で受刑者の出所後のケアを専門にしている。詩織なら、サリタが浮かない顔をする理由を知っているかもしれない。

「ところで話は変わりますけど明日の午後、ランさんの面談あるので準備お願いします」

「たしか四時から?」

「その予定です」

福島刑務支所からきたグエン・ティ・ランはベトナム人女性。昨晩、電車遅延で深夜の到着となりゆっくり話せなかったが、当直だったので顔合わせだけはすませた。本来なら木曜の今日、じっくり話す予定だったが午後は休みのため明日に延ばしている。

「それにしても外国人の患者さん増えましたね。由衣さん、何人目ですか?」

芙美がため息交じりに口にする。

「三人目です。はじめがモンゴルの方。二人目がサリタさんで三人目がランさん」

「今年もまだ半年近くありますからね。もしかしたらあと一人、二人、診ることになるかもしれませんね。できれば英語くらい話せる患者さんがいいんですけど」

その言葉は由衣の気持ちを代弁したものでもあった。

刑務所にも外国人が入所する時代になった。

新規に入国する外国人の数は、十年ほど前の二〇一三年以降急増。六年後の二〇一九年には約二千八百四十万人を数えたが、その後感染症の影響で減少。それでも二〇二三年には約二千三百七十五万人まで回復した。なお同年の在留外国人数は中国人、ベトナム人、韓国《かんこく》人を中心に約三百四十一万人。

他方犯罪白書によれば、二〇二二年の外国人による刑法犯の検挙人員は約八千七百人。刑法犯の検挙人員総数に占める外国人比率は約五・一パーセント。罪名別では窃盗が約六割、次いで詐《さ》欺《ぎ》・暴行、傷害となっている。

由衣がはじめて主治医を務めた外国人患者は、六十歳に手が届こうという髪の薄い無口なモンゴル人男性。モンゴル語などまったくわからず、相手も日本語を話さない。そんな状況だったので、モンゴル語の辞書を片手にネットの翻訳ソフトを活用して独自の用語集を準備した。

二人目となったベンガル語を話すインド人のサリタの場合、前回の経験を活《い》かし早々に用語集準備に取りかかった。はじめてふれる言語だったので、会話に必要となる単語や短文をベンガル語、英語併記で作成した。翻訳機があるとはいえこれだけで用がすむことはない。前任者がいなかったため一からの作業となったが、サリタが在所しているので現在進行形で利用し更新を重ねている。

恥ずかしい話だが、サリタを診るまで、ベンガルと聞いて真っ先に頭に浮かんだのはＴＶで見たベンガル・トラだった。黄褐色に黒の縞《しま》模様で彩《いろど》られたベンガル・トラは耳をピンと立て、雄々しくがっしりした身体で周囲を睥睨《へいげい》するように歩いていた。その姿は圧倒的で、百獣の王と教えられたライオンより数段立派に見えた。

このベンガル・トラは主としてインドやバングラデシュに生息しているようだが、ベンガル語やベンガル文字を使うベンガル人も同様に、バングラデシュおよびインド東部の西ベンガル州やビハール州などに暮らしているという。ちなみにバングラデシュに暮らすベンガル人の多くはイスラム教徒だが、西ベンガル州出身のサリタはヒンドゥー教徒ということだった。

不安は今でも尽きないが、日常の挨拶《あいさつ》や毎日の呼びかけはわずかながら理解できるようだった。繰り返しのやり取りで、お互いが少しずつ近づいていることは実感できた。

そしてこのたび、三人目の外国人となるランの主治医も務めることになった。ベトナム人はこれまでにも数名が入院しているので用語集もそれなりに整備されている。ランは中級レベルの英語も話すようなので、意思疎通はサリタより楽なはずだった。

2

金曜の昼時。信号待ちで自転車をおりた由衣は日陰に避難した。今日も好天。青空が広がるのはうれしいが太陽が昇ると気温も上がる。信号が変わり自転車を漕《こ》ぎ出すとすぐに汗がじっとりにじんでくる。気持ち悪いことこの上ない。

「金子君」

午後からの登院。着替えをすませ診察室へ向かうところだった。声をかけてきたのは院長の鈴《すず》木潤三《きじゅんぞう》。専門は消化器外科。

「福島からきたベトナム人女性、気持ちよく主治医を引き受けてくれたと熊谷君から報告があったよ。ベンガル人女性に続いてとなるが、どうもありがとう」

熊谷からは「気持ちよく引き受けた」と、気を利かせた説明がなされたらしい。

「中村《なかむら》さんが中国語、熊谷さんもタガログ語の患者さんを診てらっしゃいますから当然です」

優等生の答えをした。

「そういってもらうと助かるよ。それにしても外国人も増えたね。英語はもちろんスペイン語に中国語。タガログ語とタイ語に続いて今度はベンガル語とベトナム語。次は何語だろうね」

「ベンガル語に関しては日本人の倍以上、二億六千五百万人もの人々が日常会話に使っていると教わりました。それでもインドの人口から考えたら少ないほうだと」

「熊谷君からの情報だね。すると次はヒンドゥー語かもしれないね」

院長は驚きを言葉にした。

「それからつい先ほど、そのベトナム人女性に関してセンターから連絡が入った。何でも札幌地裁で開かれる裁判に証人として出廷させたいということだ」

「ちなみにどちら側の？」

「弁護側証人という話だ。遠からず弁護士が相談にやってくるはずだから会ってくれ。仮に手術が必要となると、裁判との日程調整がむずかしくなる」

そういい残すと院長はそのまま一人廊下を歩いていった。

「由衣さん。登院早々すみませんけど、四時に面談予定のランさん、どうも痛みがひどいみたいなんです。朝食も昼食もほとんど手を付けなくて」

診察室に入ると芙美が慌てた調子で話しかけてきた。

「それなら二時からにしましょう。動くのもつらいでしょうからこちらから部屋へ向かいます」

「それがいいですね。ところでベトナム語……準備だいじょうぶですか？」

「中村さんから借りた用語集に、婦人科の言葉を追加してきました。とりあえず今日のところはそれを使ってみます。英語も多少話せるみたいだし、翻訳機もあるから」

答えながらも一昨日の晩、はじめてランと顔を合わせた時の衝撃を思い出していた。

女性刑務官の見つめる先、ランは診察室の椅子《いす》にうつむき加減に座っていた。身に着けていたのはお揃《そろ》いの薄ピンクの長袖《ながそで》とスラックス。横顔は髪で隠れ、はっきりと見ることはできなかった。そこで正面に腰かけ声をかけた。

ゆっくりと顔を上げるラン。

一目見て息が止まった。そこに見たのは、美人という月並みな褒め言葉などまったく意味をなさない驚愕《きょうがく》しかできない存在だった。視線を外すことができず、目に見えない何かに取り憑《つ》かれたようにしばらくの間、瞬《まばた》きもせず呆《ほう》けたようにただじっと見つた。

人間というのはここまで美しく存在できるものなのか。心に灯《とも》ったのはそんな思い。美を追い求める芸術家が夢見る幻想の中にしか存在しえない、実在してはならない者だった。

肌の色は日焼けしたような薄い小麦色。刑務所で化粧は許されない。つまりスッピンなのだが、ランの肌は生まれたばかりの赤ちゃんのように汚れやくすみが一切なく、なめらかなのに瑞々《みずみず》しい張りをたたえていた。髪はショートだったが艶《つや》があり不思議なことに黒いのに透明感がある。鼻は大きすぎず小さすぎず、まさにそうであるべき形をしていた。

だが何より人を惹《ひ》き付けてやまないのは愁いを帯びたその目に違いなかった。神秘的という他、表現のしようがない切れ長の大きな目。虹彩《こうさい》はヘーゼル。後日、ヘーゼルは日本語で「榛《はしばみ》色」と表現されると知ったが瞳孔《どうこう》に近い部分が茶、その周囲が緑という二色が混じる謎《なぞ》めいた色合いをしていた。

「先生、先生」

恥ずかしながら、芙美から声をかけられるまで何一つ言葉を発することはできなかった。そこにあったのは同じ女性として、羨《うらや》ましいという平凡な感情すら抱かせない、圧倒的で恐ろしいほどの美だった。

一昨日の顔合わせはほんの一、二分。本格的な診察は今日から。ベトナム語の準備はしてきたものの、どこまで意味のある話ができるのかはやってみなければわからない。

「由衣さん。まもなく二時です。先に行って準備してます」

芙美が一足先に診察室を出ていく。カルテに向かっていた由衣も腰を上げた。

ランの部屋は五階の501。一年ほど前までは覚醒剤取締法違反の女性が使っていたが末期の胃癌《いがん》で出所直前に獄死。次の住人は三十代の拒食症患者だったが、こちらは治療が功を奏しつい先日札幌刑務支所へ戻っていた。

エレベーターを降り二重の鉄格子を抜ける。刑務官に従いながら呼吸を整える。思いを寄せる男性に会う時もこんなに緊張したことはない。不思議なことに気持ちも高ぶる。

解錠してもらい部屋の中に入ると、ランはすでに身体を起こしていた。一昨日同様、視線を落としたまま険《けわ》しい表情をしている。気のせいか顔も尖って見える。すると信じられないことに、これまで一度として抱いたことのない庇護《ひご》欲とも思える感情がわき上がった。できることは何でもしてあげたい、と。それは自分でも信じられない心の動きだった。

『さっそくですけど体調を教えてください。食事もほとんど手を付けなかったようですけど』

戸惑いながら、そうした感情を悟られぬよう用語集を手にする。平静を保《たも》つよう自分に言いきかせながらまずは英語で問いかけてみた。

『おなか、痛い』

刑務官や芙美に見つめられる中、ランは顔をゆがめ、右手で下腹をさすりながら小声で返してきた。英語だ。

『おなかのどのあたりが、どんな感じで痛むの？』

今度は用語集を見せながら問う。だが返されたのはベトナム語。意味がわからなかったので、用語集にある「痛みの種類」などの表現を見せ、そこから選ぶよう英語で説明すると、ランは『左側の下腹部。張りがある。差し込むような痛み』を指した。

引き継ぎで手渡されたカルテを見ながら、引率してきた刑務官に普段の様子をたずねた。カルテには「超音波検査の結果、卵巣に嚢胞《のうほう》性の腫瘍《しゅよう》が認められる」とある。

「……食欲不振は一ヵ月ほど前からひどくなってきました」

「食事は毎回？」

「最近は、朝食だけでなく夕食も完食はできません。動きが緩慢で、痛みがひどいようです」

分院にきた以上、まずは精密検査をしてきっちりと痛みの原因を探る必要がある。

『横になって、お腹《なか》を見せて』

ベトナム語を見せると、ランは横たわり自分で服をたくし上げ胸と腹をさらす。

触診しようと手を伸ばしかけた由衣の動きが止まった。すぐ脇の芙美が同時に息を飲む。右の鎖骨から乳房にかけ蚯蚓《みみず》腫《ば》れのように盛り上がった傷痕《あと》が複数見て取れた。左胸は、その顔と同様に整い、見事な形をしているのとは対照的だった。

気持ちを落ち着けるとランの左下腹部に手を当てゆっくり腫瘍をさぐる。卵子を蓄《たくわ》え、女性ホルモンを分泌する卵巣の大きさは正常なら親指の先ほど。数センチ程度だ。けれども体液や脂肪が溜《た》まって肥大化すると、ひどい時はこぶし大以上になる。慎重にさぐってみたが、腫瘍は手にふれるものの瘤《こぶ》のように固くはない。卵巣癌《がん》ではないように思われた。

「どれくらいの入院になりますか？」

芙美に連れられランが検査へ向かう。たずねてきたのは、ランの背中を心配そうに見つめる女性刑務官だった。

「腫瘍があるのは間違いありませんが、良性悪性の判断は、手術で摘出した腫瘍を病理組織検査に出さないとわかりません。囊胞性腫瘍の場合、多くは良性ですが悪性がないわけではありません。仮に悪性で手術することになると、一ヵ月は戻れないと思います」

「そんなに長く……」

「それから小耳にはさんだんですけど、同じベトナム人の裁判に弁護側証人として出廷する予定があると。ご存じですか？」

「聞いてはおりますが日程は今後調整すると」

心底心配していることが感じ取れる。これもまたランの容貌《ようぼう》のなせる業《わざ》なのか。

診察に続き午後の回診を終えて執務室へ戻ると、熊谷と中村がコーヒーを手に立ち話をしていた。

「中村君は、例のランという女性に会った？」

「いえ。まだ。噂《うわさ》には聞いていますが」

入院したばかりのランだが、その存在はすでに広く知れ渡っているようだった。誰もがランを一目見たい。そう願っていることが伝わってくる。

「ネコ。彼女、どう？」

熊谷が「ネコ」と呼びかけてくるのは親愛の情の証《あかし》。ようやくそう受け止められるようになったが、ランの話題となるとなぜか素直になれない。

「彼女とはいったいどなたのことですか？」

「わかってるくせに。ランちゃんのこと」

「部長自ら『ランちゃん』と呼ぶのはよろしくないように思えますが？」

「相変わらず固いな、ネコは。それじゃ何と呼べばいい？　グエンちゃんならＯＫ？」

クスクスと忍び笑いが広がる。容赦ない指摘にもまったくめげない。

「金子さん。自分の耳にも、信じられない美貌《びぼう》とか、天使という言葉までが入ってくるのですが、実際はどうなんですか？」

中村にまで問われたらしかたがない。咳《せき》ばらいをすると由衣は背筋を伸ばした。

「つい先ほど診察をしました。個人的意見ですが、美貌とか天使という表現は月並みでしっくりきません」

熊谷が身を乗り出す。

「一言でいえば、あの美しさは言葉では表現できない、となります」

「そういうことか。さすがネコ。中村君。つまりそういうことなんだよ」

熊谷が、我が意を得たりと満足そうにうなずく。

「金子さんがそんな言葉で褒めるとは……機会があれば会ってみたいですね」

「回診の時、窓からちょっと覗《のぞ》いてみたらいい。きっと驚くから」

「それはちょっと」

「問題ないって。特別扱いするわけじゃないんだから」

男二人の呑気《のんき》な話を聞き流すと由衣は執務室を出て診察室へ向かった。歩きながらも、ランの胸にあったむごたらしい傷に心が痛んだ。あれはどうみても悪意をもって付けられた傷。母国ベトナムで付けられたものなのか、それとも日本でなのか。どちらにしても心にも深い傷を負ったことは間違いない。いったい何が起きたのだろう。

終業まであと三十分。壁の時計を眺《なが》めたところで内線電話が鳴った。

《忙しいところを悪いね。急用ができた》

院長からだった。

別館の院長室へ向かうとソファに座るよう促《うなが》される。

「週明け月曜の午後四時。三十分ほど時間を作ってくれ」

先にきて、ソファに腰かけていた熊谷が話しはじめる。

「月曜。たしかに急ですね。どういったご用件でしょう？」

「東京から議員と法務省のお偉いさんがやってくる。当初は火曜の予定だったから俺が対応するつもりでいたが急に変更になった。月曜は、院長も俺も出張で不在だ」

「来院は二人？」

「金魚の糞《ふん》はわからないがメインは二人。矯正局のキャリア官僚と、西尾《にしお》とかいう二世議員だ」

辛辣《しんらつ》な物言いだったが、名前を聞かされ、議員の顔だけは何となくわかった。

「その西尾議員がわざわざキャリア官僚を従えて？」

「議員が矯正医療に興味を持った理由まではわからない。官僚は鞄《かばん》持ちだ」

「それで私はいったい何を？」

「簡単なことだ。現場第一主義が口癖《くちぐせ》らしいから、困窮を極めるこの分院の現状をありのまま見てもらえばいい。来院したら総務部が分院の沿革や概要をはじめに説明する。次いで実地視察となるから処遇部長と一緒に案内してくれ。来訪中、エアコンがぶっ壊れて蒸《む》し風呂《ぶろ》になるのが理想だがさすがに都合よく壊れはしないだろう。いずれにしろ隠し立てする物や場所は一切ないから、見たいといったらトイレでもどこでも希望の場所を見せればいい」

いつになく気合の入った熊谷の言葉だった。

「秋には特別室が四部屋増設される。院長の粘《ねば》り強い交渉で予算を勝ち取った結果だ。とはいえ、骨部屋と倉庫を移設しての増設だ。それに箱を作っても介護の人材がいなけりゃ宝の持ち腐れ。実際、新規採用できた介護士は五十代の男性が一人だけだ」

増設に伴い骨部屋は本館の霊安室の隣に、倉庫は別館二階の透析室の隣に追いやられる。付け焼き刃的増設だがそれでも増えないよりはずっとありがたい。

「矯正医療に興味を持つ議員なんて皆無だからね。選挙公約にはならないが、現場を見ようとわざわざ函館まで足を運んでくれるだけでありがたい。そうだろ?」

あとに続いた院長の言葉に思わず深くうなずいた。実社会から取り残されたような医療刑務所だが、ここにも数多くの、しかも塀の外より手のかかる患者が収容されている。視察後、すぐに改善されるとは露ほども思わないが、誰にも振り向いてもらえない現状よりはいい。まずは実際、目で見て現実を理解してもらわないことには先に進まないのだから。

「失礼だけはないように。プラスは期待しないがマイナスはまずい。くだらないことで悪い印象を持たれるのは得策じゃない」

熊谷が続ける。

「肝に銘じて案内します。ちなみに白衣で？」

「現場が好きってことだから飾る必要はない。普段どおり白衣で。よろしいですね、院長？」

「もちろんだ。だが準備しておいたから新品を着てくれ」

用意がいい。受け取ると終業のチャイムが鳴った。

「熊谷さん。ちょっとよろしいですか？」

院長室を出たところだった。隣の医療部長室へ向かう熊谷の背中に由衣は声をかけた。

「すぐ終わる話か？」

「五分で」

うなずいた熊谷が部屋へ入るよう促す。

「何だ？」

白衣を脱ぎながら、ソファに座らせた由衣に問う。

「ベンガル語の通訳を頼みたいのですが」

「通訳？　高性能翻訳機を買っただろ。たしか消費税込みで八万二千五百円」

「ありがとうございます。でも高性能とはいえしょせん機械です。足りない部分もあります」

由衣は理由を述べた。

ワイシャツ姿となった熊谷が、どっかと向かいに腰をすえる。

「またか」

あきれた調子だった。

「気のせいじゃないのか？　元気がないとか。その都度通訳を雇ってたらすぐに予算を食いつぶしちまう。ベンガル語は特殊だからな。以前……何語か忘れちまったが、大使館に依頼して言葉のわかる職員にネット経由で同席してもらったことがある。あれじゃまずいのか？」

「お堅い役所の人間を相手にするのではなく、友人と気楽に世間話をするような形が必要なんです。そうでないと本音はなかなか聞き出せません」

「そんな通訳、函館にいるか？　仮にいてもその通訳相手に本音を話すとは限らないだろ」

「たしかにその可能性は高いと思います」

「高い？　当のお前がそう思ってるのに高い金かけて雇うのか？　意味ないだろ」

「そんなことはありません」

続けて由衣は、とうとうと持論を述べた。

「……五分だったはずだ」

壁の時計に露骨に視線を向ける。

「中村に意見を聞け。精神科医として奴《やつ》が価値を認めるなら一度だけ許可しよう」

苛立ちを隠さず根負けした熊谷は腰を上げた。

3

「先生！」

六月も明日から後半。来週の夏至《げし》を前に早くも猛暑日が続いている。

待ち合わせた五稜郭《ごりょうかく》駅前に着くと、麦藁《むぎわら》帽にサングラス姿の桜井美帆《さくらいみほ》が駆け寄ってきた。

「すみません。なかなか連絡できなくて」

医学部を目指していた美帆は今年の春、念願叶《かな》いようやく地元の函館医科大学に合格した。

「大学生活はどう？」

「もう、めちゃくちゃ楽しい。これも先生のおかげ」

「美帆ちゃんが頑張ったからよ。それとお願いだから、先生はもうやめて」

「それなら何て呼んだらいいの？　先生、分院では何と呼ばれてるの？」

「金子さんとか、由衣さんとか」

まさかネコとはいえない。

「わかった。それじゃ私も由衣さんって呼んでいい？　だって金子さんだと堅苦しくて親近感わかないから」

二年間、美帆の家庭教師を務めてきた。いいところも悪いところもそれなりに知っている。

美帆の学生生活ははじまったばかり。医学部に合格したとはいえ医師になれると決まったわけではない。国家試験に合格して医師になれたとしても、どの分野に進み、どんな医師になるかはわからない。希望しても、思いどおりにならないことも必ず出てくる。そんな時、同じ道を少しだけ先に進む自分が手助けをできれば。そう考えていた。できるなら矯正医官を目指してほしいが強制はできない。今現在は興味を持っているようだが将来はわからない。

「美帆ちゃん、今日の予定は？」

「夜まで空けてきた。だから先生、じゃなかった由衣さんと散歩してお酒を飲みに行きたいの」

「お酒って……二十歳になったの去年よね？」

「そう。でも去年は浪人してたから飲めなかった。ようやく合格して新歓コンパもあったけど、新入生の多くは未成年だからお酒はダメ。一緒に食事に行ってもお酒は飲まないの」

「そうなの。合格のお祝いもしてないし、プレゼントもあげなかったわね。ごめんなさい」

「プレゼントならもうもらった」

「何もあげてないわよ、私」

「合格。根気よく苦手な英語を教えてくれたから今がある。これ以上のプレゼントなんてない」

「ありがとう。そういってくれるだけでうれしいわ。二人三脚で頑張ってきたわけだから今晩は二人でお祝いしましょ。遠慮せずとことんわがままいって。何でも奢《おご》っちゃうから」

「うひゃ〜」

美帆は両手を上げるとおどけてみせた。

「それで、どこか行きたいところはあるの？」

「トラピスト修道院。ここから一時間くらいのはず」

意外な場所だった。トラピスト修道院は函館市の西隣にある北斗《ほくと》市に位置している。最寄り駅は、道南いさりび鉄道の渡島当別《おしまとうべつ》駅。

「行ったことないの？」

「ない。いつでも行けると思ってたから。トラピスチヌ修道院には小学校の遠足で行ったけど」

「それじゃ行きましょう。私も、トラピスチヌには行ったけどトラピストはまだだから」

二人はゆっくり腹ごしらえをすると駅へ向かった。青い一両編成のワンマン列車が入線してくる。二人はバスに乗るように整理券を取って乗り込んだ。

「でも美帆ちゃん。どうしてトラピストへ行きたいの？」

「教養科目で宗教学概論を履修してるけどその授業がとてもおもしろいの。聞くものすべて知らないことばっかりで。前期ではキリスト教、仏教、神道。後期でイスラム教とか勉強するんだけど先生がいったの。まずは身近にある宗教を、自分の目で見て感じ取るようにって。どのようなものか考えるにはそれ以上のことはないって」

「それでまずはトラピストにしたのね」

「そうなの。実はね、先月函館市内最古のお寺っていわれる高龍寺《こうりゅうじ》に行ってみたの。すごい立派な山門で、龍とか鳳凰《ほうおう》とか二百以上彫刻が施されてて。由緒あるお寺って京都に行かないと見られない。そう思ってたけどこんな目と鼻の先にあるなんて知らなかった」

「そのお寺さん、どこにあるの？」

「去年の元旦《がんたん》、一緒に初詣《はつもうで》に行ってもらった山上《やまのうえ》大神宮の近く。外国人墓地のそば」

合格祈願に。そう乞《こ》われ二人で函館山の麓《ふもと》まで足を伸ばした時のことだ。

それからは事前に調べたというトラピスト修道院のことを熱心に、最寄り駅に着くまで説明してくれた。好きなことにのめり込むそんな美帆の姿は頼もしい。

渡島当別駅で二人と一緒に降りたのは十名ほど。海外からやってきた団体の観光客のようだった。痛いほどの陽が真上から射す中、二人は団体に続いて足を運んだ。海を左手に見ながら鉄道に沿って国道を進み、途中右に折れて線路を渡る。アスファルトの道はそこから大きく右へ曲がり上り坂になるとまもなく木陰《こかげ》をつくる見事な杉と松、さらにポプラ並木が現れた。

「気持ちいい眺めね。それにしても高い木ね」

思わず見上げてしまう。

「ローマへの道っていうみたい。修道院はここから八百メートル先だって」

暑さをものともせず先を歩いていた美帆が、中学校をすぎたところで足を止めた。広々とした緑の牧草地が並木の奥、右手いっぱいに見渡せる。のどかを絵に描いたような光景だ。

「先生、見て!」

坂の勾配《こうばい》がきつくなりはじめたところだった。美帆が振り返ると声を上げる。

「一直線に道が海までつながってる。初詣と一緒!」

それはたしかに、山上大神宮へ続く坂道から函館湾を眺めた光景に似ていた。細い道は、海まで続く長大な滑《すべ》り台を思わせる。

目指す修道院はここからさらに先。手すりのある急勾配の坂を上り切ったところにあった。白い十字架を掲げる正門。キリストの像が飾られた赤レンガ造りのその門の奥。けれども女性が足を踏み入れることは許されない。ここは生涯、完全な独身生活を送る男性だけが暮らす場所。眩《まぶ》しいほどの太陽の光を浴びる、どこよりも明るく美しい場所であるのに不思議に感じられる。

　代わって見学したのは、坂道の途中にあるカトリック当別リタ教会。ここでは教会内を飾る十二使徒が描かれたステンドグラス、それに聖母子像を見た。さらに敷地の奥にあるルルドの洞窟《どうくつ》までは、特製の濃厚ソフトクリームをなめながら足を延ばした。

「……夜は八時に寝て朝は三時半に起床。読書やミサの他、農作業とかお祈りとかいろんな作業をする。しかも入会するには、生涯独身生活を貫《つらぬ》く覚悟が必要。これってすごくない？　これだけのことをしなければならない信仰ってどんな世界？」

　興味津々。メモ帳を手にした美帆は気になったことをボールペンで書き付ける。

　陽はまだ高かったが、五時をすぎたところで帰路についた。長い一本道を駅へ向かうと、湿った風が肌を撫《な》でる。

「何が一番心に残ったの？」

「厳しい生活。ぜったい自分にはできないって思った。それだけのことを生涯自分に課して生きていく。そう考え、決断するっていったいどんな人生なんだろ。想像もできないような体験とか経験をしたってことだよね、きっと」

「そうね。並大抵のことじゃないわね」

「それって幸せなのかな？」

　素朴な疑問。答えられるはずもなかったが、由衣も同じことを考えていた。

　五稜郭前駅まで戻った二人はその足で、散歩をしながら夕食の店を探した。

「ここにする」

美帆が選んだのは、北海道ならどこにでもあるジンギスカンの店だった。

「ここ？　遠慮しなくていいのよ。高級フレンチでも」

「ラムって、私は大好きだけどお母さんが嫌いだから家では絶対食べられないの。だから専門のお店で食べてみたかったの」

思い返せば、美帆の母が分院近くで切り盛りするカフェのメニューに羊肉の料理はない。

「わかったわ。それじゃお腹いっぱい食べて」

開店直後の店はガラガラ。他に客はない。二人は奥の、ゆったりした席に腰を下ろした。

「お酒は？　ビールは五種類もあるけど、それ以外はワイン、焼酎《しょうちゅう》、それに日本酒よ」

顔を突き合わせメニューを見る。

「ジンギスカンだから私はビールにするけど美帆ちゃんは？」

「飲んだことないから……ビール以外だと何が合います？」

「ビールは嫌い？」

「ダメ。中学生の時、お客さんが注文して飲まなかったビールを片付けるふりして隠れて飲んだの。まだ祖母《ばあ》ちゃんが生きてた頃。お母さんが風邪ひいてカフェに出られない日があって。その日だけ手伝いで店に出たの。生ビールを頼んだお客さんがいて、テーブルに運んだら鼾《いびき》かいて寝てて。一緒にいたお客さんが、もう帰るからいらないって。祖母ちゃんからは捨てるようにいわれたけど、少しだけコップに取り分けてこっそり部屋に持ってってた」

「それで？」

「ものすごく苦くてまずかった。涙が出てすぐに後悔して吐き出した。どうして大人はこんなまずいものをお金払って飲むのか理解できなかった」

思わず由衣は笑ってしまった。

「先生、じゃなかった、由衣さんはビール好き？」

「好きよ。汗をかいたあとの一杯は最高。あれはね、口で飲んじゃだめ。喉《のど》で飲むの。ごくごくって」

美帆が眉《まゆ》をひそめる。

「でも、お酒は無理して飲むものじゃない。私が教わった精神科の先生は飲まなかったわ。アルコール依存症の患者さんを毎日診てるから。あの姿を見てしまったら絶対に飲めないって」

「そんなにすごいの？」

「まあ患者さんもいろいろだから。でも先生もいろいろよ。全員が飲まないわけじゃない。分院に今いらっしゃる精神科の先生は飲む方だし」

「中村先生だっけ？」

「よく知ってるのね」

「だって、うちのカフェにも何度かきてくれてるでしょ。由衣さんとか熊谷先生と一緒に」

たしかにそうだ。毎月とはいわないが二、三ヵ月に一度は顔を出している。

「あの先生、ちょっとかっこいい。タイプかも。独身？」

「そうよ」

「もしかしたら由衣さんの彼氏？」

「それって、残念ってニュアンス？　好きなの？」

直球の質問に面食らった。子どもという年齢ではないが、酔ってもいないのにこんな形で質問をしてくるとは……。普段とは違う調子に振り回されてしまう。

「とても優秀で尊敬できる先生よ」

可もなく不可もなく。取《と》り繕《つくろ》う。

「そういえば美帆ちゃん。ちょっと相談があるの」

それとなく話題を逸《そ》らす。

「ベンガル語を話せる人、大学にいないかしら？」

「ベンガル語？　それってどこの国の言葉？」

「インドとかバングラデシュらしいの。どう？」

「語学の先生に聞けばわかるかも。でももし見つかったら何ていえばいいの？」

「実はインド出身の患者さんがいるんだけど……」

名前は出さず、サリタのことを簡単に説明した。中村からも背中を押してもらい、熊谷の許可も取った。あとは適任者を見つけるだけ。

「とにかく聞いてみる。見つかったらすぐに連絡する」

明るいその声に由衣は小さな希望を見た。

「ありがとう。それじゃ乾杯しましょ！　美帆ちゃんのアルコール・デビューに」

「乾杯！」

「違うのよね」

4

北海道には梅雨《つゆ》がない。東京で暮らしている間はずっとそう信じていた。実際、気象庁が発表する梅雨入りや梅雨明け宣言で北海道は対象外。だから正しいはずだが函館に移り住んでから「蝦夷《えぞ》梅雨」なる言葉が存在することを知った。

「先週はいい天気だったのに」

昼食時。仕出し弁当を口にすると、隣に腰を下ろした芙美が窓の外を眺める。空を覆《おお》うのは、ふれただけで大粒の雨が降り出しそうな重く分厚い雲。

「しばらくぐずついた天気が続くみたいですよ」

「日曜。試合なんです。娘の」

弁当を広げ、お手製のサンドイッチを芙美が摘《つ》まみ上げる。

「お嬢さん、ゴールキーパーでしたよね？」

「そうなんです。チームの中では一番背が高いからとコーチにいわれて。でも本当は、点を取るポジションで試合に出たいと。家ではそう口にするんですけど、コーチの前では何もいえないみたいで。代わって私が話すといったら、それは嫌みたいで」

「まだ小学生ですよね？」

「でも今のうちから自分の気持ちを伝える訓練をしておかないとダメだと思うんです。身体は大きいけどどうも引っ込み思案で。周囲を見て決めるんじゃなく、自分にとって必要と思えることは自分の口でしっかり伝えるようになってほしくて」

母親としては心配が尽きないようだ。自分の意見を持ち、それを堂々と主張するのは間違ったことではない。本当の気持ちを押し殺し、いいたいことをいえないのは困る。ストレスは溜まるし精神衛生上もよくない。

「サリタさん、喋《しゃべ》らないのは性格的なものだと思いますか?」

「単に言葉が通じないから面倒。そう思ってるだけじゃないですか」

芙美の答えは簡潔だった。

「翻訳機を使えば話はできるわけですけど、そこまでして話したいことはない。だから黙っている。そういうことだと思いますよ」

たしかにそうかもしれない。言葉が通じない環境に身を置いたことはないが芙美の説明はよくわかる。耐えられない痛みがあり、それを取り去ってほしいと願うなら、どんな方法を使ってでも相手に伝えようとする。けれども逆にそうしたことがなければ、わざわざ翻訳機を使ってまで話そうとは考えない。そういうことだ。他者との意思疎通が苦手ならなおさらだろう。一人静かに本を読んでいたほうがいい。気が楽。そう考えても不思議はない。

「気になるんですか?」

「ええ、まあ。出所を喜ばないなんて、やっぱりどこか普通じゃないし」

「言葉が通じない不便さはわかってるつもりですけど、苛々というか、面倒に思えて投げ出したくなってしまうことはありますよね」

芙美にしては珍しい言葉だった。

出所までに何とか一度本音で話をしてみたい。これが目下の由衣の気持ちであり願いだった。このまま何事もなければ七月初旬にサリタは出所となる。主治医として今は毎日顔を合わせているが出所してしまえば赤の他人。生まれ故郷に戻ってしまえば二度と会えない。話をして、胸の奥深くに押し込んでいる悩みを吐き出せれば、結果サリタも楽になる。

「そういえば詩織さんと話はされました?」

「立ち話ですけど聞いてみました。処遇部で、出所後の住まいや仕事に関してヒアリングしたところ、知人のところへ身を寄せそこで働くことになっているから心配はない。そう回答したようです。でも、これも詩織さんの感想ですけど、嘘《うそ》をいっているのではないかと。正直に答えない受刑者も多いそうなんです」

「そうなると通訳の方を交え、直接話をしてみるしかないですね」

美帆に依頼したベンガル語の通訳探し。都合よく見つかるはずがない。そう思う一方、何とかなればと願わずにはいられなかった。


その日の夕方四時すぎ。金魚の糞とともに現れる。そう聞かされていた議員の西尾はなぜか、キャリア官僚ではなくセンター勤務の八橋《やつはし》を従え現れた。

「北海道とは思えぬ蒸し暑さだね」

誰が選んだのか、ネクタイとお揃いのポケット・チーフで汗を拭《ふ》く。

エアコンを効かせてはいるが、会議室には湿気《しっけ》に満ちた空気が充満している。

「エアコンは十年以上も使っているオンボロなので温度は容易に下がりません。付け替えの予算要求もしているのですが」

総務部からの説明に続き、分院を案内しようと廊下へ出たところだった。由衣の前を歩く処遇部長が西尾に訴えかけるが無視されてしまった。

エレベーターで五階まで上り、はじめに女性の部屋を視察。次いで階段を下り、四階で男性の部屋を視察。その後、一階まで下りてから、トンネル廊下を抜けて別館へと移動。ずっと同行する八橋も口を開くことはない。

「……こちらが先ほど説明のあった特別室になります。予算を付けていただいたので、現在の三部屋に加え秋には四部屋が増設されますが、現場としてはまだまだ足りないとの認識です」

新品の白衣に身を包んだ由衣は処遇部長とともに案内に立った。窓の外に広がるのは重苦しい雨雲。どこからかパトカーのサイレンの音が聞こえてくる。

「臭《にお》うね」

別館に足を踏み入れた時だった。三部屋ある特別室を前に、汗だくの西尾が眉間《みけん》に皺《しわ》を寄せる。

「どの部屋にも、要介護認定された認知症の患者が収容されています。手前の11号室の患者は、札幌刑務支所から転院してきた覚醒剤使用の罪で服役する八十代の女性です。自分の名前はもちろん、犯した罪のことも何一つわかりません。正面の12号室の患者も八十歳を超えていますが、こちらは起きている時は終始、ベッドに正座して壁に向かって念仏のようなものを唱えています。二人とも下の世話ができないため常時、おむつをしていますが、時々お漏らしをします」

「なるほど。話には聞いていたが、想像以上に大変な状況だね」

「秋には四部屋が利用可能となりますが、本来であれば特別室に収容すべき患者が多数本館にいます。ですから利用開始の初日には四部屋すべてが埋まってしまうはずです。加えて申し上げればソフト面、つまり介護の人材も圧倒的に不足しています」

「介護の人材は塀の外でも不足している」

西尾は腕組みをすると舌打ちした。

「13号室ですが、こちらに収容されているのは七十すぎの中国人男性です」

由衣は説明を続けた。

「重度の認知症で食事も一人ではできません。無期懲役の受刑者なので死ぬまで、おそらくあと十年はここにいることになります」

「つまりこの部屋を占有する？」

「亡くなるまでは。ご存じのように、認知症から回復する薬はまだありませんので」

「中国人ということだが、話は通じる？」

「重度の認知症で、発する言葉はすでに同じ中国人ですら理解できない意味不明の言葉となっています。つまり中国語だから意思疎通できない、というわけではありません」

「日本へきて重罪を犯した者を日本国民の税金を使って生かしておく。いや、病気の治療をする。この状況はどうにも納得がいかないね」

この発言は相手が外国人だから？

「議員。ここに収容されているのは病人です。病人の治療に国籍を問うことは差別を助長することにつながります。人権を考えればよい発言とは思えません」

由衣の発言を受け一同の足がぴたりと止まった。西尾が由衣を凝視する。

またやってしまった。後悔したが、発言は取り消せない。いや、取り消す必要はないのだ。正しいことなのだから。そう思ったが「マイナスはまずい」といった熊谷の顔が頭に浮かぶ。

「東京のセンターも?」

由衣から視線を外した西尾が、何事もなかったかのように八橋に質問をする。

「同じ。いえ、数でいえば収容している外国人はセンターのほうがずっと多いです。もちろん国籍も。中国人、ベトナム人、ブラジル人が中心ですが、アフリカからの者もいます。治療を進めるにしても、自身の病状を正しく理解させることも簡単ではありません。外国人といっても、英語を話す者は多くありません。翻訳や通訳を依頼する事務手続きも膨大です」

「無駄金が多いってことか」

「無駄金というのはちょっと。国籍によって差別することは許されませんから」

外国人相手の問題は数多く存在する。そのすべてを説明するなど到底できない。それでも八橋が同じように力を込め、しかも人権問題もやんわり加えて説明してくれたことはうれしかった。

「何かあったのですか?　八橋さんが同行されるなんて」

視察を終え、処遇部長とともに西尾が立ち去ったあとだった。一団と一緒に帰ると思っていた八橋は一人残っている。由衣は話しかけてみた。

「事前に連絡を差し上げなければ。そう思ったのですがあまりに急で。どうもすみません」

「それほどまで？」

「矯正局の内部事情はわかりませんが昨日の晩、帰宅したところへセンター長から電話が入り、今日のこの視察に同行するようにと。わけがわからなかったのですが、説明を聞いたところ西尾議員からの指名があったと」

「指名？」

「西尾、実は高校の柔道部の同級生なんです。父親が議員ということは誰もが知っていて。でも本人はあとを継ぐ気はまったくなくて。実際大学は経済へ進み就職は商社。しばらくヨーロッパへ行ってました。五年ほど前、部の同窓会で再会した時は大阪支社にいると話してくれたんですがその直後、父親の秘書をしていたお兄さんが亡くなられたと」

「それで地盤を継いだ」

「そのようです。前回の選挙でめでたく初当選したので内々に祝いの席を設けたんです。そこで酔った仲間が銘々、議員となった西尾に注文を付けたんです。自分では忘れてましたがその席で、この自分は矯正施設を視察するよう口にしたと。今朝、こちらへ向かう飛行機の中でそう説明されました。本当は法務省の官僚とくる予定だったところ、何でもその方のご家族に不幸があったとかで急に同行できなくなってしまったと。それで代わりの者をと話が出た際、西尾がこの自分を指名したようなんです。矯正局も、議員からの指名ということで断りきれず、急遽《きゅうきょ》センター長へ連絡し、それがそのまま業務命令となって」

ため息交じりの説明だった。

「当時からアグレッシブで頭も切れる、ちょっと強引なところはありますけどリーダー的存在で女性にもよくモテました」

「そんなご縁があったんですか。分院でも、議員の方が視察にくるなどどうした風の吹き回しだろうといぶかしんでいたんです」

「それより先ほどの発言。感心しました。西尾も黙ってしまいましたからね。国会議員になった以上、差別や偏見の類は決して許されません。きっと今頃は一人恥じ入っているところだと思います。でも優秀な奴ですからね。きっとすぐに反省して意識改革をしてくれると信じてます」

「同級生っていいですね。相手が議員でも、ご機嫌を取る必要も、お愛想をいう必要もなくて」

「議員には違いありませんが、仲間内では今でも一本です」

「いっぽん?」

「強引なところがあるといいましたがその半面、妙に気の小さいところがあって。いざって時に必ずコケるんです。卒業までの三年間、練習試合を含め勝ったことは一度もなく、すべて一本負け。そんな男ですから、はじめての選挙で当選したのは快挙です」

おかしそうに笑った八橋が時計を見た。

「今日はこれで失礼します。急な出張依頼だったので、一日休みをもらったんです。久しぶりにおいしいものを食べ、のんびり散策してから東京へ戻ります」

八橋を見送った由衣は、帰宅前にメールの確認をした。受信箱には十通の新着メール。どれも件名から中身が察せられるものだったが一通、見知らぬ名前からのメールが届いていた。

「高田清美《たかだきよみ》? 弁護士?」

慎重に開いたメール。一読すると、ランに出廷を求める裁判の国選弁護人とわかった。院長が口にしていた件だ。準備のため訪問したいと書かれている。由衣は、精密検査の結果が判明したあとにしてほしいと返信した。

ランの精密検査は議員訪問の翌日、湯《ゆ》の川《かわ》沿いにある産婦人科病院で行われた。これまでにも何度か世話になり女性病院長とも懇意にしている。病院までの移送には逃亡防止のため刑務官が付き添うが、今回は女性刑務官に加え島岡《しまおか》という中堅の男性刑務官も同行してくれた。

依頼した検査はリンパ節や遠隔転移を調べるCT検査。腫瘍の広がりや大きさ、さらに性質や状態を調べるＭＲＩ検査。加えて卵巣癌の腫瘍マーカー・ＣＡ１２５による検査などだった。

予期せぬことが起きたのは雨の中、刑務官とともにランを分院へ連れ戻してから。

「ランさんを少年刑務所へ？　どういうことですか？」

診察室へ戻った途端だった。たずねた由衣に芙美が耳打ちする。

「ランさんを連れて由衣さんが分院を出た直後、停電なのか室内の電気が消えたんです。すぐに復旧したものの、奥の部屋のエアコンの室外機が壊れたと」

「奥の部屋って、外来患者用の？」

「検査入院する外来患者さん向けの部屋です。総務部と処遇部が駆け回ってますけど、エアコンが使えなくなってしまったので、ランさんともう一人を一時的に少年刑務所へ移すと」

このご時世、エアコンなしの部屋に病人を押し込めようものなら医療機関は容赦なく叩《たた》かれてしまう。

「いったいどれくらいかかるんですか、修理に？」

「設置や修理の依頼が急増してるそうなんです。ですからどんなに早くても一週間はかかるだろうと。しかたないので小会議室にベッドを入れることも総務は検討してました」

「そんなに？　結果が出たらすぐに入院と思ってたのに」

ランには申し訳ないがしばらくの間、鎮痛剤で我慢してもらうしかない。それでも幸いなことに、函館少年刑務所は分院のすぐ隣に位置している。人的交流もある。すでに決まったことで口を挟む余地はないが、主治医の立場で少年刑務所の医務課に電話をした。証人としての出廷もあるかもしれず、こんな調子では日程にも影響してしまう。

気持ちを切り替え芙美と回診に向かった。この日は最後にサリタを診ることにした。ところがサリタはまったく質問に答えず、布団をかぶってただひたすら泣くばかりだった。

「朝は機嫌よかったんですけど。数値も良くなっているし」

芙美も顔を曇らせる。

「食事は？」

「昨日の夜から半分以上残してます。今朝も」

胸の調子が悪化したわけではない。その点は安心だが情緒不安定はどうにも変わらない。ベンガル語通訳も容易には見つかりそうにない。

慌《あわ》ただしい一日を終え、傘を手に帰宅すると手紙が届いていた。開いてみると、結婚式の二次会への招待状。大学時代、テニスに明け暮れた友人からのもので八月初旬、京都で結婚式を挙げるという。昨今、年賀状を除けば郵便物といってもＤＭか役所からの通知ばかり。そこでお洒落《しゃれ》な封筒に入った慶事の通知はそれだけでうれしかった。

招待状を手に、この手紙の前に受け取った手紙は、いったい誰からの、どんな内容だっただろう。そう考え思い巡らすと、いきなり顔が曇ってしまった。

それは人を殺した者から送られてきた手紙、いや絵葉書だった。届いたのは函館の町から雪が消えた頃。水彩画のトレヴィの泉を見た時、もしかしたらと考えた。裏返してみると案の定、そこにあったのは北条《ほうじょう》の名前。反射的に持つ手が硬直した。

北条と最後に話をしたのは二年前の春。イタリアへ向かう北条を羽田空港へ見送りに行った時のことだった。四十年近く看護師として活躍し、多くの患者に手を差し伸べていた北条。その北条から殺人の告白を受けた。

それはほんの偶然。北条自身、告白などせず日本を去るつもりだったと話してくれた。淡々と、何一つ後ろ暗いことはなく、お天道《てんと》様の下で胸を張って生きている。そんな調子で語る北条に一切の後悔は見られなかった。むしろそれは天から自分に与えられた使命で、しなければならないことだったと説明した。社会への恩返し。そんな言葉を使って。

本来であれば、逃亡にも思われるイタリア行きを阻止し、警察へ引き渡すべきだったのかもしれない。その後思い出すたびそう考え、しなかった自分の弱さを呪《のろ》った。けれども同時に、心のどこかに北条の言葉、その動機に引きずられる自分がいたのもたしかだった。

それから今日に至るまで、矯正医官という仕事に携わりながら、毅然《きぜん》とした態度を示すことができなかった自分にいら立ち歯噛《はが》みする日が続いている。経験に乏《とぼ》しい未熟者だから。それを言い訳に誤魔化しているがそんな時間から抜け出したいと願っている。

あの告白から半年以上がすぎたその年の十一月。今から一年半ほど前、北条から最初の絵葉書が届いた。そこに書かれていたのは移ろう季節の様、他に書かれていたのは近くの教会を訪れているという日常だけ。心情にはまったく触れられていなかった。

そして雪解けの頃に送られてきた水彩画の絵葉書も、最初の絵葉書と比べ代わり映えしないものだった。黒ボールペンで綴《つづ》られた短文は、孫娘の世話に明け暮れ、週末は近くの市場で買い物を楽しんでいるという内容。恐る恐る読みはじめたものの、気持ちを逆撫《さかな》でしたり震わせる記述はまったくなかった。むしろ期待を裏切る平凡な内容で、そこまで考えたところでいったいどんな文面だったら納得できたのだろうと考え直したほどだった。

仮に会っても「自首してください」などという気持ちはさらさらない。それはもう北条自身のことで自分には関係ない。そうではなく、あくまでも自分のために会って、思い、いや考えを伝えたかった。

気持ちを切り替えるともう一度、手にした招待状を眺めた。友人とも久しぶりに再会できる。単純にそう喜んだが、出席するだろう顔ぶれを思い描き、そこに西園寺《さいおんじ》の顔を認めると途端に警戒心が広がった。北条の名前は出さなかったが当時、糖尿病の研究を続ける西園寺には妙な相談を持ちかけた。その後、この話は打ち切りとなり表沙汰《おもてざた》にならず終息したが、顔を合わせたら聞かれるかもしれない。それを思うと、華やいだ気持ちは急速にしぼんでしまった。

5

夏至の朝。この日、太陽は四時すぎには昇った。

休日にもかかわらず七時に起床。すでに太陽は天高くにあったが、コーヒーを淹《い》れてテレビを点《つ》けると函館山から撮影したという陽の出の映像が流れた。東の空が徐々に白んでくると、まもなくオレンジ色に輝く光の球がゆっくりと姿を現し、函館の町を照らしていく。と、見学者からいっせいに歓声が上がる。

函館山にはこれまでにも数回登った。そこからの光景は常に雄大で、気持ちがおおらかになる一方、必死になって生きるちっぽけな人間の営みを間近に感じることができた。そんな身近な函館山だが、これほど感動的な景色は見たことがなく、来年はぜひともこの目で見たいと思った。しかも一人ではもったいない。詩織や芙美にも声をかけようと誓った。

先週の雨模様が嘘のように、月曜の朝は晴れ晴れとしていた。気持ちよく自転車にまたがると、由衣は分院目指して足に力を込めた。眩しいほどの光が全身を包み込む。今日は何となく、いいことがありそうな気がする。

午前の回診は順調。何事もなく時が流れる。今日に限っては誰もが落ち着き、騒ぎ立てる者もない。毎日こうであったら。そう願わずにはいられない。

午後は一時から外来患者の診察にあたった。予約は八件。はじめの患者は繰り返し腹痛を訴える六十歳の女性。覚醒剤取締法違反による三回目の服役でサリタのいた栃木刑務所からやってきた。精密検査をすることにしたがどこか怪しい。ちなみに栃木刑務所は国内最大規模の女性受刑者収容施設で、外国人を含めた定員は約六百五十名。あの阿部定《あべさだ》が収容されていた施設だ。

八人目となる最後の患者は山形刑務所からきた高齢の男性。一人で歩くこともむずかしく、刑務官に両脇《りょうわき》を支えられ入ってきた。椅子に腰かけたところで質問するが、聞こえないのか理解できないのか言葉を口にすることはなかった。嘔吐《おうと》を繰り返す。そう説明する刑務官の助けを借りベッドに寝かせ全身を診る。黄疸《おうだん》が認められ下腹部が膨《ふく》れている。触診しながら質問するが顔をゆがめるだけ。会話は最後まで成立しなかった。

「こちらで引き取ってもらえるのでしょうか？」

診察の一部始終を困惑した表情でじっと見つめていた刑務官が質《ただ》す。

「引き取る？」

思わず由衣は問い返した。

「申し訳ありません。もし失礼があればいい直します」

ニキビが残る刑務官は慌てて背筋を伸ばした。

「山形からこちらへ移送するまでの間、新幹線で粗相をしてしまい乗客から注意を受けました。とはいえ認知症であることは素人目にも明らかで、本人にいってもまったく話は通じず埒《らち》が明きません。重病でなければ山形まで連れて戻らなければならないので」

「精密検査をしなければ断定はできませんが肝臓が悪いようです。仮に癌など悪い病気であればもちろん入院となりますが、空いている部屋はありません。検査入院が必要な患者さん向けの病室もありますが、長期の入院はむずかしいです」

エアコンが壊れたので小会議室にベッド一台を運び入れ病室としたが、あくまでも臨時だ。

「一日でも二日でも」

「とりあえず二日。あとは検査結果を見て決めます」

「承知しました。それでは今日のところはこれで。明後日《あさって》の朝、こちらにうかがいます」

敬礼して立ち去る。実直を絵に描いたような刑務官だった。

「だいじょうぶですかね」

心配そうに背中を見送った芙美が同情を顔に浮かべる。

「新幹線でおもらしされたらさすがにこたえますね。おむつをはかせても臭いはもれますから。予算が付けば車も可能かもしれませんけど効率は悪いですね。たった一人のために」

しっかりと受け答えのできる若者でまじめに取り組んでいることは伝わってくる。だが、そうであればあるほど、認知症患者の連行のような仕事を担当することで刑務官という仕事に迷いを持ってしまうのではないかと心配になってくる。どんな仕事にも骨の折れるきつい部分はある。それを理解して乗り越えてくれれば……。

芙美が口にした不安もよくわかった。

通常業務を定時ですませると執務室で熱々のコーヒーを飲んだ。エアコンの効きはよくないが、それでも目を閉じて呼吸を整えると徐々に気持ちがほぐれてくる。

ゆっくりと瞼《まぶた》を開く。壁の時計で時刻を確認した由衣は総務部から借り出したランの供述調書を広げ、ネットの裁判記録を開いた。胸に残された無残《むざん》な傷。その傷が付けられた理由はもちろん、ランが起こした事件も知りたかった。なお身分帳もあったが興味を惹《ひ》く記述はなかった。

はじめに調書を手にした。ここからわかるのはランの身の上や刑務所に入ることになった経緯。読むまでもなく、異国の地で刑務所に閉じ込められた現状を考えれば、美貌は幸運をもたらす代わりに災《わざわ》いを呼び込んだことが想像された。

ランが生まれたのはベトナムのハイズオン省。地図で確認すると紅河デルタにあり、港湾都市であるハイフォンと首都ハノイ、世界的観光地であるハロン湾の間に位置していた。ベトナムに行ったことはないがライチの名産地と聞き、何となく親しみを覚えた。

田園風景が広がるこの地で生まれ育ったランは高校卒業後、ハノイ市内にある日本語研修施設に入所。そこで約半年、共同生活を送りながら日本語や日本文化、さらには日本での生活マナーを学び、最終的に「送り出し機関」に百万円近い借金をして「技能実習」を名目に来日。日本では青森にある弘前岩木《ひろさきいわき》協同組合を通じて林檎《りんご》やニンニク、それに枝豆やアスパラガスを生産・加工する企業へ送られ、そこで仲間五人とともに働くことになった。

ランを含めた六人の内訳は女二人に男四人。夢を持っての来日だったが、六人を待っていたのは事前に聞かされていた条件とはまったく異なる悪辣《あくらつ》な労働環境だった。搾取される日々が続き、あまりにひどい待遇で別の職場へ移ることも考えたがそもそも実習生に転職の自由はなく、半年後には仲間の一人が自殺していた。

ここまで読んだ由衣は一つ大きくため息をつくとネットの裁判記録に目を移した。するとランたちベトナム人が日本で騙《だま》され続けてきたことがよくわかった。来日した実習生たちははじめ、入国後講習とも呼ばれる「着地後教育」授業を受ける義務がある。これは入国前の条件にもよるが通常一ヵ月をかけて行われる百六十時間の講義で、日本語や生活マナーなどを学ぶものだが、件《くだん》の組合は書類を偽造、実施したことにして金を浮かせていた。さらに実習生はタコ部屋を思わせる古びた家屋にまとめて押し込められ、当然のように労働基準法を無視した長時間労働を強制されていた。もちろんそこでは賃金の不払い、最低賃金を下回る賃金、割増賃金の不払いなど人権蹂躙《じゅうりん》としかいえない扱いを受け、その事実はまた裁判でも認定されていた。

だがランを本当に苦しめ犯罪者にしてしまったのはやはりその姿かたちゆえだった。

調書および裁判記録によると、日々の生活すら満足に支えられないところへ、借金の返済と実家への仕送りが重なる。この状況を打ち破るには月額の手取りが十万円を下回るような搾取された賃金では不可能だった。結果、まるでそれが目的であったかのように、組合の幹部は目を付けていたランに群がった。「畑や工場での力仕事よりもずっと金になる」と騙して、組合が所有する事務所の一室に軟禁すると、半《なか》ば強制的に性的サービスを行わせ不当な利益を得ていた。また逃げ出そうとするランには繰り返し体罰が加えられたという。

ランが逮捕・起訴された罪状は傷害。過酷な環境での生活が二年をすぎた頃、仲間の女性とともに逃亡してボドイになることを決意。ちなみにボドイとは「兵士」という意味のベトナム語だが、日本では実習や研修先から逃亡したベトナム人同士が呼び合う隠語として使われている。

新月の夜、わずかな金と所持品をリュックに詰め仲間とともに二人で脱走を試みたものの、最寄り駅に着く前に幹部の一人に見つかり捕まってしまう。ランは男の手から逃れようと「念のため」隠し持っていたナイフを無我夢中で振り回して抵抗。結果、幹部の腹や背中など計三ヵ所を刺して全治一ヵ月の重傷を負わせてしまった。

検察側は、被害者側にも相当の落ち度があった事実を認めたものの、ランが素手の相手を複数回刺した行為を重視。背中の傷は、腹を刺され逃げようとする無抵抗の被害者を背後から襲ったもので、明らかに過剰な行為であったと主張。明確な殺意までは認定されなかったとして殺人未遂罪の適用は見送ったものの傷害罪で懲役二年を求刑。対して弁護側は、恐怖に駆られナイフを振り回した結果で、背中の傷もさらなる追跡を防ごうとしたものである。よって正当防衛が成立するとして無罪を主張。真っ向から対立した。判決は当初、示談は成立していないものの被害者側に相当の落ち度があった事実から、執行猶予付き判決が予想されたが実際は、過剰防衛を認めての懲役一年八ヵ月の実刑。控訴したが一審判決が覆ることはなかった。

まるで誘拐され女衒《ぜげん》に売り飛ばされた少女。由衣の頭に真っ先に浮かんだのはこんな考えだった。貧困家庭の子どもたちが弄《もてあそ》ばれる構図。それは古今東西変わらないが、こうしたことが令和の時代にも平然と日本でなされている事実にはむしろ驚くしかなかった。

すべての資料を閉じ、片付けると、由衣は冷たくなったコーヒーを口にした。

壁に貼《は》られたカレンダー。そこには赤丸が二つ。明後日水曜の赤丸はランが少年刑務所から戻る日。戻り次第、明日届く検査結果を説明、治療方針を決める必要がある。木曜の赤丸は高田弁護士の来訪日。ランの体調を最優先に考え、出廷スケジュールを相談しなければならない。

水曜の夕方、少年刑務所からランが戻ってきた。芙美と一緒に外来患者用の部屋に入ると、ランは背に枕《まくら》を添えて足を伸ばし、下を向いて唇を固く噛《か》みしめていた。髪がかかる横顔は愁いを帯び手を差し伸べたくなる。

『ランさん、ごめんなさい。こちらの都合であちこち移動させてしまって』

一呼吸置き、感化されないようにと密《ひそ》かに戒《いまし》めの言葉を唱えると、由衣はまずは英語で詫《わ》びを口にした。はじめて会った時には「おなか、痛い」と返してきたが今日は無反応。

『わかります？　私のいうこと？』

再度問いかけるが答えはない。中級レベルと聞いていたが英語は実は片言のようだ。しかたなく用語集と翻訳機を手に、同じ言葉を今度はベトナム語にした。

ランがわずかに視線を上げる。

「わかる。だいじょぶ」

日本語が返された。ようやく話が成立した。わずかなことだがほっとする。

『体調はどう？　痛みは？』

「少し」

翻訳機を見せると日本語で答える。鎮痛剤はそこそこ効くようだ。それを確認した由衣は、目を見てゆっくりと説明をはじめた。

『検査の結果が出ました。これから説明をするのでよく聞いてください。大切なことなので、わからなかったら遠慮なく、わからないといってください。何度でも、わかるまで説明します』

短文にして一文ごとに翻訳機にかける。ある種定型の説明文だったためか問題なく伝わったようだ。ランがうなずく。

由衣は、刑務官が準備した椅子に腰かけると、目の高さを一緒にした。

『痛みの原因がはっきりしました。左側の卵巣に見つかった嚢胞性の腫瘍。これが原因です。でも問題はこれではなく右側の卵巣に見つかった悪性腫瘍、ステージ２の癌のほうです』

翻訳機を使って会話を続ける。

『ここは日本の病院です。ですから日本の法律に沿って患者さんを扱います。ランさんが希望すれば無料で治療します。治療の方法も相談してから決めます』

『私、日本人じゃない。お金ない』

『必要ありません』

表情が和らいだように見えたがそれも一瞬のことだった。再び視線を下げ、何事かを考える素ぶりを見せる。由衣は、様子を見ながら話を続けた。

『癌の治療には手術、薬物療法などいくつかの方法があります。どの方法で治療するかはランさんと相談して決めますが、方法によっては子どもを産めなくなってしまう可能性もあります』

検査結果はステージ２だったが実際は開いてみなければわからない。仮に病巣が卵巣に限局していて、悪性度が高くなければ手術のみで治癒し、術後の薬物療法もしなくてすむ。

ところが翻訳機にかけられたランの返事はまったく思いもつかないものだった。

『子どもはいらない。お嬢様、もうやめたいです』

ベトナム語はわからない。だからこそ翻訳機に頼っている。ところが表示された二つ目の訳文の意味するところは理解できなかった。『お嬢様』と表示された言葉は、こちらへの呼びかけなのか、それとも話者本人を指すものなのか、さもなくばまったく別の意味なのか。

「芙美さん？　わかります？」

「二つ目の文章ですよね。治療はしたくない。そういってるんじゃないですか？」

「つまり『お嬢様』というのは、相手への呼びかけってこと？」

「はい」

「でもまったく逆。つまり自分自身のことを指していたら、死にたいって意味なのかも」

高性能ＡＩを搭載した双方向型。百ヵ国以上の言語に対応する優れもの。熊谷からはそう聞かされたが肝心の場で役に立たない。

「由衣さん」

逆翻訳を繰り返していると、ランを見るよう芙美が目で合図してくる。

ランは、いつのまにか掛け布団をはぎ両足を出していた。だが芙美が見るよう合図してきたのはランの仕草《しぐさ》だった。

「え？　何？」

思わず由衣は問いかけた。

ランは、両の掌《てのひら》を自分の股《また》の間に差し込むと、左右の掌を内側に向け、付けたり開いたりして見せ、何かを口にする。由衣は翻訳機をランの口元に近づけた。

「芙美さん。見て、これ。間違い？」

表示された訳文は『膣《ちつ》、近い』。

「由衣さん、これ……もしかしたら膣閉鎖じゃありません？　あの手の動き」

予想だにしない言葉だった。由衣はすぐさま日本語で『膣閉鎖』と打ち込み、ベトナム語に翻訳された言葉をランに見せる。と、大きく二度、うなずき返す。

「……子どもはいらない。だから膣も不要。そういうことなんでしょうか?」

すぐには返す言葉が見つからない。

「ランさん、日本にきてから性暴力にさらされ続けて。だからもう、そうしたことから逃れるにはこの方法しかないと……」

ため息しか出なかった。仕草が滑稽《こっけい》なだけに、屈辱的仕打ちを受けたランからの必死の訴えは哀《あわ》れに思え、心に深く刻まれる。

もちろん、本当に正しい日本語訳なのかはあらためて確認する必要がある。けれども性的サービスを強要されていた事実は間違いない。それが心に深い傷を残していることも。けれどもあまりにも飛躍した考えに、十分に意思疎通できないことに無力感を覚える。こんな状態では本人の意思を尊重した治療方針を決めることもむずかしくなる。優秀な通訳に入ってもらわなければ、こわくて先には進めない。腫瘍の摘出だけでも大変なのに膣閉鎖なんて。

しかもランは出廷も求められている。手術までに時間がかかるなら、先に証人としての出廷をすませたほうがすっきりする。いずれにしろ正式な入院が必要だ。

外来用の部屋を出る前にもう一度視線を向けた。ランがじっと、切れ長の大きな目でこちらを見つめる。榛色の瞳。言葉は発しないが、その目がいわんとすることはわかる。

こんなにも端整で、神秘的とも感じられる美には将来二度と会うことはできない。誰もが振り返り、こうであったらと願う美貌。手を差し伸べたい。心の底からそう願いつつも、何をしても十分な力にはなれないと感じる、自らの非力を思い知らされたように思え落ち込んだ。

6

木曜は朝から曇り空だった。由衣は何度か外を眺めた。

十一時前。高田は黒い鞄を手にやってきた。ボストンタイプの眼鏡をかけている。年齢は一回り近く上に思われたが、スラリと背が高く薄化粧でもあり若々しく感じられた。

「はじめまして。高田清美と申します」

会議室に招き入れると、ショートカットの高田は、辯護士《べんごし》と書かれた洒落た名刺を差し出す。

挨拶を交《か》わした二人は向かい合って腰を下ろした。

「いつ泣き出すのか心配で。でもよかったです。降り出す前で」

窓の外を見る高田に、由衣は準備していたペットボトルを渡した。

「エアコンの調子が悪く不快な思いをさせてしまうので、代わりに冷えた飲み物を準備しています。遠慮なくお申し出ください。ところで事務所、札幌なんですね。遠路はるばるご苦労様です」

「時計台のすぐ近くで駅からも歩けます。仕事ですからお気づかいなく」

嫌な顔一つ見せず、鞄の中から資料を取り出す。その一部を由衣に差し出すと、高田はゆっくりと話を切り出した。

「どこまでお耳に入っているかわかりませんし、間違いがあるといけませんのではじめから説明させていただきます。質問は都度してください。それではどうぞよろしくお願いいたします」

高田が頭を下げる。由衣も資料を広げた。

「本日の訪問の目的は、こちらに収容されているベトナム人グエン・ティ・ランさんに、札幌地裁で開廷する刑事裁判に証人として出廷いただく件です。必要な手続きはもちろん、すべてこちらでいたします。とはいえ心配なのはランさんの体調です。

函館札幌間は、特急を利用しても片道四時間。これに駅から地裁までの往復、さらに証言の時間までを考えれば少なくとも十時間近くが必要になります。ほとんどは移動時間ですが、特急へ乗ってしまうと何かあった時にすぐに病院へ移動するのもむずかしくなります。治療が必要なそんなランさんに証人として出廷してもらえるのか、させてよいものなのか。その点について、主治医としての忌憚《きたん》ないご意見をお聞きしたい。そう考えうかがいました」

ここまでを話すと、はじめて高田は飲み物に手を伸ばした。

てきぱきと、必要なことだけを的確な言葉で手短に話す。感情を抜きにして、あらゆることをビジネスライクに進める、できる弁護士。話を聞いているとそんな気持ちになってくる。

問われた由衣は資料を手に答えを探した。証人としての出廷。十時間近い拘束。

由衣は一昨日、産婦人科病院から送られてきた検査結果を反芻《はんすう》しながら回答した。

「はじめにいくつかおうかがいいたします。資料によると、被告のファム・ヴァン・ハイさんはランさんと一緒に青森にある協同組合で働いていたようですが、ランさんが証人になるのはその時の縁で？」

「はい。二人は同じ村の出身で子どもの頃からの知り合い、幼馴染《おさなな じ》みのような存在と聞いています。金子さんは、ランさんが起こした事件のことは？」

「供述調書と裁判記録にはざっと目を通しました。ですから概要と裁判の判決までは何とか」

「それなら話は早いです。実はあの事件の裁判で弁護を務めたのはこの私でした。それまでも外国人の弁護を務めてきたので、ほとんどボランティアでしたが引き受けました。その時、証人として出廷してくれたのが今回のハイさんで。でも執行猶予を付けることはできませんでした」

「そうたったんですか。ちなみに執行猶予が付かなかった理由は、示談が不成立だったことに加え、背中から刺したという過剰防衛が争点になっていたようですが？」

「示談金の準備は蓄えのないランさんには無理でした。過剰防衛が不利に働いたことも間違いありません。けれども裁判官の心証を何より悪化させたのはランさんの発言でした。事前に注意していたのですが……悪いのは相手で自分は何一つ悪くない。刺されても当然で謝罪をする気などまったくない。そう繰り返してしまって。一歩間違えれば、過剰防衛どころか未必の故意を含め殺意とも取られかねない危うい発言で肝を冷やしました。気持ちはわかるのですが……今でも心残りというか。それにもし裁判長が男性だったら」

　高田が視線を逸らし、言葉が途切れる。

いったい次に続くのはどんな……。そう考え黙っていたが、しばらく下を向いていた高田は顔を上げると踏ん切りをつけたように口を開いた。

「本人の前ではいえませんが……あの美貌は彼女にとって重荷でしかないのではないかと」

これは本心からの言葉なのだろうか。意外に感じられた。その風貌《ふうぼう》や言葉づかいから、高田は物事に黒白はっきりつけ、無駄なことは削《そ》ぎ落として効率よく仕事を進めるタイプ。そう感じていた。ところが外国人の手のかかる裁判をボランティアでいくつか引き受け、さらに心情に踏み込んだ発言までもする。いったい高田の本当の姿はどちらなのだろう。感情的に何か口にするとはとても思えない。当初はそう思ったが実はそうではなく……？

「……弁護士の立場で。おそらく疑念を抱かれたかもしれませんが、それほどまでにあの容貌は、とお考えになっていただければ」

こちらの心を見透かした言葉は取って付けたような言い訳にも感じられたが他方、これこそがランの美貌が持つ力なのだという気にもなってくる。誰からも冷静な判断力を奪ってしまう。こんな経験はしたことがなかった。

「……脱線してしまいました。二人の関係はわかりましたが、そもそもこのハイさんの窃盗罪と屠畜場法違反《とちくじょうほう》というのは？」

気持ちをあらたに再び質す。

「ハイさんは、ボドイ仲間四人と一緒に暮らしていますが、満足に食事ができるほどの収入がありません。そこで近所の農家に忍び込んでは豚や子牛などを盗み、自宅の風呂《ふろ》場で解体。仲間とBBQにして食べていました。でもハイさんは、豚を解体して何度か食べたことは認めていますがその日の窃盗だけは違うと。犯行のあったその日の夜は、幼馴染みのランさんと一緒にいたと主張しています」

「つまり過去に窃盗をしたことは認めている？」

「はい。ですが今回逮捕・起訴された事件とは別です」

「証言は信じられるのですか?」

「自分は信じています。なぜならその日はランさんの誕生日で、夜は二人でささやかなお祝いをしたと。町で買った小さなケーキを、ハイさんの部屋で二人で分けて食べたと」

誕生日のできごとなら忘れるはずはない。

「窃盗罪はそもそも成立しない。ランさんは弁護側証人として出廷?」

「そういうことです。数年前、同じ屠畜場法違反で逮捕されたベトナム人は不起訴処分でした。ですから今回は裁判になっていますが、少なくとも執行猶予は付けられるだろうと」

「わかりました。ちなみに屠畜場法とは、家畜を勝手に捌《さば》いてはならないという法律?」

「すべてではありません。法が禁じているのは山羊《やぎ》、めん羊、牛、馬、豚の五種類です。目的は、危険な食肉が人の口に入らないようにすることで、屠畜場では獣医師の資格をもつ『屠畜検査員』が事前に一頭ずつ検査をして、食用にふさわしくない動物や食肉を排除しています」

「はじめて聞きました」

「実は私も、この罪状にかかわる被告人の弁護をすることになるとは思ってもいませんでした。勉強にはなりますが」

ここではじめて高田の顔がほころんだ。

幼馴染みという二人は持ちつ持たれつ。ランの証言でハイの罪が軽くなるかはわからないがランが望むなら支えよう。由衣は立ち位置を決めた。

「札幌地裁への移動は、いつ頃、何回になるのでしょう?」

「まだ裁判ははじまっていません。否認事件なので、証人として出廷していただける方の都合を聞き取っている段階です。何よりランさんから、証人になってくださるという回答をいただくためこちらにうかがいました。午後、面会をする予定です」

「そこまでは知りませんでした」

「ランさんは病人ですから、体調を優先していただくのは当然で、無理のない範囲で出廷をお願いすることになります。手術などが予定されている場合、その前に終わらせることができればよいですが、そうでなければ術後、少し間を空ける必要があると考えています。それから回数ですが、弁護側だけでなく検察側からも質問されますが一回一時間に収めるつもりです」

「それでは一日で終わる予定を組んでください」

「では、出廷は？」

「体調最優先で予定を組んでいただけるなら可能です。もちろん移動前日や当日、体調が非常に悪化する可能性もゼロではありませんが、今から心配してもしかたありません。精密検査の結果を受け、手術が必要と昨日、本人にも伝えました。手術はここではむずかしいため、近くの病院に依頼することになります。そこで先方の医師と確認した上、手術日程を組むことになりますから最終の決定はどんなに早くても、本人の同意を得た翌週くらいにはなってしまいます」

「体調を優先されるのは当然です。ちなみに手術後の場合、出廷は術後、どれくらい経過したら可能でしょうか？」

「合併症など問題があった場合は別ですが、通常の入院期間は長くても二週間ほどです。その後も傷の痛み、違和感などがあるのでさらに二、三週間自宅療養をしていただきます。今回、無理をさせないため車椅子《くるまいす》での出廷が可能なら術後四週間というところです」

「四週間ですか」

高田が手帳を取り出し、スケジュールの確認をはじめる。

「今日は六月二十六日。ランさんから同意をいただき、正式には裁判所から召喚状を発行してもらい……手術が来週ではなく再来週とすると、出廷していただけるのは早くても八月上旬」

「高田さん」

手帳を手に考え込む相手に由衣は声をかけた。

「一つ大切なことをお伝えしておきます。ご説明したように、ランさん本人に検査結果を伝えてはいますが、手術に向けた最終の同意はまだ取れていません。口頭で説明をしただけです。加えてランさんがむずかしい話をされています。通訳の方が常駐しているわけではないので、翻訳機などを使って意思疎通を図っていますが、微妙な言い回しなど正しく訳されているか不安な面もあり、そうした点をきっちり解消して文章で同意を取るとなると経験上、かなりの時間が必要になります。まずはベトナム語の通訳を探す必要もありますので」

水を差すことになるが大切なことだ。説明しないわけにはいかない。

ところが説明を聞いた高田は考えもしなかったことを口にした。

「日本語の同意書は手元にある?」

「もちろんです。何度も使っていますので」

「そのベトナム語版があれば用は足りる?」

「はい」

「ランさん本人がされている、むずかしい話というのは?」

相手も守秘義務のある弁護士。それを考えれば病名、および膣閉鎖の件を口にしても問題ないように思われた。とはいえ、矢継ぎ早に投げかける質問の真意が読み取れない。

「失礼ですが、どうしてこのような質問を？」

「私が準備します。こちらがお願いしたことなので。そのほうが早いと思いますし」

「知り合いの通訳の方に依頼していただけると？」

「いえ。私が」

信じられず、次の質問まで間が空いてしまった。

「高田さんがベトナム語に？　留学されてたんですか？」

「母がベトナム出身なので」

「つまりネイティブ？」

「まあ、そう考えていただいても。日本語とベトナム語で育てられたので」

見た目はまったくの日本人。ベトナム人女性の中には、日本人としか思えない顔立ちの者もいる。それを考えれば不思議はないが。

「ランさんと午後面会されるなら、たった今お話しした件、その場で確認してもらえますか？」

「許されるなら、もちろん」

ベトナム語の通訳をまずは探さなければ。そう考えると困難に思う気持ちが先に立ち憂鬱《ゆううつ》になったが、ここですませてもらえるなら話は一気に進む。

「ランさんの弁護士さんでもあったので問題ないはずですが念のため、上の者にも確認します」

「お願いします。ところでランさん本人との確認というのは、手術に関する合意、それからランさん本人がしているというむずかしい話?」

こうなっては詳細に踏み込まざるを得ない。けれども高田とランのこれまでの関係を考えれば、ある意味この自分以上にランのことを知り、力になりたいと考えていることはわかる。そうであればむしろ積極的に開示すべきだろう。

「ランさんの病状ですが……」

包み隠さず、ランの病状と手術の必要性、さらにラン本人が口にした考えまでを説明する。

「……悲しすぎます」

話が進むにつれ、高田はため息を繰り返し、最後には両手で顔をおおってしまった。

「卵巣癌で、しかも本人が将来の妊娠を望まないとなると、卵巣卵管だけでなく子宮も切除となる可能性が高いです。膣閉鎖に関していえば、卵巣癌の摘出に関連してどうしても必要ということになればしますが、そうでなければしません。治療の視点で、必要がないことをするわけにはいきませんから。ですのでこうした点を正確に説明しなければなりません」

由衣の説明に高田も納得してくれたようだった。

「それでは午後に、ランさんに面会して今の話を伝えます」

時計を気にしながら高田がいった。

「書類の準備ですが、専門用語もあるので一週間、時間をいただけませんでしょうか? それまでに翻訳し、同意書などにサインをもらえるよう準備しておきますから」

「そうしていただけると助かります。こちらも来週同意を取れることを前提に、再来週の手術が可能か、協力してもらう病院へ相談してみます」

「その言葉を聞いてほっとしました。それではさっそく、戻り次第準備をはじめます」

一安心という表情を見せた高田が資料を鞄にしまい、立ち上がる。

「金子さん。一ついい忘れたことがありました」

歩きはじめた高田が振り返る。

「翻訳機が表示した『お嬢様、もうやめたいです』という日本語訳。あれは間違いです。正確には『女、やめたい』です」

決意を示すランの言葉に由衣は、怒りではなく、消え去りたい思いに染められた。

「……日本にきた女性に、こんな言葉を口にさせてしまうなんて」

高田に従い、会議室から廊下へ出た。雲間から強い陽が射し込み廊下を照らす。痛いほどの眩しさは今の気持ちにそぐわない。

「高田さん」

一礼し、廊下を歩き出した高田を、今度は由衣が呼び止める。

「今回のハイさんの弁護は国選のようですが、ランさんの時は私選だった？」

足を止めた高田が振り返る。

「ランさんの時は青森の当番弁護士から相談を受けたんです。外国人の刑事裁判を何件か受任していると、時々弁護士仲間から相談がきて。それもあって青森の弁護士と私選で共同受任しました。赤字ですが……運命というのは大袈裟《おおげさ》ですけど、使命というか」

それは自分にもベトナムの血が流れているから。そういうことだろうか。

高田はもう一度頭を下げるとそのまま立ち去った。

7

翌金曜の朝。二週間近く経ったところで、美帆から吉報が届いた。ベンガル語の通訳をしてくれそうな人が見つかったという。条件面など話をしたい。そう返すと、明日土曜の午後に面会できることになった。

夕方。予定していた業務をすべて終えた由衣は、美帆が紹介してくれる通訳に正しい情報を伝えるためサリタの調書と身分帳をあらためて手に取った。どちらも再読が必要だった。

サリタ・チャテルジーはインドの西ベンガル州生まれ。千葉でカレー店を経営する父と双子の兄を頼って約三年前に来日。ちなみに、今年六十歳になるサリタの父の来日は十五年前。日本で成功した知人に誘われたという。双子の兄は十年前に来日。どこまで日本語が達者かわからないが、日本で生活するには困らないレベルであろうと察せられた。

サリタは二十九もある在留資格のうち、就労が認められていない「留学」資格で来日。普段は東京・秋葉原《あきはばら》にある調理の専門学校へ通っていたが、すぐ近くの法科の専門学校で学ぶ細川尊《ほそかわたける》に恋愛感情を抱くようになり、頻繁に手紙やメールを送付。さらに自宅アパートへ押しかけてしまう。

細川はそんなサリタに注意したものの、言葉の問題もあり正しく伝わらず、ストーカー行為は収まるどころかエスカレート。学校からも注意を受けるが聞き入れず、最終的に退学になってしまう。結果、会えなくなってしまったが、かえってそれが恋心に火を点けたのか、待ち伏せやつきまといを繰り返すようになる。

細川から相談を受けた警察は口頭で注意。それにより迷惑行為はいったん収まったもののまもなく再開。あらためて警察はサリタに接触禁止の警告を発したが効果はなく、頻繁にメールを送りつけるとともに深夜に細川の自宅アパートを複数回訪問。去年の秋、ついに逮捕・起訴されてしまった。それでも判決は執行猶予の付いた有罪判決ですんでいた。

そのサリタが二度目に逮捕されたのは去年の十二月。栃木県にある那須《なす》の温泉宿でだった。旅行中の細川を密かにつけてきたサリタは、宿泊先のロビーで細川を待ち伏せ。執拗《しつよう》な付きまといをしたとして逮捕・起訴されてしまった。容疑はもちろんストーカー規制法違反。監禁、脅迫および傷害など他の罪はなかったものの見逃せなかったのだろう、細川は示談に応じなかったばかりか「相応の処罰をしてほしい」と裁判で発言。対するサリタも事実関係を認めつつ「今度はきちんと交際をしたい」と、反省の色を見せるどころか再犯を堂々宣言するかのような驚きの発言をしたこともあり、懲役六ヵ月という実刑判決を下されてしまった。収容先は栃木刑務所。ところが入所まもなく肺動脈性肺高血圧症が悪化。手に負えなくなり、外部の病院への依頼も検討されたが最終的に分院へ回されてきたのはカルテにあるとおりだった。

次いで身分帳を手にすると、由衣はサリタの普段の生活記録に目を通した。しかしながら刑務所暮らしも短いため、ほとんど何も記されていない。面会者は一人としてなく、外部交通、すなわち手紙のやり取りが記録されているだけだった。

関係書類を読み、病気の不安を抱《かか》えていることはわかった。けれども情緒不安定となり、出所を不安視する理由まではわからなかった。

曇り空の土曜の午後。美帆と一緒に約束の喫茶店に現れたのは、眼鏡をかけた小柄《こがら》な女性だった。

「はじめまして。大久保麻耶《おおくぼまや》です」

丁寧に腰を折って名刺を差し出す。肌は褐色。日本人と思い込んでいたが、流暢《りゅうちょう》な日本語を操る外国人のようだった。

「大久保さんはインド出身で、日本人と結婚して十年以上日本で暮らしてます。今は大学の先生で、うちの大学でも教えてるの。麻耶って漢字は当て字」

コーヒーが出されると美帆が紹介してくれる。

「麻耶と呼んでください。話、美帆さんから聞きました。役に立てるなら手伝います。翻訳してます。ベンガル語、読めて書けます。でも日本語、十分でない」

「ベンガル語がネイティブの方が見つかるとは思いませんでした。微妙なニュアンスを知りたいので、ネイティブのほうがありがたいです」

由衣の言葉に嘘はない。函館の地で、ベンガル語を話す人材に会えるとは。

「ちなみに麻耶さんはインド人と考えるべきなんですか？　それともベンガル人？」

「国籍、日本。出身、国はインド。インドは民族いっぱい。インド、ベンガル、両方いいです」

「日本語は結婚してから？」

「はい。彼、ベンガル語話せました」

「失礼ですが、パートナーの方はどのようなお仕事を?」

「駐在員。総合商社の現地法人の。化学品輸出入です」

アクセントの違いはあるが意思疎通に問題はない。適任だ。

「こちらは役所なので契約は面倒です。仕事の単価も安くて満足いただけないかもしれません」

説明しながら断られるかもしれないと考えた。提示できる時給は、ベンガル語が不自由なく話せる人材に対しては安すぎる。契約も、分院がセンターの下部組織で、さらに翻訳や通訳業務はセンターから府中刑務所国際対策室へ依頼しているため、麻耶との契約は府中と交わすことになる。面倒なこと、この上ない。それでも麻耶は嫌な顔一つ見せなかった。

「お金、だいじょぶです。空いてる時間使います。それより何しますか?」

まじめな性格がわかる質問だった。

「承知しました。それでは依頼内容をご説明します」

由衣は麻耶と美帆にうなずきかけた。

「相談は、分院に入院している二十五歳のベンガル人女性に関するものです。この患者さん、胸の疾患が原因で春から入院しているのですが、最近まったく元気がありません。いえ、むしろふさぎこんでしまって。

入院した頃は、今ほど暗い顔はしていませんでした。もちろん体調が悪かった時には苦痛をこらえ、顔をゆがめることもありました。ところが出所の近づいた最近は、食事を半分以上残すようになり受け答えも上の空、おびえているようにも見え、精神的にとても不安定で先日は泣くばかりでした。それ以外に二度、いきなり大声をあげて泣き出したこともありました」

「不安の理由、見つける?」

「心の解明は、専門の精神科医でも容易にはできませんから、そこまでのお願いはしません。そこで気持ちを楽にして話ができる場所で、心の内に押し込めている悩みを聞き出してもらえたらと考えました。入院以来、リラックスした調子で話をしたことは一度もありません。残念ながらまったく言葉が通じないので」

「大変。わかります」

麻耶の表情が厳しくなる。

「母国語で話してもらえれば、言葉が持つ微妙なニュアンス、話をする時の表情などから、日本人の自分には見えない何かが浮かび上がってくるかもしれない。そんな期待をしています」

「むずかしそう」

口をはさんだのは、コーヒーを飲みながら黙って話を聞いていた美帆。

「でも、話をする価値はあると思う。だって由衣さんの説明を聞く限り、今より悪くなることはないはずだから」

美帆のこの言葉が麻耶の背中を押したようだった。

「話してみます。だからその人、知りたいです。でも今、時間ない」

「それでは本人との面談前に時間を取りますから、そこで何でも質問してください」

面談は週明けの月曜、午後一時半からと決まった。

紫外線が気になる季節になっていた。月曜の朝。由衣は日焼け止めを塗って帽子をかぶり、自転車を漕ぎ出した。そよぐ風が最も心地よい季節。アスファルト脇の雑草も勢いよく緑の葉を伸ばしている。一足早く合唱をはじめたのはエゾハルゼミだ。

普段より早く登院した由衣は午前の診察を終え昼食をすませると面談の準備をはじめた。外部の者と受刑者が話せる場所は会議室だけ。もちろん刑務官が立ち会う。

麻耶は開始三十分前に一人でやってきた。身に着けているのはオレンジの上衣と赤のパンツを組み合わせたパンジャビ・スーツ。肩からかける赤いスカーフもとても似合っている。

「素敵ですね。本場の着こなしはやっぱりどこか違いますね。羨ましいです」

「この格好、インドらしいです。安心できる。そう思いました」

「ありがとうございます。そこまで配慮していただきまして」

驚くほどの気づかいに由衣のほうが恐縮してしまう。

「ここでの遵守《じゅんしゅ》事項は事前にお知らせしたとおりです。話をしていただく患者さんはサリタさん、といいます。時間は最長一時間。話が弾まなければ、短い時間で終わりにしていただいてかまいません。それから規則で刑務官が後ろに控《ひか》えています。私も立ち会いたいのですが、日本人はできるだけ少ないほうがよいと考え、遠慮することにしました」

「わかりました」

「それからサリタさんの情報、これから話します。個人情報なので、外部には一切漏らさないでください」

そう告げると、準備していた誓約書にサインを求め、必要な説明をした。

「……サリタ・チャテルジー?」

麻耶が、小首をかしげサリタの名前をつぶやく。

「もしかしたら、知り合い?」

「違います。知り合い、ダメ?」

「今回は、私たち日本人がわからない言葉で話をしてもらうわけですから二人が何を話されたのかわかりません。麻耶さんの身分を確認させていただいての依頼となりますので、非常識なことをされるとは考えていません。とはいえ仮にですが、話をする中でどこかで会ったことがあるとか、気が付いた点があればあとで正直に話してください」

「はい」

「それではご案内します」

二人同時に腰を上げ部屋を出る。由衣は先に立つと、初夏の陽に照らされた廊下を歩きながら、サリタが刑務官と待つ会議室へ向かった。


待つということがこれほどまでにもどかしいものなのか。回診をしながらも気が気ではない。

一時間が経ったところで、由衣は会議室へ急いだ。

「どんな感じでした?」

刑務官に連れられサリタが出ていく。その姿が廊下の角を曲がって消えると、由衣は待ちきれず麻耶にたずねた。

「理由、はっきり話しません。わかりません」

半ば予想したことではあった。けれどもやはり失望は隠せない。由衣は肩を落とすと、近くの椅子に座り込んでしまった。

「役に立てません。ごめんなさい」

「謝っていただく必要はありません」

気を取り直すと、そう口にして取り繕う。

「いろいろ聞きました。でも話しません」

「ありがとうございます。むずかしいことはわかっていましたから」

他に答えようがない。立ち会っても何を話しているのかわからない。けれども、話をしている時の様子くらいは知りたかった。麻耶が一方的に話をしていたのか、そうではなく、実は二人して会話を楽しんでいたのか。

「何でもかまいません。気が付いたことや感じたこと、話をしている時の様子などを教えてくれませんか？」

「ベンガル語話す人、いると思わなかった。驚いてました」

麻耶はこう口にすると話しはじめた。

「ずっと私のこと聞きました。ベンガル語で話す楽しい。そんな感じ。時々笑顔見せました」

主治医となって以来ほぼ毎日顔を合わせているのに、笑ったところなど見たことがなかった。やはり心に響いたのだ。

「具体的にどんなことを聞いてきたんですか？」

「結婚相手。どんな人？　どうして日本人と結婚した、どこで知り合った。どんな時、喧嘩《けんか》する？　インドで二人、一緒に暮らした？　そんなことです」

「それで？」

「話しました。彼、駐在員です。私、現地スタッフ。私、バドミントン好きで、友だちと毎週します。そこへ彼、きました。彼もバドミントン好きです。高校と大学でしました。インドでバドミントン人気あります。テニス、卓球より。彼のマンション、クラブハウスありました。バドミントンしました。一緒に」

馴《な》れ初《そ》めはよくあるものだった。

「結婚、日本で。私、孤児です。子どもの頃、お父さんお母さん拾いました。あとで養子なりました。お父さん、ITの仕事。お母さん、先生。二人ともカーストない。私、何でも自由です。仕事も結婚も」

「麻耶さんのそうした境遇を聞いたサリタさんの反応は？」

「とってもいい。羨ましいです」

「サリタさん、恋人とかの話は？」

「いわないです。ため息ばかり。私思いました。サリタさん、恋人はいる。そう信じてる。でも、うまくいってない。そんな感じ」

恋人はいる。そう信じてる。妙な日本語に思えたが、ベンガル語で話したことを伝えようとするとこんな表現になってしまうのだろう。つまりサリタは、相手がどう考えるかは別にして、今でもその男性のことを忘れられない。そういうことに思われたが、その相手とは細川？

「出所してからのことは？　どこで暮らすとか？」

「行くとこある」

「家族の下へ戻る？」

「わからない。でも違うはず」

詩織に対しても出所後の支援は不要と答えたという。つまり家族ではないものの頼る相手はいることになるが、それ以上の詳細はわからずじまいだった。

「麻耶さん。今日は本当にありがとうございました」

「役立たない。ごめんなさい」

どこまでも日本人のようで舌を巻いた。

麻耶を見送ったあと、念のため由衣は同席した刑務官を訪ね、サリタの様子を確認した。サリタが見せた表情や声の調子など。それはどれも、麻耶が説明してくれたことと相違なかったが、真偽を確認できたわけではない。

言葉が通じないというのはつまりこういうことなのだ。由衣は自分に言い聞かせた。

8

「何かあったんですか？」

翌朝、登院して着替えをすませてからだった。執務室に足を踏み入れた由衣を待っていたのは、これまでにないざわめき。よそよそしく浮き足立った空気に満ちている。

「お礼参りがあったらしいです」

小声で教えてくれたのはパソコンに向かっていた中村。

「昨日の夕方六時半頃、刑務官の富樫《とがし》さんが襲われたようなんです。いきなり木刀で」

背中から話しかけてきたのは芙美だった。

「いったい誰に？」

「噂ですけど、どうも先週出所した患者みたいです。近くをとおりかかった人が目撃して警察に通報したので、逃げる間もなく取り押さえられたようですけど」

「怪我《けが》の程度は？」

「そこまでは。でもしばらくは入院が必要みたいです」

書信係を務める富樫には常日頃世話になっている。受刑者を邪険に扱ったなど一度として聞いたことはない。それなのに……。

「分院で治療したからこそ、元気になって出所できたはずなのに……」

「ひどいですね」

憤懣《ふんまん》やるかたない。芙美の言葉に思わず調子を合わせ、声を荒らげてしまった。

院長から全職員へメールが送られてきたのは終業間際。そこでの説明では、暴行を受けた富樫は命に別状はないものの、全治一ヵ月でしばらくは入院が必要とのことだった。また犯人は七十代の暴力団の元構成員。「先週出所したばかり」との噂も正しかった。動機は不明とのことだったが、出所したばかりという状況を考えれば、世にいう「お礼参り」に違いなかった。

「院長からのメールですけど」

ロッカールームで白衣を脱ぎ、鬱々《うつうつ》とした気持ちで帰り支度をはじめたところだった。声をかけてきたのは浮かない顔をした芙美。

「……動機はまだ不明なので犯人を一方的に非難することは正しいとは思わないんですけど、それでも私、釈然としません。不満なことはもちろんあったんだと思います。腹立たしい思いをしたかもしれません。けれども私、いえ私だけでなく分院にいる誰もが、受刑者であっても分け隔《わへだ》てなく病気が治るようできるだけの努力を毎日しています。もしかしたら希望の形ではなかったかもしれませんが、だからといって刑務官を襲うなんて許せません。そこにどんな意味や価値があるんでしょう。少し前に保護司を殺害する事件がありましたけど、真摯《しんし》に更生を手助けする者に暴力で応《こた》えるなんて理解できないし許せません」

感情的に話すことなど滅多《めった》にない芙美が珍しく声高に非難する。そのことにまずは驚かされたが、同時に自分の気持ちをそのまま代弁し、言葉にしてくれたことがうれしかった。

「面接の際、たずねたんです。いわゆるお礼参りみたいなことはないんですかって」

「由衣さんが？　それで何と？」

「心配はいりません。これまでにそうした事例は一度としてありませんからって。すべて杞憂《きゆう》ですと。実際これまでずっと何もなかったので、忘れていたこともあり正直驚きしかなくて」

「そうだったんですか。でも、その話は嘘ではありません。本当です」

白衣をしまったロッカーの扉を、まるで不安を断ち切るようにきっちりと閉じる。

「分院開所以来、十年以上勤務しているこの私も、はじめての経験ですから」

続いて口にした、きっぱりとした芙美のこの答えは由衣を安堵《あんど》させた。しかしながら口には出さなかったものの、心を暗くしたのは将来のことだった。この事件がどこまで大きく報道されるかはわからない。興味本位に誰かが大きく取り上げネットに流すのか、あるいは地方紙にも掲載されず埋もれてしまうのか。だがどうであれ、この事件が報道されることで刑務官や矯正医官が危険な職業と見なされ、なり手の芽を摘んでしまうことだけは避けたかった。

「患者さんもいろいろですからね。でも長年勤務してる芙美さんが『はじめて』というほどのレアケースってことですよね。それを考えれば何度も起こるはずないですよ、きっと」

「そう信じたいですけど、由衣さんも気を付けてくださいね」

「ありがとうございます。気を付けるようにします。もちろん芙美さんも」

「考えたくないです。木刀も信じられませんけど、包丁やナイフを持っていたら……」

尻切《しりき》れトンボの言葉にこそ、小学生の娘を持つ芙美の心情が見え隠れしている。由衣も身震いしてしまった。

「お先に失礼します」

下を向いたまま芙美が出ていく。由衣も少し後ろを歩きながら正門脇の通用門へ向かった。陽はまだ高く、どこからか蟬の鳴き声が聞こえてくる。本格的な夏がやってきた。けれども浮き浮きした心持ちにはとてもなれない。自転車はそのままに、徒歩で帰ることにした。

アスファルトの道を一人、視線を落として進む。出るのはため息ばかり。「気を付けるようにします」と口にしたができることは限られている。誰一人、名札を付けている者はいないし、名前で呼び合うこともない。もちろん住所は非公開だ。こうした点は安心だが、分院には毎日、嫌でも通わなければならない。仮に悪意ある人物に待ち伏せされたら逃げられない。もしかしたら帰路、あとをつけられ自宅を特定されてしまうかもしれない。そんな可能性までを考えはじめると足取りはさらに重くなる。

「どうした?」

いきなりの声かけに、身を縮み上がらせた由衣はこわごわ振り返った。

「熊谷さん」

「首くくっちまうようなオーラが全身から噴《ふ》き出てるぞ」

安堵の気持ちが身体いっぱいに広がると急に涙腺《るいせん》が緩《ゆる》んでしまう。

「お、おい。だいじょうぶか?」

脅《おど》かす気などなかったが、うろたえる姿を見るとおかしくなった。少しだけ気持ちが鎮まる。

「泣くほどのことか?」

「……すみません」

「まあ、いい。それよりよかったら飯でも食わねえか？」

「帰らなくていいんですか？」

「ネコ。お前の日本語おかしいぞ。帰るに決まってるだろ」

「たしかにそうですね。どうも最近、言葉の通じない患者さんに向き合うことが多くて。日本語忘れちゃいました」

「大袈裟な奴だな。それでどうする？」

「奢ってくれるならご一緒します」

「相変わらずちゃっかりした奴だな。まあいい。何が食いたい？」

「……ヒラメのムニエル」

「ヒラメか。悪くないな。いい店、知ってるのか？」

「自宅と反対方向だけどいいのか？」

うなずいた由衣は、踵《きびす》を返すと海に向かって歩きはじめた。

「かまいません。おいしいものが食べられるなら。海岸沿いの食堂、コーヒーが飲めるだけでなく、季節の魚がとてもおいしくて。その中でもヒラメのムニエルと、カレイの煮付けは絶品で」

左手に競輪場を見ながら進むと、通りの先に津軽海峡が、右手奥に立待岬《たちまちみさき》が姿を現す。岬までは直線距離でわずか五キロ。暮れるには早い青空の下、くっきりとした姿を見せている。

「釣りのほう、どうですか？」

「秋に一度、鮭《さけ》釣りに行っただけだ」

「部長ってやっぱり大変。そういうことですか？」

「まあな。気の持ちようなんだろうがまだ慣れない。お前、中村と何度か行ったんだろ?」

「季節ごとに。三度ほどご一緒しました」

熊谷に感化された中村は月に一度は釣りに行っている。由衣も一人では行かないが、お誘いがあれば時々は付き合うようにしている。

「熊谷さんもきっと、ボーっとなる時間が必要なんですよ」

「お前にそんなことをいわれるようになるとはな」

思わず笑ってしまった。たしかにそのとおり。

函館山を望みながら信号を渡り国道に沿って進む。傾いたとはいえ、力強い太陽が周囲を照らす。この季節、夜の七時すぎまで太陽は沈まない。津軽海峡には、目に痛いほどの白雲が浮かんでいる。

「なるほど。こりゃ、うまい」

熊谷の顔がほころんだのは、地酒を傾け、キスの天ぷらに続きヒラメを口にした時だった。

「よかった。魚好きの熊谷さんが褒めるってことは、この店、合格ってことですね」

「合格も何も、この近くじゃピカ一だ。よく見つけたな」

熊谷の褒め言葉に、肉厚の白身を頬張《ほおば》る由衣もうれしくなった。

「申し訳ないな。こんなうまいもの食べて」

「誰に謝ってるんですか?」

「嫁」

「いいんですか? 自分だけ外でおいしいもの食べて」

「今週はずっと実家だ。そろそろあっちの親も介護が必要になってきた。嫁が施設の話をしてるんだが頑として譲らない」

介護施設に入る実母を妹と二人で見ている。そんな話を聞いたのは二年ほど前。

「ネコ。お前んとこはどうなんだ?」

「うちは母だけですけど、まだ六十すぎなので一人で頑張ってます」

「その若さなら心配ないな。でも何かあったらすぐに帰ってやれよ。仕事なんてどうにでもなる。くだらん遠慮だけはするな」

こうやってメンバーの様子をみて、気をつかっているのか。以前、中村と話をした時のことが思い出される。

「ベトナムとベンガル。あの二人はどうだ?」

「美貌のランさん、結果は予想外でした。左側は良性の嚢胞性腫瘍で間違いなかったんですけど、右側に悪性腫瘍が見つかって」

「それで出廷は?」

「術後になりそうです。明後日までに届く翻訳ずみの書類を使って、ランさんから手術の同意を取り付けます。同意が取れれば来週にも手術をして、そこから一ヵ月後に出廷となります」

「その日は念のため同行したほうがいいな」

こちらが口にする前に指示してくれたのはありがたい。

「悪性腫瘍だからな。手術して切除しなけりゃ死んじまう。そう説明すれば承諾するだろ」

手術して切除。この言葉は男のものだ。卵巣癌の手術となれば両方の卵巣に卵管、それに子宮までも切除する可能性が高い。つまり子どもをあきらめることになる。若い女性にとって、それがどれほど悲しいことなのかわかっていない。由衣は唇を嚙んだ。

「何だ？　手術して切除する。そういったのが気に入らないのか？　化学療法は手術とは無関係だろうし何より手術を命じてるわけでもない。どんな治療も本人の承諾なしには進められない。そんなことはわかってるだろ？」

「でも、今の言葉では手術を押し付けてるように聞こえました。子どもを持てなくなるかもしれない選択なんです。軽々しい説明はできません」

徳利《とっくり》を持つ手が止まり、熊谷が鼻白んだ表情を見せる。

「……悪かった。言葉が足らなかったようだ。だがな、わかると思うが、俺がいいたかったのは無駄に時間をかけるなってことだ。方法、いや方針は、本人としっかり相談して決めればいい。これでいいか？」

うなずいた由衣は手元の水を口にすると、つっかえていた気持ちも含め胃に流し込んだ。子どもはいらないと、膣閉鎖まで口にしているが、決定はまだなされていない。予断をもって臨むのは正しくない。

「それより熊谷さん。お礼を忘れてました。ベンガル語の通訳、ありがとうございました」

ちょっといいすぎたと感じた由衣は、自分から話をサリタに向けた。

「中村が必要だと、そう助言してきたから承認したまでだ。それが俺の仕事だからな。それでどうなんだ？　納得する答えが得られたのか？」

手酌《てじゃく》で地酒を注いだ熊谷が一気に猪口《ちょこ》を空ける。

医療部長室を訪ねて報告をする。そうした形を取らず、気安く話せる場をそれとなく準備してくれたのかもしれない。

「昨日一時間、ベンガル語で気楽に話せる場を準備しました。通訳は、ベンガル語のネイティブの方にお願いして」

由衣は、麻耶が語ってくれた一部始終を説明した。

「……そもそも実刑が下ったのは男性へのストーカー行為。分院で治療して身体はよくなったもののの、なぜか出所を前にふさぎ込むばかり。心の内は隠したまま。つまりこんなところか？」

「はい。麻耶さんの話を聞く限り」

「それでお前は納得したのか？」

「……納得というか、これ以上はむずかしいかなと」

「出所は？」

「来週の火曜。栃木刑務所には戻らず分院からです」

他にも多くの患者を抱えている。気にはなるが、サリタ一人にかまってはいられない。

「……むずかしいな。言葉が通じないってのは。想像していた何倍も厄介だ」

「私も今回、それを実感してます」

「これから先、聞いたこともない言葉を話す患者が入院するとしたらどうしたらいい？　翻訳機も完璧じゃない」

「それを考えるのが、部長たる熊谷さんの仕事ではないかと」

「他人事《ひとごと》みたいにいう奴だな。とはいえ正論だ」

ヒラメを残らず、舐《な》めるようにきれいに平らげた熊谷は腕組みをすると続けた。

「言葉が通じなくて困るのは医療に限った話じゃない。裁判も同じだ。通訳がいなけりゃ正しい診断ができないのと同様、裁判においても被告人を公平に裁くことはできない。ネットで調べたことがあるんだが、最高裁の事務総局が作成した資料によると、外国人が被告人となったいわゆる『外国人事件』の一審では四千八百人近くが有罪になったが、これは全体のほぼ一割ってことだ。それから、被告人に通訳や翻訳人の付いた外国人の事件、これは『被告人通訳事件』と呼ばれるらしいんだが、この終局人員は四千人を超えてたらしい」

「熊谷さん。いつも思うんですけど雑学だけはすごいですね。いったいそんな情報、どこで仕入れるんですか?」

「どこって、ネットで調べりゃ大概のことはわかる。それより、だけって何だ」

「まあまあ怒らないで。ところで終局人員って何ですか?」

「そのサイトによると、当該年度に判決、終局決定、それから正式裁判請求の取り下げ等によって終了した事件の実際の人数ってことだ」

説明されたもののよくわからない。つまるところ、外国人による犯罪は全体の一割ほどを占め、有罪になった外国人が五千人弱いるということだろう。

「結局のところ、通訳言語はいくつあるんですか?」

「三十四」

「三十四! そんなに?」

信じられない数字に由衣は目を丸くした。

「俺もはじめは間違いじゃないかと思った。驚きの数字だ」

「英語の他、ラテンやゲルマン系の言葉。中国語やベトナム語。それに韓国語くらいは想像できますけど、それ以外、いったいどんな言語があるんですか？」

「最も多いのがベトナム語で約四割。それに続くのが二割近い中国語で三番目がタイ語。さらにフィリピンの公用語のタガログ語、ポルトガル語、英語、インドネシア語」

「でも。たった今おっしゃった言語だと七つですよ。他にまだ二十七もあるってことですか？」

「たしかにそうだな……」

熊谷が口ごもる。由衣も質問攻めはやめにした。

インド人のサリタはベンガル語を話す。美帆の協力で、何とかベンガル語を話す麻耶を見つけ出し協力してもらった。けれどもこれは幸運な例に違いなかった。

「日本も慢性的な人手不足ですからね。移民受け入れの話も出ますけど難問は山積みです。何より、受け入れる外国人の人権を踏みにじっている点は看過できません。都合のよい労働力扱いで、本来支払うべき賃金を払わなかったり。何の保障もなく労働力を搾取するやり方は間違ってます。許されるはずありません」

食後のコーヒーに手を伸ばすと由衣は話に力を込めた。

「低賃金で長時間酷使するなんてまるで役務のための動物と同じ、必要な時だけ便利に使おうって魂胆が透けて見えます。恥ずかしいことに海外からは『搾取的慣行』とか『奴隷労働に等しい』とまでいわれてしまって。どのような身分であろうと、いったん受け入れたらそこでその人たちは暮らしていきます。もしかしたら地域の人と恋に落ち、子どもが生まれるかもしれません。そうなると当たり前ですけど、動物を檻の中に閉じ込めるように、小さなコミュニティに押し込んでおくことはできなくなります。自分たちと同じ。仲間。そうした意識を持って迎え、権利義務も同じにしないと軋轢《あつれき》が生じるに決まってます」

移民に関して詳しいわけではないが、それでも国内の「クルド人問題」は知っている。「国家なき最大の民族」と呼ばれるクルド人のほとんどは、難民申請を却下され「仮放免」という不安定な身分で滞在している。しかしながらこの資格では、就労はできず移動にも制限があり国民健康保険にすら加入できない。まずはこの不安定な状況を変えるのが解決への第一歩。誰もがそう考えるが実際は、移民政策と相まって明確な基準はなかなか定まらない。

このクルド人はまた、家族や親戚《しんせき》の結びつきを重視するため血縁関係にある者を呼び寄せ、独自のコミュニティを形成している。こうしたコミュニティは二千から三千人近くからなるが、地域社会との間に摩擦が生じている現状はたびたび報じられている。

だがもちろん問題はクルド人に限ったことではない。技能実習という在留資格についてみれば、半数を数えるベトナム人に続き、インドネシアやフィリピンからも多くの者が来日している。彼らの排除を声高に叫ぶ者もあるが、人口が増えるどころか減る一方の日本ではどこへいっても人手不足。由衣個人としては、共存の道を探るしかないと考えていた。

「移民の善《よ》し悪《あ》しは簡単に結論が出る問題じゃない。俺たちからすると、ムショに入る外国人が増えないことを祈るばかりだな」

熊谷のこの言葉を最後に二人は店をあとにした。

9

話が通じない。

相手と意思疎通が思うようにできない時、人は時々こうした表現をする。最もわかりやすいのは話し言葉が違う場合。中高大と長きにわたり勉強し、繰り返し試験も受けたが、由衣は自分の英語力を信じていない。嫌いではないし、大学入試もクリアできた。そこで恥ずかしくない程度の実力はあると考えている。大学では、半年という短期だったがアメリカ・テキサス州のヒューストンでホームステイも体験した。そうした経験を積んだことで、英語を話す際に緊張することはなくなった。けれども頭で思うほど自由には操れない。これは悔《くや》しいと感じるところだ。

縁あって矯正医官となったが、この職場で語学力が求められるとは正直考えていなかった。実際、勤務をはじめて二年ほどは日本語以外使ったことはなかった。使う必要がなかった。ところが最近、それまでふれたことすらなかった言語を使う必要に迫られた。モンゴル語に続きベンガル語のサリタ、ベトナム語のラン。これからも、増えることはあっても減ることはないだろう。まさに「話が通じない」状況に置かれることは、由衣にとっては医師として病気や怪我の診断をするより数段、厳しい時間に思われるのだった。

ところが最近「話が通じない」状況はこれ以外にもあると痛感するようになっていた。その一つが知的障害者との関係。日本人同士が日本語で話しているのに真意が伝わらない。これはなかなかに厄介で、相手と自分との関係を構築し直す必要がある。

そしてさらにもう一人。別の形で由衣を悩ませる患者がいた。

「体調はどうですか?」

五階の女性部屋をすませ、階段で四階へ下りてからだった。由衣は芙美と二人して部屋に入ると患者に近づいた。ベッド脇に置かれた小さな整理棚。その上には、娘と思われる金髪の少女と一緒に撮った写真が飾られている。写っているのは、芝生の植えられた緑の庭で家族三人がBBQを楽しむ光景。

「痛みはあります。でもだいじょうぶ」

判で押したような日本語を返してきたのはアメリカ・アラバマ州出身のジョセフ・カールソン。宗教上の理由で輸血を拒む『ナザレの聖人』という教団の関係者。このカールソンは、熱心な女性信者の娘を監禁したとして、実刑判決を受け服役している。

「手術、決断できませんか?」

「今のままならしません。抗癌剤《こうがんざい》だけでOK」

これもまたいつもと同じ。

「一応、診せてください」

「わかりました」

上手な日本語を返してくる。それもそのはず、布教のため来日してからすでに三十年以上が経っている。加えて妻は日本人。人生の半分以上の時間を日本で送っている。その時間は、これまでの由衣の人生とさほど変わらない。話せないわけがない。

「痛みがあるということですけど、以前よりひどくなっていますか？」

「きっと進行してるからでしょう。少しずつひどくなってます」

「痛み止め、強くしますか？」

「だいじょうぶ。我慢します。今はこのままで。痛くなったらお願いします」

「わかりました。それでは痛みに耐えられなくなるようでしたら遠慮なく教えてください」

「了解。ありがと」

にこやかに答える。がっしりした身体つきの白人男性で立ち上がると由衣を見下ろす格好になるが、痩《や》せているため威圧感はない。

「どうしたんですか？　こんないい天気なのに冴《さ》えない顔して」

エレベーターで一階まで下りたところだった。声をかけてきたのは、トンネル廊下を抜けてやってきた中村。

「カールソンさん……とても素直でいい人なんですけど。医師の立場からはちょっと」

「分院にきてどれくらい経ちます？」

「まだ一ヵ月ですけど一年以上経ったような。何の変化もなく、繰り返しの毎日で」

暖簾《のれん》に腕押し。そんな言葉があるがカールソンとのやり取りはまさにこれ。分院に収容されている受刑者の中で最もまじめで誰よりも丁寧。けれども間違いなく最高に厄介な相手。

「疲れてるんですよ。久しぶりに『夢咲《ゆめさき》』に行きませんか？　気分転換が必要なんですよ」

「……たしかに」

「おいしい煮付け、最近食べてないんですよ。週末どうですか?」

こうして明後日金曜の晩、飲み会がセットされた。


カールソンに振り回されているわけにもいかない。

当直明けの翌木曜。午前の回診を終えた由衣はすぐさま会議室へ移動。テレビ電話による会議の準備をはじめた。ランから手術の同意を取らなければならない。幸い、ベトナム語ができる高田が協力してくれたおかげでここまでの準備は滞りなく進んだ。すでに翻訳された同意書など、必要書類一切は手元に届けられている。手術を依頼する産婦人科病院とも日程調整はすませた。同意書さえ準備できれば手術は来週にも可能だ。出席するのはランと由衣、それに刑務官。札幌の事務所にいる高田とはネットで結ぶ。今日の高田は弁護士ではなく単なる通訳。それが前提になると伝えたが、そんなことは一切、歯牙《しが》にもかけなかった。

十一時。札幌と回線をつなぎ、準備を整え待っているとノックの音に続きドアが開かれる。

「入ります」

ランに付き添ってきたのは二人の女性刑務官。一人はドアの前に立ち、もう一人の背の低い刑務官は、ランをカメラの前の椅子に座らせると自らは、後方の椅子に腰かける。

全体を確認後、問題なしと判断した由衣は、高田が準備してくれた資料を手に日本語でランに話しかけた。すると続けて高田が一文ごとに翻訳する。

「今日のこの会議の目的は、ランさんに検査結果を説明するとともに、来週予定されている手術の同意書にサインをしてもらうことです。結果についてはすでに概要を説明しましたが、機械翻訳で細かい点は伝わらなかったと考えています。ですから今日は遠慮なく質問して、納得したらサインをしてください。説明は、私が日本語でします。ベトナム語への翻訳は、画面の向こう側にいる高田さんが担当してくれます。わかりましたか？」

「わかり、ました。ＯＫ」

じっと耳を澄ましていたランが、はじめて表情を表に出した。

「それではじめます。最初に検査の結果、それに基づく治療方針を説明します」

由衣はランに、ベトナム語に翻訳された資料、および同意書を渡し説明をはじめた。

「……ここまでが検査の結果と治療方針です。何か質問があればどうぞ」

呼びかけると早速ベトナム語で何かをいう。これまでにはないことだった。

《手術をしたら、どれくらい生きられるのか。そう質問しています》

「医学的な指標としては、五年生存率という統計データがあります。これは診断から五年経った時、生存している患者さんの比率を示したものです。卵巣癌の場合、ステージ１だと九十、２だと七十パーセントとなっています。

手術は、できるだけ多くの癌細胞を取り除くために行います。また切除した癌の組織は抗癌剤感受性検査に使われ、結果はその後の治療方針に利用されます。卵巣癌では多くの場合、術後に抗癌剤治療を行うことになります」

説明を、高田が翻訳すると画面を見ていたランが一つひとつうなずく。二人のベトナム語はまったくわからないが、それでもランの表情や仕草から話が滞りなく進んでいることはわかる。

《次は、癌でない左側の腫瘍についての質問です。こちらも切除するのかと聞いています。どう

も手術は怖いようです》
手術が怖い。これは人にもよるが、珍しいことではない。手術をしないですむなら、もちろんそのほうがよい。誰もが望むところだ。
「こちらは良性なので、すぐに命にかかわることはありません。しかし右は悪性の卵巣癌です。通常卵巣癌の手術において、患者さんが将来の妊娠を望まない場合、両方の卵巣を切除します。対してどうしても妊娠を望むなら妊孕性《にんようせい》温存手術も検討します。これは大切な部分ですからよく考えて答えてください」
由衣の説明を、資料を示しながら再度高田が翻訳する。昨今のＡＩの驚異的進歩を見ると、こうした翻訳業務も人間を介さずスムーズに、いや、人間より何倍も的確にこなしてくれるだろうと期待するが、それまでにはいま少し時間が必要に思える。だがそれも、時間の問題。
《金子さん。手術に関しては理解していただきました。妊娠は望まない。よって、癌治療を最優先に進めてほしいという回答です》
「両方の卵巣それに子宮の切除も受け入れると？　子どもはあきらめることになりますが？」
《はい。それを受け入れ、同意書にサインするそうです》
「そう決断されるならその形で進めます」
気持ちが通じたのか、高田への回答だったがランがうなずく。
《それからもう一つ。あの件についても回答がほしい。そういっています》
「わかりました。この件は、高田さんに事前にお渡しした資料を、そのままベトナム語に訳して伝えてください」

《癌治療の一環としてそこまでが必要と執刀医が判断すればするが、仮に必要がなければ治療ではないので実施しない、ですね》

「はい。それでお願いします」

高田がベトナム語で話しかける。それを聞くランの表情は険しいものだった。だが、ある種愁いに満ちたその横顔はそれだけで、由衣の心を揺さぶる力を持っていた。

神様というのは何と理不尽なことをするのだろう。「神は耐えられないほどの試練は与えない」と聞いたことがあるが、由衣はその言葉を信じることはできなかった。

《サインするそうです》

わからないながら、二人のやり取りを聞いていた由衣に了承の言葉が届いたのは電話会議開始から一時間が経った頃だった。

「あの件もわかってくれた。そういうことですか？」

《理解した。そう答えてくれました。本当はしてほしいが、と最後まで口にしていましたが》

ごめんなさい。自分が悪いわけではないのに、心に浮かんだのは詫びの言葉だった。

ランが手を差し出す。ペンを渡すと、翻訳された同意書に目の前でサインする。

「高田さん。どうもありがとうございます。助かりました。ランさん。だいじょうぶ。一緒に乗り切りましょう」

すぐさま高田が翻訳して伝える。

「頑張る」

ランから日本語が返された。由衣は思わず両手を握りしめると繰り返しうなずいた。

10

「らっしゃい」

威勢のよい声が迎えてくれる。『夢咲』の暖簾をくぐったのは金曜の六時。メンバーは中村の他、芙美と詩織。ただし詩織は、少し遅れての合流となる。

「どうもご無沙汰《ぶさた》してます」

「お久しぶり。元気？」

店主の髙橋《たかはし》が笑顔を向ける。

「おかげ様で」

「四人だったよね。奥の部屋とってあるけど、よかった？」

「もちろんです。食事もいつものおまかせで。ちなみに熊谷さん、今日はきません」

「熊《くま》ちゃん。先月ぶらりと一人で現れて飲んで帰ったよ。釣りをする時間がないってぼやきながら。部長に昇進したんでしょ。それならしかたないよね」

カウンター席はもちろんテーブル席も満席。三人は、積み上げられたビールケースの脇を抜け、一段高くなった小部屋に入った。

「こんな部屋、あったんですね」

芙美が天井を見上げる。

「荷物置き場を改造したそうです。天井が高くて気持ちいいんですけど、何といっても狭いので、知り合い以外は案内しない特別な個室だと」

「由衣さんは何度か？」

「二度目です。狭苦しいけど穴蔵みたいで好きなんです。自分の部屋というか巣みたいで」

「秘密基地ですね」

芙美の声にうなずくと、小さな丸テーブルを囲むように座る。

「食べてみて。今年のスルメは大きくて甘いよ」

早々に、身の厚いスルメイカの刺身が生ビールと一緒に出される。箸《はし》を付けた身は透き通って、ほんのりと甘くコリコリしている。新鮮だ。次いで出されたのは紅鮭《べにざけ》のハラス焼きに根ホッケ焼き、最後がクロカレイの煮付け。誰もが一心不乱に箸を動かす。

旬《しゅん》の味覚に飲み込まれた三人が一息つき、顔を見合わせたのは、テーブルに並べられた料理がきれいになくなった時だった。

「幸せは探しちゃいけませんね。こんな近くにあるんですから」

箸を置いた芙美が満足げに口にすると全員がうなずく。ちょうどそこへ詩織が現れた。

「すみません。出ようと思ったところで急用ができちゃって」

由衣の隣に席を取る。さっそく追加のビールで乾杯したが詩織が声を潜める。

「実はまた壊れちゃったんです。排水設備が。とりあえず応急の手当てをしてもらったんですけど来週は丸々一週間、本館の女子トイレは使えません」

「またですか？　男子トイレが壊れたの、たしか四月でしたよね？」

中村があきれたようにいう。

「もう、毎月のようにどこかが壊れてます。まあ、分院の前身は廃業寸前の古びた病院でしたからしかたないんですけど。でも先日、うちの部長と院長が廃院の話をしていて」

「廃院？」

驚きの声とともに視線が詩織に集まった。

「もちろん決定事項じゃありません。でも、設備修理費が増える一方なのは事実なんです。それもあって、こんな調子だときりがないから分院を壊して東京のセンターや札幌刑務所に統廃合するとか。矯正局で内々に検討をはじめたみたいで」

「それで院長や処遇部長が……」

降ってわいた話に全員が押し黙る。

「すみません。驚かせちゃって。でも決まった話じゃないし、仮にそんな流れになるとしてもお役所ですからね。何かあるとしても二、三年先のことだと思います」

詩織が明るく取り繕う。

「まあ、我々が何かできるわけではありませんし、詩織さんがおっしゃるように数年先のことでしょうからね。心配してもしかたないですよ」

中村の続けての言葉に少しだけ気が楽になる。実際、どうなるかもわからない先のことを心配してもしかたない。目の前には気がかりなことが別にあるのだから。

「それより金子さん。少しは気がまぎれましたか？」

「少しだけ」

「それではどうぞ、カールソンさんの件。遠慮なく盛大に愚痴《ぐち》ってください。今日のこの会はそのためのものですから。ここなら誰も聞いてません」

芝居がかった口調で頭を下げた中村が話題を変える。

「カールソンさん、分院で何かできることがあるんでしょうか？」

促された由衣は、残ったビールを飲み干すと、一呼吸おいてから口火を切った。

「カールソンさんって、札幌刑務所から転院してきた身体の大きな？」

「日本語がペラペラの白人さんです」

詩織の質問に答えたのは芙美。

「どんな病気でしたっけ？」

詩織が思案顔でたずねた。

「肺癌《はいがん》です。入所時の健康診断で肺に異常が認められ、分院で精密検査をした結果、ステージ２とわかりました。腫瘍の大きさは五センチほどで、転移はあったものの癌と同じ側の肺門リンパ節だけでした。ですから手術が有効と考え提案したんですけど、絶対的無輸血ならいいが、それ以外は自己血輸血も含めダメだと」

一口に無輸血といっても、絶対的無輸血と相対的無輸血がある。前者は、生命の危機に陥るような緊急事態に直面しても輸血を拒否するというもの。手術中、予期せぬ出血などで輸血をせざるを得ない状況も起こりうるが、仮に輸血をすれば助かるとしてもそれを頑なに拒否するというものだ。対して後者は、患者の意思を最大限尊重し輸血を行わないが、輸血以外に生命維持が困難と医師が判断した場合は必要な輸血を行うというもの。ちなみに自己血輸血は文字どおり、自分自身の血液を輸血すること。

「思い出しました。『ナザレの聖人』の」

由衣の説明に詩織が大きくうなずく。

「呼吸器外科が専門だからいうわけではありませんが、カールソンさんの肺に見つかったのは手術をすればよくなる、つまり早期発見の癌だったわけです。ところがその幸運を自ら手放すようなことを口にして……やってられません」

それまで溜めに溜めていた思いを、由衣はこの場でぶちまけた。

「手術をした場合の五年生存率はどれくらいなんですか？」

「年齢性別で変わりますけど、カールソンさんの非小細胞肺癌ならステージ２で五十五パーセントくらいです」

「信仰が何よりも大切な人ですからね」

今度は詩織が芙美に向かって大きくうなずいた。

「宗教上の理由で輸血を拒否する患者さんはさほど珍しくありません。それなりにいます」

それまで黙っていた中村が顔を赤く染めて話に加わる。

「昨今は病院ごとに、そうした患者さんに対する治療方針をガイドラインとしてまとめ、ホームページなどに掲載して対応を明確にしています。多くは、患者が望む無輸血での治療で最善を尽くすものの、輸血によって生命の危険が回避できる可能性があると判断した場合は同意がなくても輸血を行うという相対的無輸血の立場を取っています。つまり病院としては、患者の望まぬ輸血もする可能性があると公言することで、暗に他の病院へ行くよう求めているわけです」

「中村さんが勤務されてた仙台の病院にも？」

「もちろんありました。たしか『宗教的理由による輸血拒否についてのガイドライン』みたいな堅苦しい名前でした。でも、書かれている内容は特別なものではありません。全国どこの病院でも準備している似たような文章です。ちなみに分院には？」

「ありません。過去に一度、センターでも議論になったものの制定には至らなかったと」

熊谷からの受け売りを由衣は皆に説明した。

「これから制定するにしても一年はかかるでしょうね。ところでこの件、熊谷さんとは？」

「主治医になった直後に一度だけ。でもその時は『輸血に同意してもらえるよう説得してみます』といったんです。まさかここまで頑固とは思わなくて」

頑固という表現が正しいかはわからないが、ここまでとは思わなかった。

「カールソンさん。たしか七十歳くらいでしたよね。本人に意思決定能力は？」

「あります」

「それなら自己決定権を尊重するしかありません。信者への輸血に関する最高裁判決も、患者である信者の自己決定権の尊重が必要というものでしたから」

「それはもちろん理解してます。肺癌の手術で輸血をする可能性は高くありませんが、予期せぬ事態に備えて輸血同意書を取ることは分院でも義務づけられており、同意書なしでは手術できません。外部の病院にも相談してみましたが、どこも相対的無輸血であれば検討するが絶対的無輸血を求める患者はむずかしいと。そこで残された選択肢は放射線か化学療法となります。ところが放射線治療をしようにも分院に設備はなく化学療法しかできません。それを考えるととても悔しくて。本来なら救える命を指をくわえて見ているだけの無能な医師になったように思えて。さらにいえば、投薬だけしかできないなら札幌刑務所に返し、代わってもっと重篤な患者さんを受け入れるほうが分院としても意味があるのではないかと。実際、癌になった高齢の死刑囚も拘置所で投薬を受けてます。そうであれば限られた病床を今の形で使うのは非効率に思えて」

カールソンと対峙《たいじ》して覚えるある種の無力感は、言葉が通じない外国人の患者に対面した時と似ている。けれども言葉の問題であれば近い将来、完璧な翻訳機ができれば壁は取り払われる。

対して思想信条に関する壁はどこまでいっても超えられない。

「由衣さん。そこまで自分を追い込む必要はありませんよ」

慰めるように声をかけたきたのは中村ではなく芙美だった。

「宗教に関していえば以前、二世信者である子どもたちへの親や教団による輸血拒否が問題になりましたけどカールソンさんはこれに該当しません。あの年齢ですから、本人の希望を最優先に可能な範囲で治療すればいいんです。こうした問題では誰かがどこかに線を引くしかありません。それが最高裁判決だったわけですから、それに沿って粛々《しゆくしゆく》と進めるしかないんです」

芙美の説明を、耳を澄まして聞いていた詩織がうなずいて続ける。

「芙美さんのいうとおりですよ。透析治療を最後まで拒否して亡くなった平田《ひらた》さんと同じです。分院において、医官が患者本人の考えに反して手出しできるのは、本人の意識が混濁して正常な判断を下せなくなってからです。ほとんどの場合、それでは遅いわけですけど」

中村に誘われて盛大に愚痴ったものの、当の中村はもちろん詩織や芙美からも「自己決定権の尊重が必要」と結果的にいわれてしまった。

「最近少しずつ無輸血治療や無輸血手術の態勢を整える病院も出てきました」

こういって話を続けたのは中村だった。

「もちろん、あらゆる治療や手術が無輸血でできるとは思いませんが、これは医師が患者さんの要望に応えようと、新たな技術を習得した結果ともいえます。分院では容易ではありませんが、今後そうした技術を身に付けることができれば、わずかかもしれませんが患者さんの要望に応えられるようになるはずです。矯正医官は患者を選べませんから、相手に何かを望んでも解決はしません。こちらが変わるしかありません」

「……たしかにそうした技術の習得には意味があると思いますけど、万が一の際にも輸血ができないのではリスクが高すぎます」

思いもよらぬ展開に気持ちは晴れない。暗い気持ちを抱えたまま酔って自宅へ戻ると葉書が届いていた。西園寺からの転居通知。名古屋の大学から横浜に移ったとある。それまでなかった肩書も講師となっている。

久しぶりに連絡してみよう。そう考えたが北条の件が頭に浮かんでしまう。それくらいなら京都で話そう。「二次会で会おう」という添え書きを見た由衣は出席を決めた。

11

土曜日曜と晴天が続いたが、週の明けた月曜はぐずついた空模様だった。

雨が気になり、自転車を置いて登院した由衣は、真っ先にランの手術準備に取りかかった。先週無事、同意書を取り付けることができた。産婦人科病院からは、手術は金曜の朝十時からというメールが届いた。依頼するばかりだからわがままは許されない。由衣は了承した旨を返すとともに、分院の関係者へ通知した。すぐ近くではあるが受刑者の移送は容易ではない。それなりの手続き、準備がいる。

執刀までは立ち会わない。代わりに戻ってからの態勢をしっかり作るのが業務。卵巣癌の手術では、患者が将来の妊娠を望まない場合は卵巣・卵管・子宮などを切除し、さらに再発防止の術後抗癌剤治療を行う。手術は終わりではなくむしろはじまり。そう考えれば、うかうかしてはいられない。加えて裁判も控えている。移動は処遇部が計画するが丸投げは許されない。

赤ペンを手に立ち上がるとカレンダーに向かった。赤丸で囲まれた明日火曜はサリタの出所日。由衣はあらたに金曜を赤丸で囲むと「十時・ラン手術」と書き加えた。

「由衣さん」

午後の回診から戻り廊下を歩いているところだった。詩織が駆け寄ってくる。

「実はお詫《わ》びをしないといけなくて。仕事ではなく夏休みの話。ご一緒できなくなってしまいました。母が体調を崩して。検査の結果、手術が必要といわれて。父を早くに亡くし私も一人っ子なので。他に看《み》る者がいなくて」

「気にしないでください。旅行ならいつでも行けますから」

「すみません。楽しみにしていたからとても残念で」

会釈し、踵を返す。

詩織とはバリ島へ行く約束をしていた。五泊の予定で、すでに飛行機とホテルの予約もすませている。とはいえ無理強《むりじ》いは禁物《きんもつ》。何よりバリ旅行は詩織の発案。より残念に感じているのは詩織本人のはずだ。

「サリタさん、明日の朝出所ですね」

診察室に入るとカレンダーを見ていた芙美がいった。

満期での出所だから、日付が変わったその瞬間、サリタは法的には自由人となる。

「そうなんですけど、今しがたの回診でもうれしそうな顔を見せなくて。『何か心配事でもあるの』と聞いてみましたが相変わらずの無反応で。最後の回診だったんですけど」

慣れてしまったこともあるが、すでに由衣も諦《あきら》めの心境に陥《おちい》っていた。

「麻耶さんに話をしてもらったわけですからね。もうこれ以上気にしないほうがいいですよ」

芙美の言葉にはうなずくしかない。分院の門を出るまでは見送るつもりだが余計なお世話にも思える。その時にはもう、矯正医官である自分が診るべき患者ではなくなっているのだから。

夕方五時前。思いがけず夕立が町を洗った。強い陽射しが照りつける中、一転にわかにかき曇り、落雷の轟音《ごうおん》とともに大粒の雨が叩きつけ、あらゆるものに降りかかる。あまりの凄《すさ》まじさに、由衣と芙美は窓際から離れた場所に一時避難したほどだった。

「こんなこと、あるんですね。見てください。雨じゃなくて霙《みぞれ》みたいです」

窓を開けた芙美が呆《あき》れたように指さす。窓際へ行って裏の駐車場に目を向けると、ガラス窓が割れて粉々に砕け散ったように、氷の粒が一面を覆っていた。

「はじめて見ました。冬でもないのにこんな光景。一気に涼しくなって」

「白っていうより銀というか。眩しいですね」

並んで眺めていた芙美の言葉に由衣はうなずいた。

日本全国、いや全世界で異常気象と呼ばれる現象が相次いでいる。すでに慣れてしまった感もあり何が起きても驚かないが、災害に巻き込まれることは避けたい。

「由衣さん。今日はこれで」

芙美の声に時計を見上げると終業のチャイムが鳴った。窓の外はまだ明るい。一年で最も昼が長い季節。このまま帰るのはもったいない。どうせなら町まで出て夕食を取ろうか。そんなことを考えながら診察室から執務室へ移動する。

「金子さん。久しぶりに行きませんか?」

椅子に腰かけパソコンに向かうと、隣の中村が釣りの仕草をする。

「熊谷さんもご一緒ですか?」

「いえ。お誘いしたんですがふられちゃって。お母様の件でしばらくはむずかしいと」

「かなり悪いってことですか?」

「そうみたいです」

釣り糸を垂れても、母親の顔が浮かび落ち着かないのだろう。

「……月末でよろしければ。ヒラメですか？」

「今の時期、ヒラメを狙《ねら》うなら茅部《かやべ》まで行ったほうがいいと、熊谷さんからは。そこまで考えていなかったので、近くでは、と聞いたらスルメイカがお勧めだと」

「六月に解禁になった」

「金曜に『夢咲』で食べましたよね。スルメイカなら船釣りと教わったので予約の電話をしたんですが、人気なのか月内はずっといっぱいで。そこで中央埠頭《ふとう》にしようかと」

「あそこなら予約はいりませんからね。集合は何時ですか？」

「朝の三時を考えていますが、だいじょうぶですか？」

「わかりました。それで準備してみます」

二人での釣り。たしか前回は、まだ雪の残る三月だった。あの時は寒風の中、無言で釣り糸を垂れてカレイを狙ったがまったくの坊主《ぼうず》。それでも気晴らしにはなった。

中村が姿を消すと、執務室には誰もいなくなった。


湿度は一晩中下がることなく、翌朝は寝苦しいまま迎えた。

布団から抜け出した由衣は真っ先に浴室へ飛び込むと、頭からシャワーを浴び、まとわりつく汗を洗い流した。

東京から移り住んで四年弱。比べるまでもなく、気温も湿度も函館のほうが低く明らかにすごしやすい。ところが身体が慣れてしまったためか少しのことでも響く。老化とは思いたくないが、夏はすごしやすいという幻想が崩れてしまい、何となくさびしい。

強い陽射しは肌の大敵。アスファルトの照り返しも目に痛い。そこで着替えでは肌を覆うことを考えたが服がふれるのも鬱陶《うっとう》しくわずらわしい。迷ったものの、登院したら着替えようとTシャツ・短パン姿で自宅を出た。

「蒸し風呂ですね。絞れそうなほどの汗です」

当直用の仮眠室で着替えをはじめたところだった。ドアを開けたのは汗まみれの芙美。

「私もTシャツできたんです。いったいいつまで続くんでしょう、この暑さ。昨日みたいに夕立があるといいんですけど」

「週末まで続くみたいですよ。函館なのに……信じられません。痩せられたらあきらめもつくんですけど」

芙美の言葉には笑いを返すしかできなかった。

節電にもなるのでエアコンを買い替えてほしい。詩織から聞いた話では、総務部からは何度も予算要求をしているが、認められる気配はないという。

執務室でメールを確認して十時が近づくと、由衣は診察室には向かわず玄関へ急いだ。

昨晩、出所するサリタの最後の診察をした。完治する病《やまい》ではないが、幸運にも薬が効き、顔色はよくなり呼吸困難や息切れもなくなった。分院での治療を無駄にしないためにもすぐに病院へ行くことを勧め、今週分の薬とともに紹介状を手渡した。

待っていると、職員に従いサリタが姿を現した。ジーンズの上は、真夏には不釣り合いな厚手の長袖シャツ。背中には小型のリュックサック。どれもが留置物。つまり矯正施設に収容された際、身に着けていたものだ。

「ありがと」

思いがけないことだった。目が合うとサリタが右手を差し出してくる。握り返したその手は薄《う》っすらと汗ばんでいた。ちょこんと頭を下げ、背を向け通用門へ向かう。

「元気でね」

日本語でもきっと伝わる。そんな気持ちを込めて手を振る。応えるようにどこからか蟬の鳴き声が流れてくる。振り向いたサリタがはじめて笑顔を見せた。軽い足取りとまではいかないが、しっかりと大地を踏みしめ歩いていく。一から出直して。そう呼びかけると心の荷が軽くなった。

守衛室の前をすぎ通用門を抜ける。視界から消えた。

これからいったいどうするのだろう。脳裏に浮かんだのはサリタの将来。詩織の話によれば、実刑を終えての出所であるものの、服役は半年と短く罪状もストーカー規制法違反だけ。在留期間も半年以上残っているので、いわゆる強制送還まではされないという。しかしながら在留を前提とした出所後の支援については「必要ない」と自ら断ったと聞いた。

出所を望まないように感じたため、手を尽くして聞き出そうとしたが理由はわからずじまい。それでも笑顔を見せての出所を思えば、よい方向へ進むだろうと、そんな気持ちになった。

それにしてもベンガル語が必要になるとは思いもしなかった。院長と話したように、そう遠くない将来、今度はヒンドゥー語やそれ以外の言語も求められるかもしれない。

気持ちを切り替え踵を返したところだった。突然甲高《かんだか》い叫び声が耳に届いた。

振り返り、たった今サリタが出ていった通用門へ視線を向けると走り寄る人影が見えた。守衛の制止を振り切り中へ駆け込もうとする。まるで何かから逃れようとするその姿はサリタに違いなかった。揉《も》み合った守衛が尻餅《しりもち》をつき、立ち上がったサリタが走る。と、別に通用門から飛び込んでくる者がいた。野球帽をかぶりサングラスをかけている。男性のようだ。

それははじめて聞く乾いた音だった。続けざまに二度。

こちらへ向かって走っていたサリタが両手を上げ、万歳《ばんざい》をするような格好でそのまま前のめりに倒れる。まるで映画のスローモーション映像を見るようだった。

男性と思《おぼ》しき野球帽の人物は、うつ伏せに倒れたサリタに近づくと背中からリュックサックを奪い通用門へ向けて駆ける。起き上がった守衛は一度、その背に追いすがったが、振り向いた野球帽に足蹴にされると転倒。取り逃がしてしまった。

一部始終を目撃した由衣が上履きのまま、うつ伏せのサリタへ駆け寄ることができたのは、守衛が笛を鳴らしてからだった。

「サリタさん！　しっかりして」

うつ伏せの背中、長袖のシャツには赤黒い染《し》みが広がっていた。身体を寄せ、慎重に仰向けにすると左腕からも出血している。すぐに呼吸を確認し、頬《ほお》を軽く叩く。

「聞こえる？　返事をして！」

苦痛に顔をゆがめるサリタが歯を食いしばり薄目を開ける。

「すぐに救急と警察へ連絡を！　それからネクタイを貸してください」

守衛に指示すると、差し出されたネクタイをサリタの左上腕部にきつく巻き付ける。

「腕を高い位置にしたまま持っていてください。止血の道具を取ってきます」

電話を終えた守衛に声をかけると由衣は全速力で走った。

「何ごとだ?」

玄関へ飛び込むと、向かいから熊谷が走り寄ってくる。

「サリタさんが撃たれました!」

「撃たれた? 今のは銃声だったのか?」

「止血が必要です。機材を持って通用門へきてください!」

駆け出す熊谷。由衣はサリタのもとへ走った。追いかけるようにサイレンの音が近づいてくる。

「どういうことだ?」

機材を手に駆けつけた熊谷がしゃがみ込み、サリタを介抱する由衣に問う。

「門を出たところまで見届けたのですが、サリタさん、たちまち駆け戻ってきて。野球帽をかぶった者に襲われ守衛室の横で撃たれました」

横になるサリタに急ぎの止血を施す二人。

答えたものの、サリタが血を流す目の前の現実以外、はっきりとしたことはわからなかった。

警察関係者が分院へやってきたのはサリタ襲撃の夜。搬送先の病院から戻った由衣は、熊谷からの指示に従い帰宅せず待機していた。

七時すぎ。電話で呼び出された由衣は神妙な面持ちで院長室へ急いだ。先にきていた熊谷は、口をへの字に曲げ腕組みをしている。並んでソファに着くと、院長が処遇部長を従え入ってきた。見たことがないほど不機嫌な顔をしている。

「出所した者が直後に銃で撃たれた。前代未聞の事件だ」

二人を前に院長が声を絞り出す。

「撃たれたのは満期での出所者。つまりは一般人だ。そこで捜査は北海道警察の函館東署が担当するが、直前まで分院にいた事情も考慮し、検察から任命されている特別司法警察官も協力する。これは検察からの指示でもある。あらゆる可能性をさぐるため、まずは警察による事情聴取に全面的に協力するようにとの指示だ。よって要請を受けたら業務の認識で対応してくれ」

緊張した空気の中、院長が交互に視線を向ける。引き続き、業務時間はとうにすぎていたが一人会議室へ移動した由衣は、函館東署の三十代半ばに見える刑事の倉本《くらもと》、春に特別司法警察官に任命された島岡と向かい合った。

自己紹介に続き、島岡からの要望に従い、サリタの主治医となってからの日々を説明する。

「……ベンガル語を話すということで、用語集を作って対応されたとの説明ですが実際のところ、意思疎通は十分にできていたとお考えですか?」

説明を終えたところで島岡が質問をしてくる。柔和な物腰で話し方も丁寧。中堅の域にあるそんな島岡とはちょくちょく顔を合わせる。

「少なくとも医師と患者、つまり患者の身体に起きている症状を理解してその原因を探り、治療を施すという点ではできていたと考えます。容易ではありませんでしたが」

「逆にいえば、それ以外のことは十分にできなかった？」

「ここは病院です。ですから一義的には、ご説明した医師と患者という点がしっかりできていれば問題ないと考えます。けれども気軽にというか、的確な言葉のキャッチボールはできなかったので……何と表現したらよいかわかりませんが、気持ちの上での苛々というか、物足りなさというたものはたしかに感じていました」

「あんた、わざわざ通訳を雇ってまで話をする機会を設定したらしいじゃないか。いったい目的は何だ？　珍しいことだと部長さんはいってたけど」

それまで一言も口を開かなかった倉本がねっとりとした視線を向ける。いきなりの「あんた」呼ばわりで度肝を抜かれ、さらに悪意としか思えない「目的は何だ」という質問には怒りがわいたが、疚《やま》しいことはもちろん恥ずかしいことは一つもない。主治医として必要と考えたことをしたまでだ。もちろんお節介《せっかい》と思われる要素はあったかもしれないが。けれどもある種、揚げ足を取って白状させようという話しっぷりには自然と身構えてしまう。由衣は正面から浴びせられる容赦ない視線を意識しながらも、熱くならないよう自分にいい聞かせ、答えた。

「……わざわざ、という言葉には少々悪意を感じますが、はっきり申し上げて必要だと考えたので実施した。それだけのことです。そもそもベンガル語を話す患者さんが分院へ入院したのははじめてで、主治医になりたいと申し出たわけでもありません。任命されたものの容易に意思疎通ができなかったため、これまでにない形を取ったにすぎません。珍しいこと。熊谷はそう口にしたようですがそれも当然です。繰り返しとなりますが、ベンガル語を話す患者さんははじめてでしたからある意味、すべてが新しく珍しいことでした」

「では別の質問だ。あんたは撃たれた女性が出所を前にうれしそうな顔をしていないことに疑問を持った。そこで通訳まで雇って、ふさぎこんでいる理由を知ろうとした。これは事実か？」

「間違いありません」

「それで結果は？　理由はわかったのか？」

「残念ながら。少なくとも通訳をしてくれた女性の言葉を信じるなら、自由のない分院から出ることを喜ばない理由はわかりませんでした」

それが今回の銃撃事件と関係することなのか。

「心あたりはない。そういうことか？」

ないといっているでしょ。知りたいのは私も一緒。それが重要なら、それを見つけ出すのがあなたたちの仕事。喉元《のどもと》まで出かかった言葉を飲み込むと、相手のペースに巻き込まれぬよう、言葉には出さず小さくうなずくに止《とど》めた。


「金子さん。ご協力ありがとうございました」

聴取が終わり倉本が立ち去ったところだった。残った島岡が頭を下げる。

「事情聴取などしたこともないので、函館東署の刑事さんと組んですることになりました。もしご気分を害されることがあったらお詫びします。ご容赦ください」

「お気づかいありがとうございます。でもまったく気にしてません。犯人を知りたいのは、私も同じですから」

「そういっていただけると。それにしても驚きました。富樫さんに続いてですから。刑務官人生も二十年を超えましたがはじめてです。しかも特別司法警察官に任命された矢先」

困惑を隠しきれない様子だった。

「何か思い出すことがありましたら、小さなことでも構いませんからお知らせください」

最後まで島岡は丁寧だった。

それにしても……ついさっきまで話をしていた人物が、見ている前で、銃で撃たれて重傷を負う衝撃的事件。信じられないできごとに言葉もなかった。分院どころか、全国の矯正施設でもおそらくはじめてと思われる事件だ。

時間にして約三十分。島岡と別れ執務室へ戻った時には誰一人残ってはいなかった。

電話が鳴ったのは、帰宅のため荷物をしまいはじめた時だった。外線。伸ばしかけた手が止まった。医療部宛《あ》ての電話。番号を知っている者は多くない。名刺に書かれてはいるが、配る相手は年に数名。もちろん仕事関係限定だ。

まもなく八時半。多くの企業では残業花盛りといった時間かもしれないが、ここでの業務時間は終了している。

呼び出し音が続く。四回、五回。迷ったが受話器を手にした。

《函館の医療刑務所?》

男の声。三十代から五十代くらい?

「本日の業務は終了しています。どちら様でしょうか?」

《どちら様? 気取ってんじゃねえよ。ふざけんな、バカ野郎!》

名乗る代わりにいきなり罵倒《ばとう》してくる。受話器を持つ手に力が入った。

何と答えるのが正しい、いや、よいのか。まさかとは思うがサリタを襲った犯人が……。気が付くと受話器を置いていた。相手は酔っていたようでもある。間違い電話？　すぐに後悔の念がわきあがった。見境なく切ってしまったが愚かしい判断に思われた。黙って聞いていれば名乗ったかもしれず、そうすれば相手を特定できた。

帰り支度をすませた由衣は裏門へ向かった。警察の調べが終わるまで、正門とすぐ脇の通用門は利用できないという。日常とは違う状況を押し付けられると、今朝起きたことが夢ではなく現実だったと思い知らされる。裏門から出る。こんな時間に帰宅するのははじめてだった。路地に沿って続く住宅にはまだ明かりがともっている。おびえる必要など何もない。頭ではわかるが、なぜか、誰かに見られている気がしてくる。

ところが歩き出すと別の可能性が由衣を混乱させた。富樫を狙ったお礼参り。犯人はその場で逮捕されたが、関係者を驚愕させたのは、矯正施設に勤務する者を明確に標的とし、襲ったという事実だった。これは由衣を含めた全職員に、仕事の持つ厳しい現実を突き付けた。もしかしたら自分も……。

考えはじめると思考は悪いほうへと流れ、止まらなくなる。できたことはただ自宅へ向かう足を早めることだけだった。

12

当直明けの木曜。目を覚ましたのは分院の仮眠室だった。午前の回診をすませた由衣は、産婦人科病院へランを移送する官車の助手席に乗り込んだ。ハンドルを握るのは島岡。ランは、刑務官二人に左右からはさまれる格好で後部座席中央に座る。

病院までは車で十分弱。渋滞もなく夏空の下をゆっくりと進んでいく。

官車が救急用の入口前に停《と》まった時だった。ドアが開かれ、よく知る看護師長が現れる。降り立った由衣が黙礼すると、礼を返した師長は無言のまま歩き出す。書類を手にした由衣は、ランと刑務官とともにあとに続いた。廊下は明るく清潔だが湿気に充《み》ちている。鼻を突くのは病院独特のにおい。

師長が案内してくれた部屋は角を曲がった先、一番奥にあった。ランはしばらくここですごす。もちろん一人ではない。二十四時間、刑務官がドアの前で監視する。部屋の中にトイレもあるためランが外に出られるのは手術の時だけ。由衣はランが部屋に入るのを見届けると、師長に必要書類一式を手渡し病院をあとにした。手術は明日の朝十時から。すべて任せてあるので立ち会いまではしない。代わりに終了後、ランの様子を見るため立ち寄ることにしていた。

翌金曜は午後からの登院。ランの手術日だったが、頭に浮かんだのは銃撃されたサリタのこと。救急搬送されたサリタは病院で手当てを受けているからこの自分にできることはない。それはわかっていたが「どうして？」という問いは消えない。

自宅を出た由衣はサリタを頭から無理やり追い出すと、気分を変えようと交差点の角にあるコンビニに立ち寄った。物色するのは昼食。一番好きなのはハムと卵のサンドイッチ。二番はハムとレタス。ところが残念ながらどちらも売り切れ。代わりに照焼チキンと卵のサンドイッチ、白桃のジュースを手にレジの列に並んだ。

「次の方、どぞ」

レジを任されていたのは二十代と思われる若者。名札にはグエンの文字。ランと同じ名字だ。とはいえベトナム人の四割近くはグエン姓というからそれだけで知り合いとは判断できない。顔もまったく似ていない。

コンビニのレジに限った話ではないが、働く外国人を見かける機会が増えた。しかもそれが中国人からベトナム人へと代わっている。函館でこの状況だから、大都市に行ったらさらに頻繁にベトナム人に出会うはずだ。いや、町を歩けば驚くほど多くの外国人観光客とすれ違う。どこからわいてきたのかと思うほどだ。トラピスト修道院に行った時も、一緒に列車を降りたのは海外からの観光客と思われる団体だった。

ランは技能実習での来日だったがこの若者もそうだろうか。留学も多いと聞くが、円安の進む日本で働く価値はあるのだろうかと他人事ながら心配になる。

レジをすませ分院に向けて歩き出すとカモメが二羽《わ》、輝く太陽の下、追い駆けっこをするように海に向かって飛び去る。気持ちがいいほどの勢いだ。

通用門の前に着いたが、正門も含め今日もまだ閉鎖中。裏門から登院すると、空腹を感じた由衣は真っ先に昼食の輪に加わった。

「由衣さんの勘が当たりましたね」

腰を下ろし、サンドイッチを手にしたところだった。手作り弁当を広げ、好物というブロッコリーを口にした芙美が話題を提供する。もちろんサリタの事件だ。

「勘というか……出所を喜ばないのはちょっと普通じゃない。そう思っただけで、まだ何一つわかってません」

「犯人。拳銃《けんじゅう》を持ったまま逃走中って話です。でも目的は何でしょう？　リュックサックまで持ち逃げしたと聞きましたけど。物取りとは思えませんし」

由衣の言葉を補足したのは中村。拳銃が使われたこともあり、事件は北海道にとどまらずテレビやネットで全国に報じられた。

「単なる泥棒だったら、分院に逃げ込んだサリタさんを追ってはこないと思うんです」

「はじめからサリタさんを狙ったと考えると出所日を知っていたことになります。分院からは引受人になる親族以外、出所日の通知をしません。サリタさんの場合、千葉で暮らす家族には本人の希望で通知をしなかったわけですから、身分帳に書かれているサリタさんと手紙のやり取りをした相手に自《おの》ずと絞られるはずです」

「そんな人、いるんですか？」

「一人。もちろんこんなことは警察もお見通しでしょうから遠からず犯人は捕まると思うんですけど、何にせよ命を狙った理由は知りたいです」

由衣と中村のやり取りに皆がうなずく。

「サリタさん、まだ昏睡《こんすい》状態なんですか?」

質問をしたのはそれまで黙っていた詩織。

「わかりません。もしかしたら院長や熊谷さんには報告があったかもしれませんけど」

実際、由衣が知る範囲はネットやテレビで報じられる内容に限られる。管理職には説明されたかもしれないが聞いたとしても話してはくれないだろう。何より興味本位の質問は避けたい。

「実は私、事件のあった火曜のあの時刻、サリタさんが救急搬送された函館総合病院にいたんです。救急車のサイレンが聞こえてきて。でも救急指定の病院では珍しくないから気にもしなかったんです。ところがそれがサリタさんだったと」

「病院にいらした?」

驚いて問い返したのは芙美。

「富樫さん、函館総合病院に入院してるんです」

お礼参りに遭った富樫。近くの病院に収容されたと聞いたが考えてみれば他にない。

「届け出が必要な書類があって。部長からも様子を見てくるよう言付《ことづ》けられて。それで顔を出したんです」

「体調は?」

「木刀で殴られたと聞いていたので、正直どれほど深刻なんだろうとこわごわ訪問したんです。でも思ったよりお元気で。顔に傷はなく受け答えもしっかりして。痛みは残っているものの徐々によくなっていると話してくれました。食事に制限もなく、気落ちしている様子もありませんでした。帰り際、午後にはご家族が面会にくるとおっしゃったので、安心して病院をあとにしたんですけど……。まさか続いてサリタさんが入院することになるなんて」

誰が悪いということではないがその場の空気が急に重くなる。

「そういえば詩織さん、サリタさんの生まれ故郷のインドに行かれたことあるんですよね？」

とりなすように話題をインドに変えたのは芙美だった。

「五年ほど前に一度」

「どこへ行かれたんですか？」

「飛行機が発着したデリー、タージマハルのあるアグラ、それにヴァラナシです。食べ歩きが目的なので、本場のタンドリーチキン、パニールティッカ、マサラドーサが食べられればどこでもよかったんです。でもせっかくなので旅行会社の友人に相談したら、インドに行くならヴァラナシには絶対行ったほうがいいって。人生観変わるからって」

打って変わって明るい調子で詩織が答える。

「ヴァラナシってヒンドゥー教や仏教の一大聖地ですよね。寺院の見学ですか？」

「いいえ。ガンジスです。聖なる川で、身を清めたり祈りを捧げたりする人たちを見たいと」

「ゴミや汚物も流れてくる？」

「遺体もです」

「遺体まで？　もしかして沐浴《もくよく》したんですか？」

驚いた由衣は口をはさんでしまった。

「生きて日本へ帰りたければしないほうがいい。そう忠告されたのでしませんでした。目にしたのは恍惚《こうこつ》とした表情を浮かべながら、上半身裸で牛と一緒に沐浴する人たちでした。河岸には火葬場もあって実際すぐ傍《そば》で人間が焼かれてて。その遺体も遺灰もガンジスに流すんです。生と死が混在してるっていうか、あらゆるものが混沌《こんとん》としていて。不思議な経験でした。現地の人からは、ヒンドゥー教の人たちは『罪を洗い流す効果がある』と信じているからと教わりました。でも、あの水で口をすすぐのはもちろん、水に入るのも絶対無理です」

「聞きしに勝る世界ですね」

「実際目にして腰が抜けそうになりました。沐浴は宗教的行為で貧困と関係しているわけではない。そう考えはしたんですけど、とにかく日常からあまりにかけ離れていて。それもあって月並みですけど、健康で何不自由なく、好きな物を好きな時に食べて、暑さ寒さをしのげる家があるならそれで十分、それ以上望んじゃいけない。勝手な言い草ですけどその瞬間は間違いなく、自分の境遇を幸福と感じることができました。ですから自分の目で見た価値はあったと。でも半面、どうしてそんな恵まれた環境にいるのに自分は幸福だと感じられないのだろう。もしかしたら自分は、心からしたいと願うことをしていないのかもしれない。そんなことまで考えちゃって」

思いがけない話に、いったんは盛り上がった場も再び静かになってしまった。

サリタ襲撃犯が捕まったら、命を狙った理由だけは何としても知りたい。つい先ほどはそう考えた。けれども仮に犯人がヒンドゥー教の信者だったら、理由を聞いたとしても日本人である自分が真の意味で理解することはむずかしいのではないか。そんな考えも頭をもたげた。

口に含むことはもちろん、ふれることすら忌避する汚水。ところがそれは、彼らにとっては聖水で、濁《にご》っていても心が清められると信じられる代物。科学的根拠を示せても、心の声は否定できず翻意させるなど到底不可能。ヒンドゥー教徒のサリタももしかしたら、故郷のガンジス川での沐浴を心待ちにしているのかもしれない。

「そういえばランさん、十時から手術でしたね」

「ええ。すでに昨日、島岡さんが産婦人科病院へ送り届けています。戻りは来週です」

中村の質問には芙美が答えた。

午後の分院は静かだった。サリタの事件があってから正門も通用門も閉ざされたまま。今日は外来患者を診る予定だったが、すべて延期されている。

産婦人科病院から電話が入ったのは夜の八時半だった。由衣はタクシーで病院へ急いだ。

「無事すみましたよ」

病院長とは久しぶりの対面だった。

「ありがとうございます。ほっとしました」

病院長室で由衣は写真を手渡された。

「ステージ2の卵巣癌、骨盤部の腹腔《ふくくう》内臓器にまで一部進展してました」

「切除は?」

「両方の卵巣、卵管、それに子宮の他、大網《だいもう》も。後腹膜リンパ節郭清《かくせい》もすませました」

八時間にも及ぶ手術の内容を詳しく説明してくれる。

「……目に見える癌はもちろん、周辺のリンパ節もすべて切除しましたが、膣閉鎖まではしていません。報告書はあらためて提出します。退院と分院への移送は来週の木曜で?」

「はい。昨日と同じように刑務官が官車でうかがいます」

「わかりました。それから抗癌剤感受性検査の結果報告ですが二週間ほどお時間をください」

ランの要望は通らなかった。本来なら喜ぶべきことなのだろうが礼の言葉が続かない。もちろん希望は伝えてあるが、命に別状がない以上、するわけにはいかない。

「……それにしても分院には本当にいろいろな患者さんがいらっしゃるんですね。自分は単純に病気を治すことだけに専念すればよいわけですから弱音を吐いてはならない。そう思えてきます。ここでは新しい命の誕生にも立ち会えますから」

ぽつりと病院長がこぼす。由衣は話を受けた。

「ランさん、希望を胸に日本にきたのにとてもつらいだろうなって。ベトナムでの生活は知りませんが、そこから抜け出そうと淡い夢とともに渡ってきたのだと思いますけど」

「先日、ベトナム人技能実習生が強盗をはたらいたというニュースを耳にしましたが、技能実習制度における人権侵害はひどいですね。ランさんも騙されてしまったわけですけど」

「ようやく法改正も決まりましたが、国連から『現代的奴隷制』と批判されたほどですから。ランさん、賃金の不払いだけでなく、性暴力を加えられ身体も心もずたずたにされてしまって」

「日本人として、何とお詫びをしたものかと。本当に申し訳ない限りです」

傷害の罪で服役しているランは、出所と同時に出入国在留管理庁に身柄《みがら》を拘束され、ベトナムへ送還されてしまう可能性が高い。だがそもそも日本への在留を望むとも思えなかった。

「患者さん、眠っていますがお会いになりますか？」

「それでは顔だけ」

横になり静かに寝息を立てるラン。その寝顔はどこかさびしげだった。

13

東南アジアを思わせる通り雨が町をぬらした。黒ずみ、水たまりのできたアスファルトの上を車が猛スピードで走り抜ける。

約束の時間まであと五分。時計を見たところで声がした。

「由衣さん！」

美帆が駆け寄ってくる。

「驚いちゃった。撃たれたの、麻耶さんが面談した人でしょ？　麻耶さんからも、事情を教えてほしいって連絡が入って」

「ごめんなさい。こちらから連絡しないといけなかったのに。でもテレビやネットで報じられている以上のことを私も知らないの」

顔を合わせるなり口にしたのはサリタの件。

「美帆ちゃん。一人？」

「彼、二十分くらい遅れるって。だから先にアイスでも食べようかなって。つい最近開店した人気の店があるんです」

美帆がスマホ片手に歩き出す。

横に並んだ由衣は、サリタの件を簡単に説明し、麻耶へ伝えてほしいと頼んだ。

「ところで美帆ちゃん、彼氏ってどんな人?」

「イタリアからの留学生。でも彼氏って呼べるほどの仲じゃない。彼は私のことが好きみたいだけど私は悪くないかな程度。でも先生、じゃなかった由衣さんに最初に会ってほしくて」

「つまりイタリア人?」

美帆がはにかみながらうなずく。

「由衣さん、ここ」

「すごい人気ね」

フランス発の新感覚アイス。そんな宣伝文句の店は五稜郭に続く通りに面していた。あいにくの天気だが、日曜ということもあり店の外にまで列が延びている。

「いったいどこで知り合ったの?」

列に並ぶと質問した。大学に入った途端、勉強だけでなく好きなことを見つけて大きく羽ばたこうとしている。青春を謳歌《おうか》している姿は、仕事一本槍《いっぽんやり》の自分より何倍も輝いて見える。

「宗教学概論を履修したって話はしたでしょ。そこでキリスト教のことを知りたいと思ってサークルを探したら、キリスト教学生会って集まりがあったの。顔出してみたら、キリスト教とイタリア語を教えるちょっとイケメンがいて」

「いくつ?」

「三十一歳って話」

「十も年上なの?」

「結婚するわけじゃないし」

「結婚？　もうそんな話が出てるの？」

「出てない、出てない。心配しないで。まだ三回しか会ってないし学外で会うのも実は今日がはじめてだから」

十分ほど待たされ、ようやくアイスを買うことができた二人は五稜郭公園に足を向けた。

「観光客ばっか」

「海外の人、多いわね」

五稜郭跡の石碑を右手に一の橋を渡り、ボート屋が現れたところで左手に折れ、二の橋を進む。親子連れやカップルが、泳ぐ小鴨《こがも》に交じってボートを漕いでいく。門番所跡をとおりすぎたところで二人はベンチに腰かけた。と、美帆の笑顔がはじけた。

「レオ！」

立ち上がると大きく手を振る。

「美帆！」

走り寄ってきたのは、一眼レフのカメラを首から下げ、人懐《ひとなつ》っこい笑顔を浮かべるオールバックの男性だった。身体つきは日本人と変わらない。

「レオ。紹介するね。こちらがいつも話してる由衣さん」

腰を上げた由衣に向かって小さく会釈する。

「はじめまして。レオナルド・フェルミです」

丁寧な日本語だった。由衣が自己紹介をするとレオナルドは頭を下げた。

「美帆さんから聞いてます。素敵な女性。光栄です。お会いできて」

「ありがとうございます。でも、褒めすぎです」

「そんなことない。すぐわかりました。旅行好き、聞きました。今度イタリアきてください」

「ぜひ。『ローマの休日』と『ゴッドファーザー』が大好きなんです。それにしても日本語、お上手ですね。どうやって勉強されたのですか？」

「アニメ」

レオナルドの口からは、誰もが知る日本のアニメ作品が次々と出てくる。

「私の親、私がアニメ観るのダメでした。でも毎晩観ました。テレビにかじりついて。漫画、いっぱい読みました。友だちから借りて。高校生で、日本にどうしても行きたくなって、ナポリ東洋大学入りました」

「ナポリのその大学、創立が一七三二年なんだって。ちょっと驚き。三百年近くも前のことなんだよ。日本だと享保《きょうほう》の大飢饉《だいききん》、吉宗《よしむね》が生きてた時代」

春まで受験生だっただけによく知っている。

「しかもレオ、警察通訳人なの。すごくない？」

「違います。警察じゃない。裁判手伝います。悪いイタリア人、います。でもまだ一回だけ」

「ごめん、ごめん。警察じゃなくて裁判だったんだね」

屈託のない調子でごめんを口にする。美帆のその顔は輝いていた。口では「悪くないかな程度」といっていたが、ぞっこんなのが伝わってくる。

「もしかしたら高田という女性弁護士さん、ご存じありません？　ショートカットで背の高い。

私が会った時にはボストンタイプの眼鏡をかけてましたけど」

「その人、手伝いました」

ベトナム人二人の弁護を引き受けた高田。その高田は、イタリア人がからむ事件でも弁護を引き受けたようだ。つまりベトナム人に限らず、外国人が被告となる裁判を全般的に引き受けていることになる。

三人は立ち話を続けたが、しばらくするとレオナルドは帰ってしまった。

「よかったの？　せっかくきてもらったのに」

「五稜郭の近くでイタリア人の集まりがある。はじめからそう聞いてたからいいの」

あっさりとした物言いだった。

由衣は美帆に声をかけるとベンチに並んで腰かけた。

「長居して由衣さんに目移りしても困るし」

「どういうこと？」

「だって、私が先生に勝てるとこ若さしかないもん」

子どもっぽい物言いがおかしい。

「夏休み。一緒にイタリア旅行をしようって誘われたの。生まれ故郷のシチリアを見せたいって。ローマからは飛行機か船で移動するみたいなの。だから行ってみようかなって」

「二人で？」

「私、海外にはまだ行ったことがなくて。独《ひと》りだとちょっと不安だからちょうどいいかなって」

男性と二人。そう聞けば心配するが過干渉がよいはずもない。

「それは楽しみね。それじゃ、お小づかいを渡すわね」

「本当？　なら、お土産買ってくる」

「気をつかわなくていいの。自分のためだけに時間もお金も使って。でも一応、お母さんには正直に話して承諾をもらったほうがいいわよ。心配するから」

「やっぱ必要だよね。でも反対されたらどうしよ」

「お金はどうするの？　全額自分で出せるの？」

「無理。バイトしてるけど、お母さんに頭下げて借りることになると思う」

「それだったらちゃんと話すしかないわね」

あらためて相談されたらその時は話をするが、こちらからは立ち入らないことにした。

「ねえ、美帆ちゃん。話変わるけど、ちょっと教えてほしいことがあるの」

由衣は話を変えた。

「宗教学概論を履修してるわけでしょ。キリスト教とか仏教とか」

「毎週聴いてる。とってもおもしろいの。それが、何？」

「キリスト教のこと。聖書に『汝《なんじ》、殺すなかれ』って有名な言葉があるでしょ。人を殺してはならないって教え。でも世界には殺人があふれ、国家単位では戦争が必ずどこかで起こってる。アメリカは武器を売るためか焚《た》きつけてるようにも見えるし。古い話だけど、キリスト教会はエルサレムを奪還するため十字軍を派遣したり、宗教戦争ではカトリックとプロテスタントに分かれて血腥《ちなまぐさ》い殺し合いもした。つまり教義は全然守られてない。少なくとも私にはそう思えるの。この矛盾、講義で説明してくれた？」

いったい何をいっているの？　そんな表情を見せた美帆は目を大きく見開いた。

「先生って、やっぱまじめ。そんなこと考えて生きてるんだ」

「誤解しないで。そんなことを考えさせられちゃう事件がちょっと前、身近で起きたの」

突拍子もなくこんな質問をしたのは、イタリア人のレオナルドに会ったため。胸の奥底に押し込める北条を思い出してしまったからだ。

ずっと心の底に秘めていた疑念。それを呼び覚ますかのように届いた北条からの絵葉書。事件には何一つふれていないが、内情を知る由衣は受け取っただけで思い出してしまう。

自らの手で受刑者を葬った。そう告白した北条。だがその言葉に後悔はもちろん、罪の意識と呼べるものは微塵《みじん》も感じられなかった。そこにあったのは確固たる信念。その信念に裏打ちされた誇りとも呼べる大義。だがこの日本で、それが正しいはずはない。認めることもできない。そんな声が頭の中で木霊《こだま》するが他方、北条の行動を肯定し共鳴する声もある。

あなたがしたことは間違っています。声を大にしてそういいたい。いわなければならない。そこまで考えながらも北条の言葉を覆す確固たる思いは自分の中に確立していない。こんな調子では老練な北条にやり込められてしまう、そんな不安がある。

「……うまく説明できるかわからないけど、先生がはじめにいったことは覚えてる。毎年この授業の最初に出るのがこの質問だって」

「この質問って？」

「たった今、由衣さんが口にしたこと。欧米ではキリスト教が信仰されてるはずなのに、どうして殺人や戦争があふれてるんですかって質問。毎年って先生がいうくらいだから、誰もがその理由を知りたがってるってことだと思う」

美帆はここで言葉を切ると、視線を遠くに向ける。

「いろいろ説明してもらったけど、おぼえてるのはアメリカ兵の話」

「どんな話?」

「兵士って、命令が下ったら戦場で殺し合いをするわけでしょ。先生がしてくれたのは第一次世界大戦の話だから百年以上も前のこと。アメリカ軍の新兵が軍事訓練をはじめた時、上官に向かっていったらしいの。自分は子どもの頃からずっと『汝、殺すなかれ』って教えられてきたから、敵を殺す訓練はできませんって」

「それでどう答えたの?」

「答えたのはその上官じゃなくて、もっと偉い人だったみたいだけど、そのお偉いさんの解釈では『殺す』って言葉には複数の意味があると。一つは平時に計画して人を殺すこと。もう一つは戦時に人を殺すことで、これは自分が生き残るためだったり愛する家族を守ったり仲間を救うためのこと。さらには国を守ったり平和を実現するため、つまり正義のための殺人」

「聖書の言葉は前者って解釈なのね?」

「そうみたい。でも、この説明を聞いても全然納得できなかった」

「どうして?」

「だって敵味方の区別なんて、そもそも戦争してる国同士のお偉いさんが決めたことでしょ。絶対的なものじゃなくて、その時のご都合でしかないもん」

「そうかもしれないわね」

「そうかもじゃなくて、そうだよ。それから別の、広島に原爆を投下したB29爆撃機『エノラ・ゲイ』の話もしてくれた。その爆撃機が日本に向かう時『戦争が早く終わりますように。そして平和がもう一度きますように。神のご加護で無事に帰還できますように』って祈ったっていうの。つまり原爆投下は、日本人を殺すことが目的じゃなくて、凶悪な日本という国に勝って平和を実現するための手段だってこと。これって私には、殺人という大罪を正当化するために唱えた言い訳にしか聞こえなかった。投下した人が、原爆というものがどれだけ強力な爆弾かってことをどこまで正確に理解してたかはわからないけど、自分までも騙くらかして盲信できるような何かがなければ、やっぱりあんな残酷なことはできなかったと思う」

「……盲信できるような何か」

「大義っていうか信念みたいなもの。でもきっと、人が人を殺す時には必ずや、その人なりの大義があるんだと思う。もちろん大義なんて言葉を振りかざす人はほんの少数で、実際ほとんどの場合は到底他人にはうかがい知れない、理解不能な、その人なりのわがままな思いに従って行動してるだけだと思うけど」

美帆の説明には納得できる部分もあったが諸手《もろて》を挙げてというわけにはいかない。とはいえ、有史以来殺人は普遍的に存在し、これまで多くの議論が交わされ、それでも結論が出ていないこともまた事実だ。いや永遠に出ないだろうことも。

北条は少なくとも大義を持ち、それを掲げて見せた。その大義にどう答えるべきなのか……。

14

月曜の午後は外来患者の診察を行った。患者の数は五名。そのうち外国人は二名。

外来患者の診察が一段落すると、札幌の高田にメールを送った。ランの手術は無事終了。出廷に向けて万全の準備をすると伝えた。

午後の回診をはじめたのは三時をすぎてから。五階の女性患者を診てから階下へ。カールソンと向き合うと、押し込めていたはずの鬱屈《うっくつ》した気持ちがよみがえってきた。

「手術、しませんか?」

「しません。抗癌剤だけでOK」

身体を起こしたカールソンが、相も変わらぬ答えを返す。

「薬が効いている。そう感じることはありますか? 痛みが薄らぐとか」

「ないです。むしろ少しずつ悪くなってる。そんな感じ」

そう答えたものの悲愴感はまったく感じられない。自分に自信があるのだろう。

弄ばれているように感じた由衣は、大きなため息を一つもらしてしまった。

「あなたどうしても、この私に手術受けさせたい。そうでしょ?」

揶揄《やゆ》するような口調に、割り切れない思いが広がる。思わず由衣はいい返してしまった。

「手術の強要などしません。でも、意味があるとは考えていません」

「私、頑固……そう見えますか？」

カールソンは会話を楽しむかのようにそう口にすると先を続けた。

「いい機会ですから聞きます。この私と同じように治療を拒否した頑固者は？」

「いました」

「どんな人？」

「無期懲役で服役していた八十代の方でした」

胡麻塩頭《ごましお》に染みの浮いた乾いた皮膚。うなじに深い皺が刻まれた平田の顔が思い出される。

「その人、死ぬまでここから出られなかった。そうですか？」

「そうです。ほとんど機能しないほど腎臓《じんぞう》が悪く、週に三回の人工透析が欠かせない方でした。長年透析を続けていましたが、ある日突然、それを中止したいと」

「それであなたは？」

「この分院は法務省管轄の矯正施設の一つです。そこでこの施設に収容されている受刑者の処遇に関する規定を説明しました」

「先日説明してくれた？」

「そうです。本人の意思確認ができる状況ではその意思を最大限尊重します。ですから本人の同意のない治療は行いません。しかしながら、生命に危険が及ぶような状態で、しかも意識が混濁するなど本人の意思確認ができなくなった際には、本人の意思に反する治療を行うこともありうるというものです」

「その人は?」

「治療の中止に関する同意書に署名をされたので治療を中止しました。すると徐々に体調が悪化していきましたが、それでも最後まで透析治療については拒み続けました。意識レベルが低下し、最終的にこちらの呼びかけに応じなくなった段階で、はじめて延命治療に取り組みました。けれどもまもなく息を引き取られました」

「私も同じ形を望みます。意思疎通が行える間は絶対拒否します。本当は意識を失ったあとも拒否したいですが、それはここでは許されないことなのであきらめます。でも希望だけはいっておきます。輸血をしてまで助ける必要はありません」

これには答えようもなかった。輸血は目的ではなく手段の一つ。だがこれも堂々巡り。それ以上の説明はしなかった。

「……輸血しない条件で治療すればOK。それで十分」

こちらの気持ちを見透かしたように口にする。カールソンとしても、いわずには引き下がれないようだった。

「話を変えます。その人、透析治療を中止した理由は?」

「理由はいくつか口にされていました。一つは苦痛。週に三回の治療はつらい。次に治療の意味。おそらく死ぬまでここから出られない境遇なのに、何のために治療をするのか、という疑問。さらに痴呆《ちほう》の症状が出はじめたこと。まじめな患者さんで、時間のある時には常に般若心《はんにゃしん》経《ぎょう》を唱え、被害者の冥福《めいふく》を祈っていましたがそれもできなくなってしまうと。そしておそらく最も大きかったのは……塀の外の奥様が亡くなられたこと。唯一の楽しみであった手紙による交流。それができなくなってしまい、途端に生きる意味を見出《みいだ》せなくなってしまった」

カールソンがそれまでにない殊勝《しゅしょう》な顔を見せる。

「輸血を拒否する理由、それは何なのですか？　本当に教義のためですか？」

黙り込んだ白人男性。うつむき、何かを考え込むカールソンのその姿を見ると、そこに何か教義とは別の理由があるように感じられた。

気を取り直し、診察室へ戻るとカルテの整理をすませた。次いで執務室へ移動してからは文書整理に時間を割《さ》いた。提出しなければならない申請書や報告書が数多く、手つかずのまま残っている。

「この暑さ、何とかなりませんかね」

隣でパソコンに向かい、由衣同様報告書作成に忙殺される中村。その中村が冷たいものを飲みながら、珍しく愚痴をこぼした。

「部屋の大きさに対してエアコンが小さすぎるんです。こんな労働環境だと、採用した新人もすぐに辞めちゃいますって総務を脅かしてるんですけど、一向に改善される気配もなくて。誰かが熱中症で倒れない限り、真剣に取り合ってくれないかもしれません」

汗を拭く中村が語気を強める。去年に続いての猛暑はとどまるところを知らない。本当にここは北海道かと疑うほどだが、新型エアコンの設置は予算次第。容易には実現しない。

けれども過酷な環境に置かれているのは分院だけにとどまらない。函館市においては、公立の小中学校の普通教室への冷房設備の整備ははじまったばかり。子どもたちは扇風機の活用、水筒を持参してのこまめな水分補給、さらに適度な休息などでしのいでいる。

終業十五分前。由衣はパソコンから離れると、別館一階にある医療部長室へ向かった。廊下を歩くだけで噴き出てくる汗。暗いトンネル廊下にも熱気と湿気がこもっている。

「失礼します」

ノックをして、一呼吸おいてからドアを開くとここからも、生温《なまぬる》い空気が流れ出てくる。

顔を向けた熊谷はTシャツに短パン姿だった。

「勇ましい格好ですね」

「まあな。それで何だ？　定時になったら帰るぞ。死にたくないからな」

大袈裟ですね。そう口にしたかったが言葉が続かない。

「話があるなら外で聞く。ここはダメだ。ついさっきエアコンが突然死した。総務に連絡したら、まもなく特別室増設の工事がはじまるから、これを機に出てくれといわれた。明日から今月いっぱい、この部屋は閉鎖だ」

「ここもですか。先日は外来患者用の部屋のエアコンが壊れたし、下水も修理が必要だと」

「満身創痍《そうい》。古い建物だからな。まあこれを機に全面建て替えを決断してくれたらいいんだが」

「……あの。建て替えならいいんですけど廃院になるってことは」

渋い顔をして熊谷が腕を組む。言葉はすぐには続かない。

「……隠してもしかたないからな。たしかにそんな話が出ているようではある」

「熊谷さんも知らされてない？」

「ずっと上、院長と東京のセンター長、それに矯正局の中での話だ。俺たちの耳に届くとしたら決定事項としてだ。その前は単なる噂でしかない」

たしかに雲の上の話だ。

「わかりました。忘れることにします。ところで相談ですが」

「外だ」

こうして二人は、津軽海峡を見渡せる魚のおいしい件の食堂で話をすることにした。

由衣と向かい合わせに座った熊谷は、アイスコーヒーを二つ頼むと開口一番いった。

「撃たれた彼女のことなら何もわからないぞ」

「知りたいのは山々ですが、犯人もまだ捕まっていないわけですから」

サリタのことを聞きたかったわけではない。けれども熊谷が話題にしたので、昼食時に話題となったことを口にしてみた。

「襲撃犯は、サリタさんがあの日出所することを知っていた。これは間違いない事実だと思います。施設側から情報がもれた可能性もゼロではありませんが、仮にそれを除けば、サリタさん本人が教えた相手に絞られます」

「それで?」

「サリタさんの身分帳には、岩田絵美《いわたえみ》という人物と頻繁に手紙をやりとりしていた記録が残っていました。ですからその人物が怪しいと思うんです」

「なるほど」

短く答えると、出されたアイスコーヒーをおいしそうにストローで飲む。

「捜査に進展がないためか、事件に関する報道がほとんどなくなっています。サリタさんも意識不明の状態が続いているようで」

「生き返るな。やっぱり夏は、氷がたっぷり入ったアイスコーヒーだな。エアコンの修理は総務にまかせて、別に金を出し合って冷凍庫を買うか？　そこで氷を大量に作って、アイスコーヒーやアイスティーを心置きなく飲めるようにする。どうだ？」

　由衣の話などまったく無視した言葉だった。

「熊谷さん……」

　さすがに由衣もあきれ、アイスコーヒーを飲むことしかできなかった。

「ネコ。お前、転職するか？」

「転職？」

「心の中では思ってるんじゃないのか？　矯正医官よりずっと、実は自分にぴったりの職業がある。そっちのほうが楽しく活躍できるって」

　いきなりの問いかけにいったい何をいいたいのかわからない。

「お前が有休を取り、自分の小づかいで飛行機や電車を乗り継いで訪ねるならどこへ行こうがかまわない。お前の勝手。口出しする問題じゃないから好きにすればいい。だがその行動が結果的に分院の評判を落としたり、ひいては矯正施設やそこでまじめに働く者に不利益を及ぼすようなら、その時はもうかばうことはできない。いや、むしろ俺は立場上、許すことはできない。それが組織というものだ」

　グラスに残った氷を口にした熊谷が、ガリガリと音を立てて食べる。

　由衣は黙って続く言葉を待った。

「ここからの話は公開された情報じゃない。だから取り扱い注意だ。子どもじゃないからこれ以上はいわないし一度しかいわない。お前は、俺の独《ひと》り言《ごと》を耳にする。それだけだ」

一呼吸入れた熊谷が手にしたグラスをテーブルに置く。

「警察はもちろん、さっきお前が口にした女性の住所を真っ先に訪ねた。だがそこに該当する女性はいなかった。いや、そこはどうも誰も住んでいない空き家だったって話だ」

「本当ですか？」

驚きの声を上げたが、熊谷は由衣を無視し何ごともなかったかのようにストローを指で折る。

「ネコ。お前があっちこっち、いろんなところに首を突っ込みたがる性格ってことはよくわかってる。それはもう変えようがないことも。止めろといっても止めないだろうから一つだけいっておく。くれぐれも周囲を巻き込むな。俺が思うに、刑事や探偵より医者のほうが向いてると思うが、まあそれも含めて自戒して行動しろ」

さすがに刑事や探偵に職替えをする気はない。

「ちょっと待ってください」

腰を上げた熊谷に声をかけた。話は終わった。そう勘違いしたようだが本題はこれからだ。

「まだあるのか？」

「まだって、本題はサリタさんではありません」

「違うのか？　だったら先にそれをいえ」

渋々といった表情で座り直すと、次いで飲み物を追加する。

「それで今度は誰だ？」

「ナザレのカールソンさんです」

「例の件か？」

由衣は、抗癌剤治療のみを受け入れるカールソンの件を、自分の考えとともに説明した。

「……分院にガイドラインがないのは事実だ。結果として押し付ける格好になってしまったが院長とも話はしてる。本人が絶対的無輸血しか受け入れない以上、できることは限られてるからな」

「ありがとうございます」

「わかると思うが、分院から出すより、受け入れ先から同意を得るほうがはるかに面倒だ」

話し終えた由衣は氷まできれいに飲み干すと、時計を見て立ち上がった。

「ネコ。週末だが」

今度は逆に、熊谷が由衣を引き留める。

頼みごとだけして帰るわけにもいかず、熊谷がそうしたように由衣は渋々腰を戻した。

「外国人処遇に関する会議が週末、センターで開かれる。基本的には処遇部長が出席するが、それとは別に、治療をする矯正医官の立場で意見交換をする場が設定される」

「医官の立場？」

「お前が何度も訴える翻訳や通訳バイトの募集・採用の簡素化など、現場が改善を求める実務を見直す会議だ。もちろん募集や採用にこだわる必要はない。広く、日本語が通じない外国人との意思疎通に関する問題点の洗い出し、共有化、さらには解決策を模索する会議だ。センター長主催となってるが集まるのは現場の者だ。話したように、分院からは処遇部長が出席するが、できれば医官もと出席を打診されてる。考えてみたら、この俺よりお前のほうがはるかに適任って気がしてきた。どうだ、出席してみないか?」

「東京のセンターで?」

「今回はキックオフだから、顔合わせの意味も含めてセンターに集まるが、二回目以降はネットでの参加も可能って話だ。だから毎回センターへ出向く必要はない」

「改善に向けた会議ですね」

「予算次第だろうが、まずは顔を出して現場の置かれた不合理な現状を説明する。これがなければはじまらない。センターから類似の意見が出たら分院も同じ問題で悩まされているとあと押しするんだ。『問題なし』と捉《とら》えられたら困るからな」

「承知しました。出席します」

その言葉を最後に、由衣は店を出た。

久しぶりの東京出張。実家に泊まれば母も喜ぶ。だがこの機会に一つ、訪ねてみたい場所があった。サリタが手紙を送っていた先。熊谷からは「該当する女性はいなかった」と説明されたが信じられなかった。

15

在日米軍の航空基地だった立川《たちかわ》飛行場。二〇一八年一月、昭島市のこの跡地に開庁したのが函館分院の上部組織でもある東日本成人矯正医療センター。八王子市にあった医療刑務所、通称「八刑」が移転したもので敷地面積は五・五平方メートル。東京ドームより少し広い。すぐ隣には三百五十戸を超える職員宿舎の他、アジア極東犯罪防止研修所や公安調査庁研修所も整備されている。もちろん収容人数も分院に比べれば桁違《けたちが》いに多く、定員は五百八十名。手術件数も年間百件を超える。

最寄りのＪＲ青梅《おうめ》線・東中神《ひがしなかがみ》駅に降り立った由衣はタクシーでセンターへ向かった。歩けない距離ではないが、文字どおりの炎天下を徒歩でとなると熱中症になりかねない。

センターまでやってきたのは、熊谷からの依頼を受けた外国人の処遇に関する会議への出席。受付をすませて会議室に入ると見知った顔に目が留まった。

「八橋先生」

「金子さん。先日は立ち話だけで失礼しました」

熊を思わせる巨体が腰を上げ、頭を下げる。熊谷と兄弟かと見紛《みまご》うほどそっくりな八橋とは、議員視察の際に会って以来。ちなみにはじめて言葉を交わしたのは二年前。大阪で開催された学会でのことだった。

「金子さんが分院の代表?」

「処遇部からも部長が出席していますが、医官の立場で。代表というとおこがましいですが、ベンガル語を話すインド人やベトナム人の主治医をした経験があるので」

「自分も今、ベトナム人とフィリピン人の主治医をしてます。センターでは、翻訳や通訳などの業務は、近くにある府中刑務所の国際対策室に依頼できますからこの点、分院より数倍楽をさせてもらってます」

「ベンガル語についてはよい通訳さんを見つけられましたが、今後のことを考えると不安で」

「わかります。その気持ち。ちょうどよい機会ですから一緒に現場の窮状を訴え、少しでもよい環境を整えてもらいましょう」

差し出された腕は毛むくじゃらだった。

午後一時からの会議は定刻にはじまった。出席者は主として、外国人を収容している刑務所や医療刑務所の刑務官や矯正医官。センター長からの挨拶に続き、各刑務所から外国人を収容・処遇するにあたっての問題点が発表された。分院からは、現在進行形で発生している問題点、主として医療面を由衣がまとめて発表した。

「よかったです。分院の発表」

会議終了後、そういって八橋が歩み寄ってきた。

「翻訳や通訳の手続きは本当に面倒ですからね。札幌刑務所はF指標受刑者を収容する施設ですから、府中や横浜のように国際対策室を新設して、そこで手続きをできるようにしたら現場は楽になりますよね。でもまあF指標受刑者は医療刑務所にも入所するわけですから、医療刑務所に同様の組織を作り、もう少し幅広い権限を付与すれば業務は効率化されるはずです」

「たしかにそうですね。明日からすぐにといかないことはわかりますし、来年度もむずかしいでしょうけど、検討ははじめていただきたいです」

「同感です。タイ語やベトナム語は翻訳機に加え手作りの用語集を準備して対応してますが、病状は患者ごとに違うわけですからね。通訳や翻訳を支援してくれる人材を手軽に採用できる態勢は必須です。ちなみにこれに関連した資料を、視察した西尾にも送っておきました」

「あの議員さんへ?」

「はい。奴の力ですぐに予算が付いたり、手続きが簡略化されるとは思えませんが一応議員ですから。まあ、ある種陳情みたいなものです。ところで今日は、このまま函館に?」

「いいえ。実家に立ち寄ってから」

「それでは夕食、ご一緒願えませんか? 近くに地中海料理の店があるんです」

意気投合すると、六時に集合する約束をして別れた。由衣はそれまでの時間、会議室へ居残り報告書作成に没頭した。夕食前に終わらせたら、ゆっくり食事を楽しめる。


「ここ、大阪でご紹介いただいたイタリアンの姉妹店で、去年の秋にできたんです」

席に着くと、先にきていた八橋に教えられた。

「姉妹店ですか。先生はよくこちらへ?」

「毎週とはいきませんが月に二、三度は。ピザは大阪の店と同じですが、この店だけのオリジナル・メニューもあるんです」

「写真を見るだけでおいしそうですね。ところで大阪はイタリアンの看板でしたけど、こちらは地中海料理。何がどう違うんですか？」

「いい質問ですね」

八橋がメニューを手に取る。

「姉妹店とお話ししましたが大阪でイタリアン、名古屋でギリシャ料理、東京で地中海料理の店を三兄弟が経営してるそうなんです。末弟がこの店のオーナーで二人の兄のいいとこ取り、つまりイタリアンとギリシャ料理の人気メニューを集め、地中海料理を名乗っていると」

「それはそそられますね」

「そういっていただけると。オーナーシェフは、二人の兄が経営する大阪と名古屋の店にも顔を出し、人気のメニューを教えてもらってるそうです」

「大阪の店もおいしかったし、どこも繁盛してるわけですね。私、ご存じのように好き嫌いはなく何でも食べるので、ここは八橋先生におまかせしてよろしいですか？」

「それでは」

何度もきている。そう口にするだけあって八橋は手際よく店員に希望を伝える。

「大阪で食べた生地《きじ》の薄いピザ。あれが忘れられなくて。人気ナンバー・ワンなので必ず頼むんです。それからポルチーニのリゾットも絶品で。赤ワインで煮込んだ……」

一しきり、ワインを飲む前から酔い心地で話をする。実際、テーブルに並べられた料理はどれも唸《うな》るようなおいしさだった。白ワインで乾杯し、ブッラータのカプレーゼから食べはじめると手は止まらない。

「自宅で作る時はモッツァレラ・チーズを使うのでブッラータははじめてです。とろっとしてクリーミーですね」

「そうなんですよ。自分もここではじめて食べたんですが感動しました」

「これは何ですか？」

「ギリシャの伝統料理のムサカです。クミンとコリアンダーの香りが地中海らしくて。茄子《なす》とひき肉、それにチーズの相性が抜群なんです」

熊谷同様、熊を思わせる体軀《たいく》の持ち主である八橋は、障害物を物ともせず突進するブルドーザーそのもの。テーブルに並べられる色とりどりのご馳走《ちそう》を次から次へと片づけていく。気持ちよいほどの食べっぷりだった。

「もう一本、今度は赤にしようかと思いますが？」

「お願いします」

飲むほうも底なし。蟒蛇《うわばみ》を思わせる。

「……そういえばGWが明けたくらいでした。北条さんから突然、絵葉書が届いて」

赤ワインのボトルが半分ほど空いた頃、八橋が突然、思いがけない名前を口にした。

「それを読んでミラノで暮らしていると知りました。それにしても、どうした風の吹き回しだろうかと驚きました。最後にお会いしたのはたしか……自分が結婚して、分院からセンターへ戻る時でしたから、かれこれ六年は経つはずで」

「センターへ戻られてからは一度も？」

ほろ酔い気分で美食を味わっていたがすぐに背筋がピンと伸びた。

「何度か電話で話した記憶はありますが、お会いする機会はなくて。金子さんはもちろんご存じですよね？　ミラノにお住まいのこと」

「ちょうど北条さんがミラノに発《た》たれた時、羽田で見送りました。それに実をいえば、私のところにも絵葉書が届いて」

「そうでしたか。何でも娘さんに頼まれてお孫さんの面倒を見ているとか」

「そのようにうかがいました」

「何とも羨ましい限りです。のんびり暮らしているようですからね。お孫さんの相手をしている時にきっと、分院のことを思い出し、懐《なつ》かしくなって書いたんでしょう。でもやはり文化の違いはあるようですね」

「文化の？」

「具体的にどうこう書かれていたわけではありません。絵葉書を読んでそう感じただけで。でもまあ違うのは当たり前。イタリアの国教ではないものの、宗教的にはカトリックの総本山であるヴァチカンのお膝元ですから」

北条本人が、自身の犯した罪を告白したわけではないようだった。

「金子さんが受け取られた絵葉書には何か？」

「いえ。特別なことは。お孫さんの世話をされているとだけ」

「そうでしたか。ところで一つ、金子さんに教えていただきたいことがあるんですが」

饒舌《じょうぜつ》は止まらない。ワインを一気に飲み干すと上機嫌で顔を近づけてきた。

「野次馬根性丸出しの質問なので無理にお答えいただく必要はないのですが」

勿体《もったい》ぶった調子でつぶやくように小声でいうと、眉間に皺を寄せる。

「インド人が出所直後に撃たれたというあの事件、犯人の目星はついてるんですか？」

予想もしない質問だった。けれども考えてみれば、センター勤務の八橋にとっても他人事ではない。興味を持つのは当然のことだ。

「……残念ながらまったく。むしろ教えてほしいくらいで」

「そうでしたか。もしかしたら金子さんも事情聴取など？」

「主治医でもありましたし、事件も目撃したので。でも私から話せることなんてこれっぽっちもなくて。せいぜい身分帳を読んでください、くらいしか」

「まさか金子さんが主治医だったとは。事件を目撃されたとなると驚かれたでしょう」

由衣は目撃したその時の状況を差《さ》し障《さわ》りない範囲で説明した。耳を傾ける八橋は、半分眠そうな顔をしながら「なるほど」を繰り返す。

「事件発生から十日ほどですが、警察からの発表は一切なく、テレビやネットにも新しい情報が出なくなって。早くも忘れ去られてしまったのかと」

「毎日のように殺人事件が起きる世の中ですからね。ちなみに、撃たれた被害者の方は？」

「面会謝絶なので見舞いにも行けなくて。それでも処遇部の詩織さんが、別件もあって訪ねた際、看護師さんと話だけはできたようですけど、それ以上は」

「まだ意識は戻らない？」

「はい。詩織さんが訪ねた際、ちょうど警察の方がいらしたそうですけど何も聞けなかったと」

「ご家族は？　見舞いには誰も？」

「誰もきてないようです」

「冷たいですね。仲が悪かったんでしょうか？」

たしかにそのとおりだった。ニュースは全国に流れた。家族の耳に入らないはずはない。

「ちなみにその患者さんの罪状は？」

「ストーカー規制法違反です。男性にしつこくつきまとったようです」

「どこにでもあるんですね。つきまとわれたその男性は今、どこで何を？」

答えられなかった。

「まさかその男性が復讐《ふくしゅう》を？」

「そんなこと思いもしませんでした。でも、そういわれると気になります」

「早く捕まるといいですね。でも撃たれた患者さんも若かったようで気の毒です」

サリタはまだ二十五歳。夢を抱き来日したはずだ。ところが何を間違ったかストーカーとなって刑務所に収容され、出所できたと思ったら銃で撃たれてしまった。そんな展開は誰一人想像すらしていなかっただろう。明日は無理だが機会があればその男性にも会ってみたかった。

八橋との歓談は十時、ワインボトル二本を空けたところで終わった。


実家で迎えた休日の朝も、抜けるような青空が広がっていた。今日もまた猛暑、いや酷暑。母が作ってくれた朝食をゆっくり食べながらも、午後の外出を考えると気が滅入《めい》った。

函館に戻る前に訪問してみよう。そう考えた先は、サリタが手紙を送っていた女性の住まい。

東京駅に荷物を預けＪＲ武蔵野線《むさしの》で約一時間。乗り換えることなくアイドル顔負けの吉川美南《よしかわみなみ》という名の駅に着いたのは二時をすぎた頃だった。駅舎も、車が停まる駅前広場も新しい。大きなマンションやショッピングモールもある。駅名を知って驚いたほどだから降り立つのはもちろんはじめて。帽子をかぶるとペットボトルを手に、スマホに登録した住所を頼りに歩きはじめる。住所表示は埼玉県三郷市《みさと》。まったく馴染みのない場所だった。

足を踏み出すたび靴底から熱がはいあがってくる。徒歩で十三分。スマホにはそう表示されているが着く前に熱中症になりそうだった。雑草が生い茂るドブ川。痛いほどの蟬の合唱が脳味噌《のうみそ》に響いてくる。小橋を渡り、桜並木の続くアスファルトの通りを川に沿って進む。時々、思い出したように車が走ってくるが人影はない。猛暑の中、誰もが外出を避けているのだろう。

どこからか異臭が漂ってくる。まとわりつく風と相まって吐き気を催しそうになる。通りを左に折れ再び小さな橋を渡る。歩きはじめてから十五分がすぎた頃、目的地と思しき場所に何とかたどり着くことができた。

そこに建っていたのは広い敷地を有する大きな家。大谷石《おおやいし》の塀に囲まれているので中は見通せないが、少し距離を取って眺めると、黒い瓦屋根《かわらやね》の二階家が見て取れた。けれどもそれはどこか薄汚れ、人間の温《ぬく》もりをまったく感じさせない代物だった。石の柱を左右に配した立派な門。けれども表札はない。通用口と思われる小さな門の脇にあるのは渋い色合いの郵便受け。近づいてみると住所とは別に「岩田」と黒マジックで書かれたビニールテープが表面に貼られていた。

岩田絵美。

サリタに手紙を送ってきた女性。身分帳によれば、サリタと岩田は頻繁に手紙のやり取りをしていた。つまり相応の数の手紙が、函館にある分院と目の前のこの家との間を行き来していたことになる。それを考えれば、サリタが送ったその手紙を誰かが受け取り、読んでから返信の手紙を送っていたことは間違いない。

サリタが送った手紙をいったいどこの誰が、どうやって受け取り返信していたのか？　空き家と思しきこの屋敷然とした家には、いったいどんな家族が住んでいたのか？

向かい合って建つ一軒家。そこを訪ねてみることにした。門のブザーを押す。「はい」という声に続いて玄関から出てきたのは白髪頭の女性。歳《とし》に似合わぬミッキーのTシャツを着ている。

「突然、すみません。お向かいさんを訪ねてきたのですがご不在のようで」

「松浦《まつうら》さん？」

どう答えたものかわからず、うなずいてみせる。

「いないよ。二年ほど前に夜逃げして、どこ行ったかわからずじまい。探しても無駄だよ」

「夜逃げ？」

「よくわからないけど、ある日突然、家族全員がいなくなっちまった。でもまあ、家族といっても老夫婦が二人だけだったけどね。あんたも騙された口かい？」

「騙された？」

「少し前、警察の人がきてそんなことをいってたよ」

「岩田さんという女性がお住まいだったのではないかと？」

「岩田？　二十年以上ここで暮らしてるけど、そんな人、見たことも聞いたこともないよ」

「ちなみにその松浦さんというご夫婦の、奥様の下のお名前は？」

「眞由美《まゆみ》だったかな」

鼻で笑い、胡散臭《うさんくさ》いといわんばかりに玄関を閉める。

拒絶されたように感じると、それまで意識しなかった暑さが身に沁《し》みた。照りつける太陽が鬱陶しい。汗が噴き出してくる。無駄と考えながらも由衣は、松浦という老夫婦が住んでいた家の周りを一周してみた。

「すみません」

件の立派な門の陰《かげ》に身を寄せ、一休みしていた時だった。赤い自転車がすぐ目の前をとおりすぎる。飛び出した由衣は、青い帽子に水色シャツの男性に背中から声をかけた。

「ちょっといいですか?」

自転車を停めた男性がゆっくりと振り返る。若い。人懐っこい笑顔は十代のものだ。

「こちらの松浦さんのこと、教えてほしいんですけど」

顔を門に向ける。

「こちらの家、表札は出てませんけど松浦さんというご夫婦が暮らしていたようなんです。でも私、こちらの住所の岩田さんという方に手紙を送っていたんです。会って話をする必要があったので足を運んだんですけど驚いたことに空き家みたいで。何かご存じではありませんか?」

面倒な部分を脚色して問いかける。

「知りません」

「こちらの家の、そこの郵便受けに郵便物を届けたことは? 岩田という名前が書かれていますけど」

「ないです。一度も。学生のバイトで、まだはじめたばかりだから」

浮かぶのは困惑顔。

「いつから？」

「十日ほど前」

サリタが送った最後の手紙。その発送は、身分帳の記録によれば六月下旬。サリタが襲われた日の二週間ほど前。そうであれば、届けたのはこの学生ではなく前任者。

「引き継ぎで、前任者の方は何かおっしゃってませんでしたか？」

「会ったことないので。バイトはじめた時、担当するこの地域の地図を渡されただけだから」

どうにも話がつながらない。

「前の人も、ぼくと同じ学生で、怪我をして辞めたって」

続けて教えてくれたが、これ以上は聞いてくれるな、という表情だった。

立ち去るバイト学生。背中を見送りながら郵便局に押しかけることも考えたが自重した。個人情報の取り扱いにうるさい昨今、教えてくれる可能性は低い。それどころか不審者と思われ通報されてしまうかもしれない。何よりこうした結果は予想できた。

東京駅に戻り着いた時には夕方の五時をすぎていた。駅弁を買って新幹線に飛び乗る。

美帆から電話がかかってきたのは七時前。

《由衣さん、今、話せる？》

「ちょっと待って。デッキに移動するから。東京からの帰りなの」

声に元気がない。そう感じた由衣はあえて大きな声で話しかけた。

《お願いがあるの》
「何?」
《夏休み、一緒にイタリアへ行ってほしくて。レオが案内してくれるはずだったけど、外せない仕事が入って一緒に出発できなくなったって。急なお願いでむずかしいかもしれないけど私、海外はじめてだからちょっと不安で。ホテルはレオが予約してくれたところに泊まるつもりだけど、飛行機は格安チケットだから羽田発の韓国仁川《インチョン》経由なの》
「出発はいつ?　何日間?」
《出発は八月の連休で現地七泊。でもひどいよね。お盆時期で、ふだんは格安だけどものすごく高くなってるチケットを予約したのに》
唇を尖らせる顔が目に浮かぶ。
「チケットが取れるなら同行できると思う。実は分院の友人と行くはずだった旅行がキャンセルになっちゃったの」
《本当?　チケット高いけど行ってくれるの?》
声の調子が百八十度変わっていた。
「明日また連絡するわね」
こう答えたものの気持ちは決まっていた。
自宅に戻った時には十一時をすぎていた。由衣は荷物を置くと、本棚の下の引き出しから手紙や葉書を保管している空き缶を取り出した。表面にウサギやキリンの絵が描かれた空き缶は小学生の頃から愛用している。中身のクッキーも大好きだったがそれ以上に、踊るように描かれた動物たちが愛らしく大切に使っている。

蓋《ふた》を開け、整理した書簡の中から、つい先日届いた北条からの絵葉書を取り出す。

イタリアへ行くならこの北条と会って話がしたい。昨日八橋と話をして、北条から絵葉書が届いたと教えられたことで思いはさらに強くなっていた。

会ったとして、いったい何ができる？　北条が出発したあと、しばらくはそんな気持ちになっていた。実際頭に浮かんでくるのは、北条と最後に話をした羽田空港の展望デッキの光景。その後、自分の中に浮かんだ不道徳な思いに悩んだ時もあったが、最近ぼんやりとだが答えらしきものが見つかったように思えてきた。それを思うとミラノに北条を訪ね、あの時の話をする、しなければならない。少しずつ、そんな心の声が大きくなりつつあった。

16

東京から期待して戻ったものの、函館で涼しくすごすことはできなかった。

海の日の朝、情報番組を見ている時だった。お馴染《なじ》みの気象予報士が、今年のヨーロッパは日本以上の猛暑になっていると伝えた。つい数年前。国連の事務総長が「地球沸騰化の時代が到来した」と警告したばかりだったが、ますますひどくなっているという。

旅行を思えば雨模様より晴れがいい。けれどもイタリア・シチリア島で四十七度を記録したとか、山火事の発生も大問題となっているなどと聞くと途端に憂鬱になる。

美帆から旅行資料一式が届いたのはその日の夕方だった。食後、ソファに寝転びパンフレットに目を通した。目的は美帆のサポート。それを考えれば別の便では意味がない。とはいえ出発まですでに一ヵ月を切っている。しばらくパンフレットを眺めていたが、意を決して起き上がるとパソコンに向かった。予約サイトで美帆と同じ仁川経由の便を探す。繰り返し検索を試みたが、往路はともかく復路は前日の便しか予約できなかった。

由衣としては、ミラノの北条訪問も外せない。こちらは美帆とのローマ観光のあとにした。無駄足を避けるには事前連絡をするしかない。けれども連絡をすることで逆に会えなくなる気がした。会ったからといって日本へ連れ戻せるわけもなく、そんな気もさらさらない。けれども北条が同じように考えるかはわからない。雲隠れする可能性もある。

当直のこの日。銃撃事件から二週間がすぎ、ようやく正門と通用門が使えるようになった。午前の回診をすませた由衣は処遇部に、特別司法警察官に任命された島岡を訪ねた。サリタが襲われた直後、刑事の倉本から根掘り葉掘り事情聴取を受けたがそれ以来だった。

「お昼時に申し訳ありません。ちょっとよろしいですか？」

不在なら出直そう。そう考え訪ねたが幸運にも島岡は昼食を取っていた。愛妻弁当なのか、机の上には大きな曲げわっぱとお茶が置かれている。

「どうぞ。ちょうど食べ終えたところですから」

弁当箱を片付けた島岡は、隣の空いた椅子を由衣に勧めた。

「今日の勤務は定時まで？」

「はい。例の事件で倉本さんと一緒に動くことになりました。そこでしばらくの間、昼間勤務だけにしていただいてます」

刑務官の勤務は二種類。朝七時から夕方五時までの昼間勤務と、朝七時半から翌朝七時半まで二十四時間働く昼夜間勤務。一週間の労働時間は三十八時間四十五分と決められている。

「実は東京出張の帰り、サリタさんが手紙を送っていた女性宅を訪ねてみたんです」

由衣は自分の目で確認するため、身分帳の記録を頼りに訪問したこと、そこで郵便配達のバイト学生と話をしたことを伝えた。

「……それはわざわざ。暑い中、ご苦労様です」

「これが犯人逮捕や事件解決につながるとまでは思ってませんけど、どうしても気になって」

「わかります。その気持ち。でもこちらからお話しできることはないのです。何か発見があればすぐに知らせるよう道警からは指導されてますが、外様《とざま》なので教えてもらえることはほとんどなくて。事件報道が減ってご心配かと思いますが、もちろん捜査は続けてます」

島岡らしい、配慮した物言いだった。

「銃を使った凶悪事件ですから、慎重に捜査を進めていることは素人にもわかります。今日ご報告したのは、若い刑事さんから釘《くぎ》を刺されたこともありますが、あとから皆さんのお耳に入る形になると、島岡さんにご迷惑がかかると考えて」

「お気づかい、ありがとうございます。ご報告いただいた件、責任をもって倉本さんに伝えておきます。でも捜査は我々がしますから」

「よろしくお願いします」

昼を知らせるチャイムが鳴る。由衣は処遇部をあとにした。

昼食後、メールの確認をすると弁護士の高田から連絡が入っていた。裁判日程に関する通知だ。ランの手術は無事成功したとすでに伝えてある。その手術からもまもなく二週間。ベッドで安静にすごすランは無口なままだが、気のせいか明るい表情を時に見せるようになっている。痛みが薄れたことはもちろん、病気と身体の調子を客観視できるようになったためと思われた。

「ランさん。珍しく自分のほうから声をかけてくれました」

弾んだ声を芙美が上げる。

「もしかしたらはじめて？　何といってました？」

「オムレツ、おいしいと。昼食の卵焼き、ベトナム風に変えたのがよかったみたいです」

「やっぱり故郷の味ですね。若いから、食べるものをしっかり食べて睡眠を十分に取れば徐々に回復すると思うけど」

「そうですね。好き嫌いはないみたいですけど食が細いのはちょっと心配で」

芙美もまるで自分のことのように顔をほころばせる。

術後、しっかり体力をつけるためにも、残さず食べるメニューに変更してもらった。その一つがベトナム風オムレツ。口に合ったようだ。これも美貌のなせる業なのかもしれない。誰もがランを心配し、力になろうとする。

由衣は午後の回診でランの体調を確認したあと、高田にメールを送った。すると待っていたかのように、出廷は再来週の木曜正午にしたいと返信が届いた。大事を取って手術から約四週間空けてくれた。これなら車椅子を使う必要もない。由衣は了承した旨を返した。その週の週末からは夏休み。イタリア出発前に終わらせ、肩の荷を下ろして旅立ちたかった。


連日の暑さで、患者に出す食事にも注意が必要になってきた。

万全を尽くしているが、矯正施設での集団食中毒はこれまでにも数回起きている。由衣が知る中、最も規模が大きかったのは二〇一八年七月に京都刑務所で発生したもの。受刑者および職員一千百人強のうち、半数を超える六百人以上がほぼ同時に下痢や腹痛の症状を訴えた。

最近では二〇二三年。横浜刑務所で三百人弱がやはり下痢や腹痛を訴え、一部受刑者の便からはウエルシュ菌が検出された。いずれも軽症だったが、この食中毒は暮れも押しつまった十二月の下旬に発生していた。夏であれば気を付けるが、冬なので油断してしまったのかもしれない。だがいずれにしろ、分院に収容されている患者の多くは重篤な疾病を持つ者。食中毒が発生した場合の影響は計り知れず、それを考えると背筋が凍《こお》った。

「食事、取れてますか?」

午後の回診で由衣は一人一人に声をかけた。食中毒は恐ろしい。けれども食が細くなり栄養不足で体調を崩すことも避けたい。拒食症患者への配慮も欠かせない。若い女性に多く、分院にも数名が入院している。

先日出所したサリタはヒンドゥー教徒で魚介類全般、牛肉と豚肉、さらには卵も口にしなかった。牛は神聖な動物で崇拝され、豚は逆に不浄な動物とされているからだという。しかし医師からすれば入院中くらい栄養のある物を食べてほしかった。その点カールソンにも禁忌となる食べ物はあるが、こちらはカフェインを含むコーヒーや茶、それに酒だから大きな問題はない。

「食事、食べてますか?」

「はい」

「手術、しませんか?」

カールソンを前に、由衣は決まり文句を口にした。返ってくる言葉は決まっている。「今のままならしません。抗癌剤だけでいいです」だ。ところがどうしたことか、今日に限ってはこの決まり文句を口にしない。何かあったに違いないが、当のカールソンは身体を起こしたまま、視線を合わさず灰色の壁をただ見つめるだけ。

「来週の木曜午後、面会があります」

長居をしても無駄。そう考え退出しようとした時だった。

「どなたがいらっしゃるんですか?」

「妻と教団の関係者。二人」

「体調を心配して?」

「手紙にはそう書いてありました。でも違います」

振り向いた由衣に投げかけられたのは絞り出すような険しい声。それは入院後はじめて見せた困惑の表情でもあった。

「手術をするなと釘を刺しにきます。きっと」

苦々しい表情だった。

「絶対的無輸血が受け入れられるなら問題ありません。すぐにでも手術します。でもそれは無理だと聞いてます。手紙でもそう説明してます。でも外部の人間、こちらの状況を正しく理解してません。生き延びるため、輸血同意書にサインして手術をしてしまう。それを心配してます」

「……わざわざその確認のために? 私にはまったく理解できません」

想像もしないことに由衣はただ、大きく深いため息をつくことしかできなかった。論点がずれているのはいつものこと。今さらという気持ちにしかならない。何とか命を救いたい。そう考え、まじめに取り組んでいるのはもちろんだが話は噛《か》み合わない。

「手術は目的ではなく手段にすぎません。目的は命をつなぐこと。必要であれば手術をする。それだけのことです」

「もちろんです」

「その二人は、生命の危機に陥った場合も輸血をすることは間違いである。教義の点からそう考えているわけですね？　そこでそれを強要、いえ説得するためにやってくる」

「あなたの立場からはそう見えるのでしょう。それはわかります。そして医師のあなたはそれを受け入れられない」

「受け入れてます。受け入れているからこそ、患者本人の意思を無視した治療はせず、投薬だけに頼っています。わからないのは、わざわざここへ足を運び、説得なのか強要なのかはわかりませんが、そうしたことをしなければならないと考える人たちがいることです」

「教団の中で私はそれなりに高い地位にあります。そうした者が教義に従わなかったと世間に広がるとまずいことになる。彼らはそう考えてます。教団として、信者に正しい道を説くことができなくなるから」

頭が痛くなりそうだった。堂々巡りも甚だしい。

「カールソンさん。あなたが教団の中でどれだけ高い地位にあるのかはわかりませんし、正直興味もありません。けれども、そんなあなたのことを教団の方々は信用していない。一人にしておいたら不安にかられ、転ぶかもしれない。そう考えているということですか？」

「……本当に、悔しいだけでなく腹立たしい」

この言葉にはカールソンの今現在の気持ちが強く込められている。そう感じた。

「私……日本へくる前にアメリカで実の娘を亡くしてます」

「それは輸血を拒否したから？」

答える代わりにカールソンは、瞼を閉じ、頭《こうべ》を垂れた。

「まだ十歳でした。かわいくてかわいくて。目の中に入れても痛くない。日本語で表現するとすればまさにこれでした。代われるなら代わりたい。事故に遭って痛みを訴える娘を見てそう願い祈り続けました。でも神はこの私の願いを聞き入れなかった」

「あなたが信じる神様は、あなたに、そして娘さんに、いったい何をしてくれたのですか？」

「神は……私が信じる神は、輸血をしなかったことで娘を復活させてくれます。永遠に生きることができるのです」

「娘さんのことははじめて聞きましたが……」

どう続けたものかすぐには思いつかなかったが、心に浮かんだ気持ちをそのまま言葉にした。

「カールソンさん。あなたが輸血を拒否しているのは、娘さんのことがあったからではないのですか？　娘さんの命を奪ってしまった以上、輸血が必要となるかもしれない手術を自分が受けることは許されない。それは裏切りである。そう考えているのではありませんか？」

「裏切り？」

カールソンが伏せていた顔をゆっくりと上げ、由衣を見つめる。

「思想信条に口をはさむ気はありません。人それぞれ生まれも育ちも違います。おそらく私はあなたが信じるものを一生理解できないと思います。でもだからといって否定はしません。理解できないことを理由に」

由衣もカールソンを見つめ返す。

「あなたは娘さんを死なせてしまったことを後悔して思い悩み、その時下した決断を正当化するため自分自身を同じ境遇に置こうとしている。少なくとも私にはそう見えます。つまり教義に従い拒否しているのではない、と」

無表情な顔が曖昧《あいまい》な、どこかさびしげなものに変わったのはしばらく経ってからだった。カールソンは腕を伸ばすとベッド脇に飾っている写真を手に取った。写っているのはカールソンと金髪のかわいらしい少女。この少女が十歳で亡くなった娘なのだろう。

「ジェニファー……ジェニファー……」

囁《ささや》くように写真の少女に呼び掛ける。

「……私は弱い人間です。でも……神が助けてくれます」

この言葉が意味することを由衣は理解できなかった。これからもできないだろうと感じた。

「一つ教えてください」

あえて由衣は事務的な口調でいった。

「今後も手術を選択しない場合のことです。ここには放射線治療の設備がないので、頼れる治療は抗癌剤を中心とした化学療法だけになります。投薬だけならどの刑務所でも可能です。つまり分院に居続ける必要はなくなります。それでもここでの治療を希望されますか?」

この問いにカールソンが答えることはなかった。

神様。神様。神様。

階段を下りる由衣の頭の中で渦巻いていたのはこの言葉だった。幸か不幸か、平凡な日本人である自分は特定の宗教を信仰していない。もしかしたら将来信仰するかもしれないが少なくとも今はそうではない。実家には仏壇もなく、亡くなった父は写真が飾られているだけ。母も、思い出したように線香をあげているが単なる習慣。仏教徒ではなく、先祖が日蓮宗《にちれんしゅう》だったので慣習的に続けているだけ。年末には当然のようにクリスマスを祝う。自分にとってのクリスマスは、プレゼントをもらい苺《いちご》のケーキを食べるだけのイベントで、それは今も変わらない。

カールソンが神様にすがるのはかまわない。だが受刑者となった現状を見れば、誰かに迷惑をかけ刑務所へ送られてきたはずだ。そうであればその神様はカールソンではなく、迷惑を被《こうむ》った者へ手を差し伸べるべきではないのか。被害者がその神を信じていなかったとしても。

一階まで下りてくると蟬の声が窓から流れ込んできた。頭の奥でジンジンと、まるで嘲笑《あざわら》うかのように鳴り響く。明日もまた猛暑になるのだろう。

執務室に人影はまばらだった。すでに数名が休みを取っている。時計を見ながら、残り時間はカールソンが起こした事件を振り返ってみようと考えた。当直なので時間もたっぷりある。

身分帳と調書を借り受けた由衣は執務室に戻るとページをめくった。神様のため、いったい何をしたかを知るために。

カールソンが、歳若い教団関係者Gとともに逮捕・起訴された事件は三年前、札幌市内で起きていた。罪状はともに監禁罪と傷害罪。調書によると、カールソンとGが監禁した相手は、札幌市内で暮らす熱心な女性信者Mの娘H。二人は母のMより、十六歳になる娘Hが脱会を望んでいると聞かされ、翻意させることを目的にHを長期間監禁したというものだった。二人はHに、三度の食事は欠かさず与えたものの、外から鍵《かぎ》をかけ、移動の自由を完全に奪っていた。

事件初日は朝から雨だった。娘Hは、母Mが運転する自家用車で市内の自宅からログハウスへ移動。途中、昼食を取るためファーストフード店に立ち寄り、カールソンおよびGと合流。この時点ではまだ、自分が連れ出されたとHは考えていなかったという。食後、娘Hは母Mが運転する車に他の二人と同乗。監禁場所となった郊外のログハウスへ移動していた。

娘Hは母Mの勧めで、小学生だった頃から教団に通い、カールソンおよびGとは顔見知りだった。そこで行動をともにしても何ら不安は感じなかったという。加えて母Mからは、夏休みに一週間ほどのんびりすごそうといわれていたこともあり、何らの疑いも抱かず行動をともにしたと証言していた。

事態が変わったのはログハウス到着後のことだった。娘Hと行動をともにしていた母Mが翌朝、急用ができたと告げH一人を残したまま帰ってしまう。「夕方には戻る」という言葉を信じ勉強しながら待っていた娘Hだったが、母Mが戻ることはついになかった。

娘Hが、自分の置かれた状況に違和感を覚えはじめたのはログハウス到着後、三日ほどが経ってからだった。母Mからは毎朝電話があったものの戻ってくる気配はない。食事も準備され空腹を感じることはなかったが、ヒグマを理由に外出は許されない。そのうちカールソンとGから脱会を撤回するよう代わる代わる求められるようになったという。

「このように束縛されることが嫌なので脱会したい」

娘Hは繰り返し、二人に気持ちを伝えたものの暖簾に腕押し。男二人は、話をまったく聞かないばかりかそのうちに「脱会を撤回しないと家には帰さない。これは母親も知っていることで、母親の望みでもある」と脅迫めいたことを口にし、時に物差しで腕や腿《もも》を殴打するようになったという。ようやくこの段になり、娘Hは自分が、人気のない郊外のログハウスへ連れてこられた理由を理解したとのことだった。

無事に帰宅するには「脱会は撤回する」と形だけでも答えるしかない。ログハウスに連れてこられてから十日後。娘Hは二人に「脱会は気の迷いで、母の希望に従いこれからも信者であり続ける。母を裏切ると神の裁きを受け、復活はもちろん永遠に生きることもできなくなってしまうから」と伝え、ようやく自宅へ送り届けられたとのことだった。

カールソンとGが逮捕されたのは、帰宅した娘Hがその足で、自宅近くにある交番へ駆け込んだからだった。時刻は夜の九時。保護した警察官によれば、血色は悪くなかったものの腕と腿の複数ヵ所に紫色の痣《あざ》があり、自宅には戻りたくないと泣きながら訴えたとのことだった。

交番には、あとを追うように母Mが飛び込んできて、娘Hを連れ戻すと主張。しかしながら娘Hの尋常ではないおびえ方を目にした警察官は拒否。娘Hを安全な場所に移し、これまでの経緯を聞き取るとともに、十日近く監禁されていた事実を確認。後日、二人は任意の事情聴取を受けたのち逮捕されていた。

検察は、Hが十六歳ということから未成年者略取も視野に協議をしたようだが最終的には監禁罪と傷害罪で二人を起訴。裁判では、力ずくで脱会を阻止しようとする卑劣な行為だったと主張。カールソンを主犯と認定。母Mの依頼があったこと、食事を欠かさず与えたことなどを考慮しても許されることではないとした。

対して弁護側は、娘Hを翻意させたいと願い出たのは実母Mで、二人はMの希望を実現すべく行動したもので、どのようなことも娘Hには強要していないと主張。ログハウスに鍵をかけたのも、夏の北海道はヒグマが出没する危険な場所で、娘Hがログハウスを離れ道に迷ってしまえば命に危険が及ぶ可能性もあるため、万が一を考慮しての処置だったと反論。監禁罪は成立しないと主張した。

また娘Hが負った怪我は、食事を与えようとした際、熱いスープが太腿《ふともも》にこぼれ、その熱さから逃れようと娘Hが身体をひねり椅子に殴打した結果であると説明。故意に傷つけようとしたものではなく不慮の事故で、傷害罪も成立しないと主張した。

控訴・上告を経た裁判は二年にわたったが、最終的に下った判決は、カールソンが懲役四年の実刑。Gについては懲役二年執行猶予三年というものだった。

刑務所暮らしをすることになったカールソン。その経緯を知った由衣はやるせない気持ちになっていた。カールソンに限らず宗教を指針として生きる者は、他者にそれを勧めることが「強制」ではなく「よいこと」と考えている。こんなによいことをあなたにも教えてあげます。知らないのは不幸です。この私はあなたのことを思い、あなたの人生を豊かにするために話をしているのです、と。そしてそれはいつしか教示を超え、目に見えぬある種の圧力となっていく。

けれども歴史をたどれば、こうした思い込みこそが人間の営みを支えてきたわけだし、文化や技術が広まったのもこうした力があってこそだった。宇宙開発などでも使われるミッションという言葉。その語源はラテン語で「送る」を意味する「mittere」だという。これがのちにキリスト教の礼拝で用いられたことで「伝道」をも意味するようになり、さらに転じて「使命」や「任務」といった意味をも持つようになった。

十五世紀からはじまる大航海時代。スペインやポルトガルが海外へ触手を伸ばしたのは、早い者勝ちで領土を奪い、植民地化するため。これにより経済的・物質的利益をより多く得ようとしたわけだが、日本には結果、火縄銃が伝えられ戦争のやり方も変わった。支配者層も次々と入れ替わり、見たこともない食べ物や技術も同時に伝わった。

加えて多くの宣教師が命の危険をも顧みず海を渡った。その目的はもちろん信者の獲得。先住民に布教をするためだった。宣教師は、搾取と苦労の中で現世を終えるしかない貧しい民を相手に布教を展開。新しい思想は、日々踏みつけられ虐げられている人々にとって甘い囁きとなった。対して大名など支配者は長きにわたりそれを危険視した。自身の支配を蝕《むしば》むものと考え。

遠く何千キロも離れた異国の地へ命がけで渡った宣教師。彼らを支え背中を押したものはいったい何だったのだろう？　そう考えた時、頭に浮かぶのは悩み多き弱者に手を差し伸べるという人間誰もが持つ慈悲の心だった。自身が信じる神を絶対視し、それを知らぬ「未開の者たちに教え、救いの道に導く」というお節介にも思われる信念、ある種の盲信。

これまではカールソンの言動にふれるたび「いくら話をしても無駄」としか考えなかった。ところが幼《おさな》くして亡くなった娘の存在を知ると、もはやカールソン本人すら自分の進むべき道を決められないのだと思うようになった。

17

「おはようございます」

夜も明けきらぬ土曜の午前三時。中村が黒のＳＵＶで迎えにきた。熊谷から安く譲ってもらった車だという。由衣は荷物をトランクに収めると助手席に座った。

「金子さん。眠そうですよ。だいじょうぶですか？」

「横になったの十一時で。九時には休もうと思ってたんですけど。中村さんは？」

「九時に休みました。すぐに着きますが、それまで横になっていてください」

ほとんど車の走らないこの時間、中央埠頭《ふとう》までなら二十分もかからない。それでもせっかくなので甘えることにした。

「着きました」

声が届く。

「今、奇妙な夢を見てました。熊谷さんが一人『夢咲』の厨房《ちゅうぼう》に立って手際よくイカを捌いてるんです。それをカウンター越しに二人で眺めて。妙にリアルで」

「もしかしたら吉兆かもしれません。大漁の」

そうなればうれしい。由衣は道具一式を手に、中村に続いて埠頭の先端へ向かった。

「さすがにまだ明けませんね」

「夏至の日でも四時すぎですからね。今の時期だと日の出は四時半くらいです。暗いので足元に気を付けてください」

「はい。ところであれ、イカ釣りの？」

白く大きな丸い光。

「漁火《いさりび》です」

水平線は見えないが、光が同じ高さで横に並んでいる。

「こんな時間に獲《と》ってるんですね」

「朝釣りの新鮮なイカを食べられるのも漁師さんのおかげです。甘くておいしいですよね。まあ釣れなくても『夢咲』では必ず食べられますよ」

暗い中、その言葉に期待して中村と並んでさっそく糸を垂れる。

「きました！」

思いがけずその時はすぐにやってきた。竿《さお》が大きくしなる。糸を垂れてから三分も経《た》ってない。ヘッドライトが海面を照らす。

「やっぱり今日は大漁ですよ。バラさないでくださいね」

中村の声もうわずっている。

「やりました！」

慎重に引き上げる。こんなに早く釣り上げることができたのははじめてだ。

「大きいですね。二十、いや二十五センチくらいあるかな」

「うれしい。こんなに早く、しかも大きいのが釣れて」

「刺身にしたらきっとおいしいでしょうね」

中村が喜んでくれたのが何よりもうれしい。

腰をすえて再び挑戦。しばらくすると空がほのかに白み、函館山の輪郭《りんかく》がはっきりとしてくる。すると他に、二組の釣り客がいることがわかった。振り返ると、オレンジ色に輝く生まれたばかりの太陽がゆっくりと姿を現す。

「暑くなりそうですね」

由衣の背を陽が焦《こ》がしはじめる。

「その前に帰りましょう。いっぱい釣り上げて」

だが幸運は続かなかった。太陽が容赦なく降り注ぎ、ギラギラと照りつける前に釣れたのはスルメイカ二杯だけ。カレイも釣れたが、手の平サイズだったのでリリースした。

「もっと釣れると思ったのに」

「こんなものじゃないですか。気分転換できたからよかったです」

熊谷同様、あっけらかんと答える。何事にも頓着《とんちゃく》しないところはいいがちょっと物足りない。けれども釣果《ちょうか》が目的でないこともわかっているので無駄口は叩かなかった。二杯でもたいしたものだし、何より二人分には十分だ。

「夕食、六時でいいですか?」

十時を前に切り上げ、帰路についてからだった。運転しながら中村がいう。

「はい。『夢咲』に集合ですよね。熊谷さんにも声かけたんですか?」

「もちろんです。でも、むずかしいから二人で楽しんでくれって連絡がきました」

今の熊谷にとって最も大切なことは別にある。

「それでは六時に」

送ってもらった由衣はトランクから荷物を取り出す。

「イカそうめん、楽しみです」

「ビールがおいしいでしょうね。それにしても函館で真夏日を経験するとは思いませんでした」

ハンドルを手に、中村が窓から雲のない空を恨めしげに見上げた。


「こんばんは」

暖簾をくぐると談笑が耳に届いた。次いで食欲を刺激する香り。時刻はまもなく六時。

「中村さん、いらしてますよ」

店主の髙橋が奥を見る。秘密基地だ。

「見事なスルメイカですね。中村さんから受け取りました。二杯ともイカソウメンで?」

「はい。生ビールと一緒に。他は、いつものおまかせで」

由衣は奥へ向かった。

中村は一人、水を飲みながら本を読んでいた。

「秘密基地にしてもらったんですが、よかったですか?」

「もちろんです」

隠れ家的な席でほっこりする。加えておいしい食事をゆっくり楽しめるとなれば申し分ない。

「まずは二人が釣ってきたスルメのイカソウメンに刺身の盛り合わせ。それに生」

腰を落ち着ける間もなく直接髙橋が運んでくれる。

「透明できれい。食べるのがもったいないくらい」

「本当、見事だよね。それとこちらが殻付きのキタムラサキウニ。南茅部《みなみかやべ》産。もちろんミョウバンは使ってません」

髙橋が胸を張る。

箸を付ける前から幸せな気持ちになった由衣は、乾杯とともに至福の時間へと突入した。生《しょう》姜《が》と醬油《しょうゆ》を少しだけ付けてスルメをいただく。

「……自分で釣り上げたと思うとまた一段とおいしいです」

自然と頰が緩む。

「いつもここへくると思うんです。こんなにおいしいものばかり食べて申し訳ないって。世の中には満足に食事すらできない人もいるのにって」

刺身に続いて饗《きょう》されたのは殻付きホタテの焼き物。アイナメとゴボウの煮付け。しばらく二人は箸を動かすことに集中し、喉を潤《うるお》した。

「ところでカールソンさん、その後どうです?」

肴《さかな》に箸を向けた中村がいう。

「相変わらずです。でも、これまで話してくれなかった娘さんのことを口にされてました。来週、教団の方と奥様が面会にいらっしゃると」

由衣はカールソンが説明してくれた娘の死と、面会者への不満をそのまま伝えた。

「……個々の事情は複雑ですね。カールソンさん自身、死を望んでいるとは思いませんが、翻意させるのはむずかしいでしょうね。娘さんのこともあり、輸血を受けずに死んでやるみたいな意地っ張りの決意があるのかもしれません」

「熊谷さんにも相談したんです。抗癌剤の投薬だけなら分院にいる必要はない。札幌刑務所へ戻ってもらえば一つ部屋が空く。そうすれば、治療を受けて生きたいと願う別の患者さんを受け入れることができると。これって命の選別、傲慢《ごうまん》な考えでしょうか？」

本心を吐露した由衣は、すがるような気持ちになっていた。

「頭で考えるだけなら殺人も許容される。個人的にはそう考えています。そこまでの自由を取り上げてしまったら生きてはいけません。といっても、たった今の金子さんの発言がそこまで過激なものとは思いません。恥じる必要なんてありませんよ」

「その言葉を聞いて少し安心しました。カールソンさん、はじめから終わりまで神様、神様、神様で、いったい自分は何をしたらよいのか何ができるのか、もうわからなくなってしまって」

なりふりかまわず目の前のグラスに手を伸ばすとビールをあおった。

毎日毎日、御用聞きのように相手の言葉を受けるだけ。犬が自分の尻尾《しっぽ》をグルグルと追いかけ回すのと同じ。何かが進展することはない。自分の存在意義がまったく見えない。

「詩織さんや芙美さんがいらしたので、先日ここで飲んだ時にはいわなかったのですが」

手にした箸を置いた中村が、これまでにない慎重な口調で語りかけてくる。

「金子さんは、矯正医官から離れたほうがいいのかもしれません」

「離れる？　私……矯正医官としては失格、向いてないってことですか？」

考えもしない言葉に悲鳴に近い声がもれた。

「誤解しないでください」

静かに中村が目を合わせる。

「広い世界、まだ見ぬ世界へ行ってみたい。自分では気づいていないかもしれませんが、金子さんの心はそう願っているように自分には見えます。

肺癌のカールソンさんを救うにはステージ2だから手術が最もよい。金子さんはそう考えた。ところがカールソンさんは宗教上の理由から絶対的無輸血以外受け入れられないと拒否。自己決定権が最も大切。そう理解されているものの、医師として手出しできない自分を無力だと感じるようになった。これがその時、金子さん自身が口にされた言葉ですが、それを聞いて自分が感じたのは、力不足を嘆く気持ちよりもむしろ苛立ちに近いものだったのではないか、ということでした」

「……苛立ちに近い」

「大学卒業後、金子さんが分院で働くことになった経緯は熊谷さんから聞きました」

採用時の騒動がよみがえる。

「ご承知のように、自分は仙台の病院でしばらく働いていました。結果、体調を崩したこともあり、規則正しい生活のできる矯正医官に転身しました。分院へくる前は驚くほど忙しくて毎日へとへとでした。それでも振り返れば自分なりに挑戦して達成したこともあり、すべてがすべてマイナスの時間だったわけではない。そう考えています」

中村の澄んだ瞳が由衣を真正面から見つめる。

「金子さんは挑戦をしてみたいのだと思います」

「……挑戦」

「自分のような精神科医にとって、分院の患者さんはある意味興味の対象そのものです。ですから矯正医官として分院に身を置き、患者さんと接することは新しい発見もあり、意味のある時間を送れる最良の場だと感じています。それどころか体調を崩すこともなく自由な時間まで持てるのですから不満はありません。けれども呼吸器外科が専門の金子さんにとっては、もしかしたら少々物足りない職場なのかもしれない。時々そう思います。

医師個人の功名心や名誉欲のために技術を磨《みが》こうと考えるのは正しいとは思えませんが、純粋に新しい技術を学んでみたい、体験して身につけて患者さんの役に立ちたいと考えることは自然です。何より、そうした向上心を持ち続けることは年齢に関係なく大切です。

経緯はどうあれ金子さんはずっと分院、つまり矯正医官として経験を積んでこられた。他の経験を積む機会を持てなかった。それもあってもしかしたら、新しい何かを欲しているのではないか。そんな気がします。残念ながら分院に新しいものはありません。最先端技術に囲まれる環境が常によいとは思いませんが、ふれる機会があるとないとではやはり違います」

「そう見えてたんですか」

「もちろん分院で働く同僚としては、抜けられるのは痛手、困ります。はっきり申し上げて辞めてほしくありません。毎日一緒に働けることは喜びでもありますから。けれどもそうした近視眼的考えで、個人の成長の芽を摘んでしまうのは正しくない。そう考える時もあります」

不満のない職場などない。どこへ行ってもその点は変わらない。

矯正医官となってから、すなわち社会人となってからこれまで、自分は目の前の患者に懸命に向き合ってきた。力不足もあったがそれでもさまざまな経験を積むことができた。行政解剖はもちろん、ここでしか経験できない司法検視にも立ち会うことができた。けれども予算や設備の面からあきらめたことも多く選択肢も限られている。世の中が急速に進歩する中、自分の専門分野も変わっているはずだが、そうした世界からは取り残され置き去りにされている。

「……普段から愚痴をこぼしてますけど私、分院での毎日は楽しいんです。いろいろな患者さんと接して。誰もが変わり者で……」

「焦る必要はないと思います。ちょうどよい機会なのでお話ししたまでです。分院で働くようになり多くの患者さんと接して経験を積んだ。だからこそ自分なりの考えを持つようになり、それが醸成され今度は悩みとなり、結果として日々の自分の行動を客観的に見られるようになった。それが今の金子さんなのだと思います。修学資金の約束の三年も果たされたはずです。もう縛られる必要はないと思いますよ」

思いもしない展開にそれ以上、話を続けることはできなかった。

18

　翌、日曜の午後。由衣は処遇部の富樫を見舞うため、詩織に教えられた函館総合病院南棟二階の病室を訪れた。大きなガラス扉を抜けると、鬱陶しくまとわりつく空気に代わり、エアコンで制御された心地よい風が肌を撫でる。

「お加減、いかがですか？」

　足を踏み入れると、ベッドに横になる富樫は、前ぶれもなく現れた由衣に目を丸くした。

「わざわざ金子さんが」

　驚きがそのまま言葉になる。

「森川さんから話を聞いたので。それにちょっと教えていただきたいこともあって」

「自分でわかることでしたら。どうぞ」

　身体を起こした富樫が椅子を勧める。

「痛みはまだありますか？」

「だいぶよくなりました。入院当初は痛みがひどくて、鎮痛剤なしには眠れませんでした」

「それにしても災難でしたね。お聞きしたかったのは今回の暴行の前兆というか、何か予兆のようなものはなかったかと。たとえば、いたずら電話とか、嫌がらせの手紙とか」

富樫の顔に、そういうことかという表情が浮かぶ。

「一度だけ電話が。当直が終わり執務室へ戻ってきた時、机の電話が鳴って。外線でした。受話器を取るとドスの利いた声で『気を付けな。あんた、狙われてるよ』って。嘲笑《ちょうしょう》交じりで」

「そのことを誰かに？」

「総務に報告しました。とはいえ、いたずら電話の可能性もありますし、自分を名指しした電話でもありませんでした。別の者が取っていた可能性もあります。何より所内の電話番号を知っている者なら、誰でもかけてくることができます」

「……今の話からすると、富樫さん宛ての電話だったかはわからない？」

「そうなります。かかってきたのは襲われる三日前で、今回こうした目に遭ったので思い出しました」

「逮捕された犯人は何と？」

「刑事さんからの話では、電話などした覚えはないと。まあ、仮に奴でも白状はしないでしょう。つまり永遠に謎ということです。もしかしたら金子さんにも？」

「……実は先日」

隠しておくわけにもいかず、先日受けた電話について説明した。

「その電話は金子さん宛て？」

「いえ。医療部宛てで、誰もいなかったので私が出ました。酔っていたようにも感じられて。単なるいたずらか嫌がらせだと思いますけど、はじめてだったので」

「それは驚かれたでしょうね。でも処遇部にも時々、わけのわからない電話がかかってきます。

過去には元受刑者が脅迫まがいの電話をかけてきたこともありました。こちらは更生のため手を差し伸べているというのに。まったく許せません」

憤怒《ふんぬ》で顔が紅《あか》くなる。

「ちなみに富樫さんを襲った犯人、分院ではどんな様子だったんですか？」

「口数の少ない、どちらかといえばおとなしい受刑者でした。つまり何を考えているのかわからない。そんなタイプです。懲罰にしたことがあり、どうもそれを恨んでの犯行と刑事さんからは説明されました。ですが、そんなことでお礼参りなどされてはたまりません。刑務官を志す若者にも悪影響が及んでしまいます」

刑務官全体を心配しての言葉は富樫らしかった。

「金子さんに何か心あたりは？」

「皆目見当もつかない。そんな状態です。そこで富樫さんと話をしたら、何か気づくというか、思い当たることが焙《あぶ》り出されるかなと」

正直聞いたからといって、ぼんやりとした輪郭が雲を払うように明確になるとまでは考えていない。しかしながら他にできることはなく「なぜあの時聞いておかなかったのか」と後悔したくなかったので、むずかしいと考えつつ足を運んだ。それが本当のところだった。

「お休みのところ、突然お邪魔して失礼しました」

「わざわざ足を運んでいただいたのに、お役に立てず申し訳ありません。ところで先ほどの件、酔っ払いの迷惑電話でしょうから忘れたほうがいいです。時々あることですから」

「たしかに、気にしてもしかたないですからね。話を聞いて少し気持ちが楽になりました。ありがとうございます。これ、食事制限はないと聞いたので。召し上がってください」

形ばかりの見舞いの品をベッド脇に置く。と、ドアがノックされる。

「失礼します」

入ってきたのは島岡。

「金子さん。どうして？」

由衣が腰を上げる前に島岡が驚きの表情を向ける。手には見舞いの品。

「実は富樫さんに教えていただきたいことがあって」

好奇の目を向ける島岡に、腰を上げた由衣は誤解を招かぬよう来訪理由を丁寧に説明した。

「……なるほど。そういうことでしたか。特に女性は気を付けないといけませんからね」

「島岡さんはどうして？」

「富樫さん、大先輩であるだけでなく自分の結婚式の仲人をしていただいた方なのです。ですから嫁からも、すぐに見舞いに行くようにいわれて。結局今日になってしまいましたが」

「そうでしたか。それではどうぞごゆっくり」

頭を下げると、島岡が腰かけるのを見届けてから部屋をあとにした。

エレベーターで一階まで降りた由衣だったが、帰路にはつかず、北棟へ向かった。廊下を進むと車椅子に乗った高齢者とすれ違う。白壁には、子どもたちの描いた水彩画や近所の写真同好会の会員たちの風景写真が飾られている。

エレベーターを三階で降りると、正面の大きな窓をとおして駒ヶ岳《こまがたけ》の雄大な姿が見えた。砂原《さわら》岳《だけ》と剣ヶ峯《けんがみね》という二つの峰を持つ駒ヶ岳は見る角度によってその姿を変える。由衣はそのうち、二つの峰が競い合うように尖って見える光景が最も好きだった。

廊下には見舞客も見えず静かだった。足を進めるとすぐにナース・ステーションの前に出る。小窓を開けて声をかけると、書き物をしていた歳若い男性看護師が顔を上げた。

「先日銃で撃たれた女性の方なんですけど」

不審者を見とがめる目を向け近づいてくる。

「面会謝絶。お話しできることはありません。お帰りください」

苦言が放たれるが想定内。由衣は身分を告げた。

「……分院の主治医の先生でしたか」

しかめっ面が百八十度変わった。その顔には、同業者に向ける親しみの念が見て取れた。

「もっと早くうかがわなければ、そう思ったんですが、重体で面会謝絶と聞き、ご迷惑になってはいけないと考えて」

「患者さん。残念ながら、入院してからずっと目を開けなくて。肺と腕に残っていた銃弾は二発とも摘出したんですけど、どうも出血が多すぎたようで」

完璧に止血していればもしかしたらサリタは……。そう考えたがさすがに口には出せない。

「出血性ショックだと後遺症が残ってしまうかもしれませんね」

「たしかにそうですね。でもまずは意識が戻らないことには。このままではうちも」

看護師が言葉を濁す。

「ご家族の方は？」

「どなたも。費用のこともあるので、誰でもよいので顔を出していただきたいのですが。警察の方にもお願いしてますが、なかなかむずかしいようで」

「患者さん、カレー店を営むご家族を頼って来日されたようです。ですから国内に必ずご家族はいらっしゃるはずなんですが」

「カレー店ですか。はじめて聞きました。インドの方というのでそんな噂話も出ましたが。やっぱりお店は東京ですか？」

「東京ではなく千葉駅の近くだったはずです。でも、ご家族の方が誰一人こないのはおかしいですね。銃を使った犯罪で全国ニュースにもなったのに。何か事情でもあるんでしょうか？」

「ご家族のことはわかりませんがそもそも患者さん自身、医療刑務所に収容されていたわけですよね。つまり何らかの事件を起こした方？　まあ因果応報《いんがおうほう》というか。もしかしたら復讐じゃないかと口にする者もいて。実際その可能性はあるんですか？」

外部の者からすれば、出所直後に襲われたという点が何よりも気になり興味を引く部分なのだろう。それにしても、被害者の復讐という視点には驚かされた。センターで再会した八橋も同じことを口にしていた。つまりこれはありふれた発想。

「……残念ですが何一つ有力な情報がなくて」

サリタが逮捕・起訴された事案はストーカー行為をはたらいたため。好奇心を満たすこうした答えがあやうく出かかったが、由衣はすんでで止めた。

何かわかることがあれば。そう考え、見舞いついでに顔を出したが、出血多量で重体になったと聞かされ、自分の不甲斐《ふがい》なさを見せつけられる恰好《かっこう》になってしまった。

「どうぞよろしくお願いします」

自分には何一つできることがない。それを実感させられた訪問だった。

病院の玄関を出ると、水蒸気の塊《かたまり》に全身が包まれたように感じた。見上げると、太陽が容赦なく照りつけている。恨めしいほどだ。市電に乗って函館駅へ向かう。美帆との約束は三時。

「由衣さん。ありがとうございます」

駅前のカフェに美帆が現れる。

「イタリア旅行。今から楽しみ。いろいろ教えてください」

「私もはじめてだから教えられるほど知らないわ。一緒に勉強しましょう」

二人はアイスコーヒーを飲みながら旅程を話し合った。

「……つまり美帆ちゃんは、レオナルドさんとローマのテルミニ駅で待ち合わせて、その後二人で飛行機に乗ってシチリア島のパレルモへ渡る。そういう計画ね？」

「そうなんです。この前は、ローマから飛行機か船って話しましたけど、レオが飛行機のチケットを取ってくれることになって」

「よかったじゃない。そうなると一緒に行動できるのは、日本から仁川経由でローマへ移動して、テルミニ駅でレオナルドさんに会う朝まで」

「はい。その後は別行動です。帰国便も別だから再会できるのは函館に戻ってから」

「ローマからの帰国便、出発は夜でしょ？　だいじょうぶ？」

「レオが空港まで送ってくれるって。だから心配いりません」

「そうなるとローマ観光は二日だけね。私もはじめてだからお上りさんになって有名な観光地を巡りたいけど、美帆ちゃんの希望はどこ?」

こうして話し合った結果、観光初日はコロッセオと真実の口、午後はパンテオンにトレヴィの泉。二日目はスペイン広場を振り出しにサンタンジェロ城、午後にヴァチカン美術館とサンピエトロ大聖堂などとした。

「……早く行きたいな。スペイン階段って、『ローマの休日』でヘップバーンがジェラート食べたところでしょ? 他に何か、観ておくと旅行が楽しくなる映画ってあります?」

「シチリアへ行くわけだから、やっぱり『ゴッドファーザー』ね」

「マフィアの話でしょ? やくざ映画はちょっと苦手かも」

「よくあるやくざ映画とは違うわ。家族愛っていうか……血っていうか」

「血が出る映画はもっと苦手」

「もちろん流血シーンもあるけど、血っていうのは、抗《あらが》えない宿命っていうか家族の絆《きずな》って意味。美帆ちゃんが生まれる前の作品で三部作よ。どうせ観るならはじめからね。私はパート2が一番好き。音楽も素晴らしいし」

メロディーが頭に浮かぶだけで泣けてくる。

「……音楽は聴いたことあるけど、思い出しただけで泣けちゃうほどすごい作品なんだ」

「……そうなのよ。レオナルドさんの故郷の話だから、観ておいたほうがいいわ」

気を取り直した由衣はアドバイスした。

「わかりました。観てみます。ところではじめての海外ってどこでした?」

「学生時代に留学したアメリカのヒューストン。宇宙センターがあるクリア・レイクって小さな町。湖は汚くて、とてもクリアなんて呼べなかったけど」

「楽しかった？」

「もちろん。七月からの半年間だったけどとても楽しかったわ。ホストファミリーに同い年の大学生がいて、その娘《こ》にいろいろなところへ連れていってもらったの。大リーグはもちろん、その娘が好きだったアメリカン・フットボールの試合も観たわ」

心から人を好きになったのもこの時だった。日本から派遣され、ＮＡＳＡの宇宙センターで働いていたエンジニア。だがこの恋が実ることはなかった。

「私も留学したい」

「できるわよ。まだ若いんだから」

「若くない。周りは皆、年下」

美帆が唇を尖らせ、時計を見ながら立ち上がる。

「由衣さん。ごめんなさい。これから私、大学に行かなくちゃやならないの」

「それじゃヴァチカンのチケット、予約お願いね」

「だいじょうぶです。まかせて」

手を振るその姿に、涙を見せた往時の面影《おもかげ》はない。これでもう本当に、先生と生徒の関係は終わりだ。一人の女性として対等に向き合い歩んでいこう。恋敵になるかもしれないし。

考えもしなかったそんな思いは由衣を微笑《ほほえ》ませた。


「ご無沙汰してます」

背中から声をかけられた。

「麻耶さん。どうして?」

振り返った由衣は、思いもしない再会に声を上げた。

「三日ほど前、大学で美帆さん会いました。三時にここで金子さんと会うと。だから四時すぎたけど、暑いからいるはず。そう思いました」

「そうでしたか。お元気ですか? その節は、いろいろとありがとうございました」

飲み物を手にした麻耶に、由衣は隣の席を勧めた。

帰りたいのは山々だったが陽が陰るまでは外に出たくない。そう考え美帆が帰ったあとも一人、アイスコーヒーを飲みながら本を読んでいた。そこへまさか、麻耶が現れるとは。

「こちらの色も素敵ですね」

麻耶の姿を見ると自然と褒め言葉がもれた。分院で会った時、麻耶はオレンジと赤を組み合わせたパンジャビ・スーツを着ていたが、今日は同じスーツでも青と緑を基調にしている。

「暑いから。ラフな格好がいいです」

「インドより暑いですか?」

「湿度、高すぎて大変」

納得顔でうなずいた由衣は話を受けた。

「サリタさんの件、ごめんなさい。こちらから連絡すべきだったのに。実はついさっき、サリタさんが収容された病院へ行ってきたんですけど」

由衣は、看護師から聞かされた話をかいつまんで伝えた。

「……誰も面会行かない。かわいそ」

険しい顔で耳を傾けていた麻耶がいう。

「サリタさんが築いてきた家族関係はよいものではなかったみたいですね」

由衣の言葉に小さくうなずく。視線をそらした麻耶だったが、何かを話したいと考えていることは伝わってくる。そもそも暑い中、ここまできてくれたのだから。

「……これ、私の想像」

逡巡が言葉になったのは、カップルが大声で話しながら店に入ってきた時だった。

「サリタさんと話したこと」

ここでまた言葉が途切れる。大きなため息。

ただ待つしかない由衣を、視線を上げて麻耶が見つめる。

「サリタさんと恋人のこと。聞かれた時、私いいました。『恋人はいる。そう信じてる。でも、うまくいってない。そんな感じ』と。これ本当です。でも、ちょっと正しくない」

「どういう意味ですか?」

「これ、ちょっと違います。ベンガル語で話したことと。私がいったのは、サリタさんと話をして私が感じたこと。つまり感想。サリタさんがいったこと、ちょっと違います。日本語だと『彼は必ず私を助ける』です」

「彼は必ず私を助ける? どういう意味ですか? 彼って?」

「話しません。聞いたけど。サリタさんいいました。『彼は必ず私を助ける』。でもこれちょっとおかしいです。ストーカーされた恋人がサリタさん、助けるはずない。そこで私、考えました。

サリタさん、彼のことがまだ好き。だから翻訳、ちょっとおかしい。変になりました」

麻耶の説明を聞いた時、妙な日本語と感じたが、その理由がようやくわかった。

由衣のこの疑問に応えるように麻耶は続けた。

「サリタさん撃たれた。事件、テレビで見て閃《ひら》めいた。サリタさんの言葉、あれ本当だった。そう感じました。サリタさんの恋人、本当に約束しました。サリタさん助けると。だからサリタさん、信じました」

「でも『私を助ける』って、何から?」

「わからない」

自分の考えを伝えるため、麻耶はわざわざ会いにきてくれた。けれども雲をつかむような説明を鵜呑《うの》みにすることはできなかった。

天気予報が夕方には雷雨になると報じる。火曜の朝。由衣は炎天下、傘を手に登院した。

昼時。美帆から旅行についてのメールが届いた。美術館のチケットなど、日本でできる手配はすべてすませたという。由衣にとっても久しぶりのヨーロッパ旅行。準備もすませた。夏の盛りで、持参する服は薄くて軽い。汗まみれも覚悟の上。必要なら現地で買うことにした。

八月を前に夏休み気分になっているがその前に一つ、越えなければならない山がある。ランの、札幌地裁への出廷。移送は処遇部、証人としての出廷手続きは高田が、来週木曜出廷を前提に動いている。

卵巣の手術からまもなく三週間。食は細いものの、ランは出されたものは残さず食べるようになっている。各種数値も安定してきた。しばらくは抗癌剤を飲み続ける必要があるが、回復傾向にあることは間違いない。

不測の事態に備えて札幌まで同行するが、ランに関してはもう一つ別にすべきことがある。福島刑務支所へ戻すための手続きだ。六月に移送されてきたランの入院期間は来週でほぼ二ヵ月。体調は個々人で違うから、一律に入院期間が決められているわけではないが、回復した者を収容し続けることはできない。受け入れ側の事情もあるが、何はともあれまずは主治医が動く必要がある。名残惜《なごりお》しくもあったが、ランを戻す事務手続きをはじめることにした。

「由衣さん。夏休み、イタリアなんですね」

事務作業に没頭していると、帰り支度をすませた芙美が話しかけてきた。外はまだ明るいがまもなく六時。由衣は顔を上げた。

「来週の終わりからお休みをいただきます。不在の間、よろしくお願いします」

「ゆっくり骨休みしてください。私は九月のはじめに休みます。ところでローマだけですか？」

「今のところミラノも。イタリアには？」

「ローマとヴェネチアへ行きました。コロッセオで詐欺に遭いそうになって。黒人がいきなり近づいてきたんです」

「もしかしたらミサンガの」

「それです。女性三人の旅でしたが一人は現地駐在員の妻で。彼女がイタリア語で注意したら驚いて逃げていきました。由衣さんも気を付けてくださいね」

どこからも似た話が返ってくる。もはやスリなどに遭うことを念頭に観光するしかない。

着替えをすませ玄関を出ると、あふれるほどの光に全身が照らされる。見上げた空は見事に晴れわたり入道雲が浮かぶ。微風《そよかぜ》に乗って流れてくるのは雷鳴に交じる歓声。通りの向かいにある競輪場からだ。レースがあるのだろう。乾いた砂が足裏にめり込み熱が這《は》い上《あ》がってくる。アスファルトも溶けるほどだから暑いはずだ。夕立の気配は遠くで鳴る雷だけ。

門の前では、眼鏡をかけた制服姿の守衛が立ち番をしていた。背は低いが骨格はしっかりとしている。これなら何があっても安全。そう思わせる体格だ。先日サリタが襲われてから警備体制もあらためられた。守衛は常時、警棒を握るようになった。

通用門が近づくと守衛が敬礼してくれる。背筋を伸ばした姿は頼もしい。軽く会釈して外へ出た。前の通りは片道二車線。直線距離が長いので、どの車もかなりの速度で走ってくる。爆音に振り向くとバイクが二台、競うように飛ばしてきた。

プラタナスの並木に沿って歩き出すとすぐに汗が下着をぬらす。頭の上から刺すように降り注ぐ太陽光は痛いほどで、ミンミンゼミの合唱が重なると、目眩《めまい》を感じてしまう。しばらく歩くと、桜の木々が枝を広げてつくる木陰にたどりついた。マンションの敷地に植わる桜だ。春には淡く柔らかな花を見せ、この季節は、揺れる緑の葉が強い陽射しの棘《とげ》を防いでくれる。

汗をぬぐって大きく一息つくと週末からの予定が頭に浮かんだ。土曜の早朝から京都。戻ってからは裁判で札幌へ。翌週の末からは夏休みで函館から東京、さらに仁川経由でイタリア。夏休みは楽しみだったが、その前にいくつもの山を越えなければならない。

19

八月最初の土曜。函館から新幹線で移動。京都駅に着いた時には五時半を回っていた。由衣は駆け足でタクシー乗り場へ急いだ。

京都には去年の秋、母と一緒に旅行にきた。紅葉を目的に足を延ばしたが十一月中旬でも色付いていない。それでも建仁寺《けんにんじ》で風神雷神図屛風《ふうじんらいじんずびょうぶ》に対面。祇園《ぎおん》で昼食。散策しながら六波羅蜜寺《ろくはらみつじ》まで足を延ばし、念願の空也上人像《くうやしょうにん》や平 清盛《たいらのきよもり》坐像《ざぞう》を鑑賞した。帰り際「欲張っちゃだめ。またくればいいの」。そんな母の言葉を聞きながらも次はいつだろうと考えた。

結婚式の二次会。パーティー会場は京都御所に近い鴨川《かもがわ》を見渡せる場所にあった。開宴前に滑《すべ》り込《こ》んだが会は早くも盛り上がっていた。

「先日は連絡ありがとうございます。講師になって横浜の大学に移られたんですね」

「何とかこれで食っていける。ところで函館からだとどれくらいかかる？」

挨拶を交わしたのは西園寺。

「七時間半くらいです。新幹線を乗り継いできたので。ところで二人への挨拶は？」

「もちろんすませた」

「それじゃ私も」

雛壇《ひなだん》で仲間からの祝福を受ける新郎新婦。新郎とは大学卒業以来の再会。新婦とは初対面。和やかな空気に由衣の顔も自然とほころんだ。

「馴れ初め、ご存じですか？」

皿にオードブルを盛りつけると、ワイングラスを手にする西園寺に話しかける。

「すぐ近くの法然院《ほうねんいん》で出会った。そんな話だ。だから二次会もここにしたらしい」

「何か特別なものがあるんですか？」

「谷崎潤一郎《たにざきじゅんいちろう》の墓。何でも新婦が谷崎のファンで、寺院を訪れた時に奴と出会ったらしい。神や仏から最も遠いところにいる奴がどうして寺院に行ったのか、それは謎だが」

谷崎の作品は短編しか読んだことがない。墓のこともはじめて聞いた。それにしても、そんな出会いもあるのかと少しだけ羨ましくなる。

「先輩は行かれたことあるんですか？」

「ない」

「それでは一緒に行きませんか？　もし明日までいらっしゃるなら」

「行ってもいいが、午後には横浜に戻る必要がある」

「私も昼の新幹線で戻ります。暑くなりそうなので早い時間でどうでしょう？」

明日の予定を取りつけると、新婚二人をあらためて囲み、思い出深い時間をすごした。

翌朝は早起きして鴨川沿いを散策した。ジョギングをする女性に散歩する高齢者夫婦。七時前なのに平穏な空気がそこかしこに感じられる。

「奴があんな顔をするとはな」

西園寺が口にしたのは、出町柳《でまちやなぎ》からタクシーに乗り込んだ時だった。九時をすぎた町は、早くも鬱陶しい空気と鋭い陽射しにさらされている。

「陽気で憎めない性格でしたけど昨日は本当に幸せそうでした。新居は福岡なんですね？」

「らしいな。嫁さんの実家の小児科医院を継ぐって話だから」

西園寺は当《あ》たり障《さわ》りのない話しかしてこない。二次会で再会したらあの時のことを聞かれるかもしれない。そう考え一時は欠席も考えたがここまでのところ、懸念は杞憂に終わっている。相手がふれてこない以上、自分から踏み込む気はない。大人の対応はありがたかった。

京都大学を右手に今出川《いまでがわ》通りを東に向かう。白川《しらかわ》通りをすぎ、銀閣寺橋の少し手前を右折して鹿ケ谷《ししがたに》通りをしばらく進んで左折。疏水《そすい》をまたいだ先でタクシーは停まった。

降りた場所はちょうど、生い茂る木々で日陰ができていた。顔を上げると葉陰《はかげ》を通して太陽が見え隠れする。山門までは緩やかな上り坂。足を進める右手には石の上に竹を組んだ垣根《かきね》が続いている。早起きの蟬が声を響かせる中、左へゆったりと曲がる坂を二人は登った。

「銀閣の銀沙灘《ぎんしゃだん》に似てませんか？」

石橋を渡った先に白い盛り砂が鎮座《ちんざ》していた。長い石畳の両側にある砂の芸術品は、まるでその先の山門へ魂を迎え入れようと手招きするがごとく見えた。

「白砂壇《びゃくさだん》っていうらしい」

先を歩く西園寺が振り返る。

「砂でできたこの壇は水を表している。この間を通るってことは、心と身体を清めて神聖な場所に入ることを意味するんだ」

「静かですね。心が洗われます」

流れる風に緑の葉を茂らせた大木が揺れる。山門を中心に、こんもりとした山全体が緑一色に包まれている。石段を上ると続けて、苔生《こけむ》した茅葺《かやぶき》屋根のこぢんまりとした山門をくぐる。

門を抜けた先は墓苑《ぼえん》となっていた。大きさも形も違う大小さまざまな墓石が、百年前と同じ姿で、百年後も同じだろうと思わせる姿でたたずんでいる。そこはたしかに現世とは違う場所で、うるさいはずの蟬の声すら澄みわたっていた。

谷崎の墓は、幅の狭い石段を上り、さらに先に進んだ奥の一段高いところにあった。風格のある自然石が二つ。左側には「寂」、右手には「空」の文字が刻まれている。目に痛いほどの緑の葉を茂らせているのは、二基の墓石の間に植わる紅しだれ桜だった。

「これが谷崎の比翼塚《ひよくづか》か」

「ここに墓を作った理由、ご存じですか？」

「京都が好きだったことはもちろんだが、雑駁《ざっぱく》な都会になってしまった東京に嫌気がさしたからとか、ここなら銀閣寺あたりの散歩ついでに立ち寄ってくれるからなどといわれてる」

「二基ありますけど、谷崎の墓は？」

「向かって左。寂のほうだ。松子《まつこ》夫人と眠ってる」

「右は？」

「松子夫人の妹、重子《しげこ》さん夫妻」

たたずむ西園寺が頭を垂れ手を合わせる。由衣もならった。

「はじめてってことですけど、よくご存じですね」

「学生時代、谷崎を読《よ》み漁《あさ》った」

答えた西園寺はもう一度、瞼を閉じて手を合わせた。本当はここで谷崎の話でもできればよいのだが、知ったかぶりをすると墓穴を掘る。無駄口はやめた。

「観光客いませんね」

「早い時間だからな。もしかしたら奴みたいな出会いを期待したのか？」

「まさか。というのは嘘で、ちょっとだけ。先輩は？」

「少しだけ。いや、とってもだ」

笑いが起きた。お参りを終え墓苑を離れた二人は山門まで戻った。

「せっかく京都まできて、観光客でごった返す寺院は願い下げだろ」

「好みの問題かと」

「去年、アメリカの知人が来日した。留学中世話になった夫婦だ。京都を案内したんだがどこよりも金閣や伏見稲荷《ふしみいなり》を喜んだ。わかりやすいといったらそれまでだが、たしかに好みだな」

木陰が揺れる下、白砂壇をすぎて石橋を渡る。忘れていた蟬の声が響いてくる。あの世から現世に戻ったのかもしれない。

「よろしかったら法話、お聞きになりませんか？」

声をかけてきたのは和服姿の女性だった。貫主《かんす》による朝の法話がまもなくはじまるという。顔を見合わせた二人は、どちらからともなく参加を決めた。通されたのは畳の小部屋。窓からは緑豊かな庭が見渡せる。椅子に腰かけると間もなく、黒の法衣《ほうえ》を着た年配の貫主が現れた。

「法話には興味があるのでこうして顔を出しましたが、勝手ながら十一時すぎにはお暇《いとま》しなければばなりません」

西園寺が貫主に告げる。

「承知しました。どうぞご自由に。中座していただいてかまいません」

「ありがとうございます。それでは失礼して」

西園寺がスマホを取り出しアラームをセットする。

「庭はご覧になりましたか?」

「蝉の声が木々の緑にとけ込み、心が鎮まりました」

西園寺が姿勢を正して答えると、貫主は小さくうなずき話をはじめた。それは聖人と凡夫、善人と悪人についての法話だった。

「……平安末期から鎌倉《かまくら》時代にかけてのことです。当時の人々は人間は二種類、聖人と凡夫がいると考えていました。聖人は戒律を守り、厳しい修行にも耐えて自身の力で成仏できる者。対して凡夫はその逆。つまりつらい修行などとてもできない、世の中のほとんどすべての者たちのことで、戒律も守れませんから凡夫だったわけです。

法然は、自分自身厳しい修行をしたけれども成仏できなかったため、自分を含めた一切の生きとし生ける者が平等に仏に成ることができる道はないかと思案しました。そして出会ったのが『他力本願』の考えでした。ちなみにここでいう『他力』とは他人の力ではなく、阿弥陀仏《あみだぶつ》の本願の力である『他力』におすがりするということです。この考えでは、仏と比べれば人間は誰もが凡夫で、阿弥陀仏はその凡夫を憐《あわ》れみ、極楽浄土で待っておられるのだから、本願を信じて『南無阿弥陀仏《なむあみだぶつ》』を唱えればよいのだというものです。言葉に出して『南無阿弥陀仏』と唱えることで、迷いや煩悩から抜けられない者たちが住む『穢土《えど》』という穢《けが》れた場所から『浄土』へと行くことができる。そう説かれたのです」

静かな気持ちで耳を傾けながら由衣は考えた。

カールソンが願う神様による復活。それは法然が唱えた「往生して浄土へ行く」ことと等しい内容に思われた。ところがそこへ行くための方法はまったく違う。カールソンが信じる神は過酷とも思える要求をしてくるが、法然は単に念仏を唱えればよいと説いている。

気が付くと由衣は、滓《おり》のように心の底にたまるカールソンへの思いを話しはじめていた。

「私は医師ですが、輸血を拒否して手術を受けようとしない患者を診ています。その患者は常に口にします。神様のもとへ行ける。神様が救ってくれる。神様は復活させてくれる、と。それこそ繰り返し繰り返し、呪文《じゅもん》を唱えるように毎日。そのためには輸血をしてはならないのだと。そんな患者と言葉を交わすたび空《むな》しくなります。神様に太刀打ちできるとは考えたこともありません。けれども否定された気持ちになってしまうんです。人間として医師として、可能な限りの治療を施したい。少しでもよい状態ですごせるよう全力で助けたい。そう願っているのですが、そうしたことすべてを拒否されたように感じてしまうんです」

貫主が静かにうなずく。由衣は続けた。

「自分にはどちらも絶対的存在に思われるのですが、キリスト教の神と仏教における仏は何が違うのですか?」

「仏教では、この世界を創造した存在、創造主を認めていません。人間が修行をして悟りを啓《ひら》き真理である法に到達することによって仏陀《ぶっだ》、つまり目覚めた人になると考えます。ですから仏陀自身が法をつくったわけではありませんし、法を変えることができるわけでもないのです。

これまでに悟りを啓かれた方は何人もいらっしゃいます。そこでさまざまな仏陀が存在することになり、唯一絶対神ということにはならないのです。悟りを啓かれた方はそれぞれの方法を残されていますから多くの宗派が派生することになります。対してキリスト教では人間の存在以前に神様がいらっしゃる。人間は神様になることはできません。まったく別の存在です」

カールソンが頼る神は絶対的。対して仏は最終的な到達点。

仏教においては、心が安寧《あんねい》になるためには何が必要かを見定め、その安らかさを実現するための方法を、数ある宗派の中から探し出し実践。最終的に成仏、つまり仏に成ることを目指す。つまり人間は、誰もが仏に成ることができる。その可能性を秘めている。

対してキリスト教では、はじめに神が存在し、その神が人間を創造したと考える。つまりキリスト教は上から下。人間であった者が修行を重ね、または阿弥陀仏の力を借りて往生するという法然の教えは下から上。何となくイメージはわいたが、だからといってカールソンを受け入れられたわけではない。

「法話を聞いて少しだけ理解したことがあります」

由衣は自分に言い聞かせるように続けた。

「私を信じなさい。そうすれば助けてあげましょう。このような神様の言葉を聞くとギブ・アンド・テイクに思え、私の気持ちは一気に萎《な》えてしまうのです。絶対的存在であるならもっと広く、あらゆるものを受け入れる懐《ふところ》の深い存在であってほしい。そう望んでしまうのです。ところがこれまでに教えられた話から考える神様は、私の理想とはまったく違います。どうやら神様は、非常に閉鎖的かつ排他的な存在のようです。それを思えば受け入れることはできません。ですがもちろん、仏教のほうがよいと軽々しく申し上げているわけでもありません」

「おっしゃるように宗教は、個々人が生まれ育った土地柄、歴史、家族などさまざまな要素がからみあって存在します。逃れたくても逃れられない。信じようにもどうにも信じられない。それぞれの事情は当事者でなければわかりません。大切なことは自分の心を信じることです」

貫主はここで小さくうなずくと、由衣の目を見つめながら続けた。

「あなたは自分のことを善人だと思われますか？　それとも悪人でしょうか？」

「善人といい切れるかはわかりませんが、悪人というほどではないと」

「遠慮はいりません。現代における判断基準は、法を守っているか否かでしょうから、ほとんどの方はあなたと同じように考えるわけです。実際この場でご自身のことを悪人と答える方にはこれまで会ったことがありません。冗談めかしておっしゃる方はいましたが。

千年も前に生きた当時の人々はほとんどが仏教徒で、戒めを守れるか否かで善人か悪人かの判断をしていました。そうした世では、ほとんどの人は戒めを守れません。そこで自分は悪人だから何が起きても自業自得。そう考え、あらゆることを受け入れて生きていました。つまり煩悩具足の人間であることを自覚していたのが悪人だったわけです。対して善人は、自分は罪を犯さずまじめに生きていると信じ、深く自省することなく生きている人々でした。

現代社会では、自分が悪人と考える人はほとんどいません。多くの者は、自分は善人であると考えています。そこで、何か意に染まぬことがあると、どうしてこんなひどい仕打ちを受けるのかと立腹します。世の中は不条理で、自分の考えも及ばぬことも起き、納得できないことにも否《いや》応《おう》なく向き合わねばならない。こうした事実を忘れてしまっているからです。謙虚であった日本人は、いつの頃からか傲慢になってしまいました」

「自分は自己中心的な愚かな存在である。こうした自覚を持つ者こそが、阿弥陀様を頼みにすることで往生し、最終的に成仏できる。そういうことですか？」

それまで口を開かず、黙って聞くだけだった西園寺が問うた。

「そうです。自分は法律を守り正しく生きる善人だ。対してお前は盗人《ぬすっと》で人を殺す悪人だ。そう思って生きている人間が何と多いことでしょう。人間は、黒と白にはっきり分けられる存在ではありません。誰もが灰色で、縁によってどちらにも成り得る曖昧な存在なのです。普段は善人であった者が、ある時急に悪人に変わってしまう。そんな存在なのです。できることは、自分がそうした曖昧な存在であるという自覚を持って生きること。大切なのはこの心です」

この言葉は心に沁みた。

「人間は残念ながら自己中心性からも逃れることはできません。自分を愛すること。家族を愛すること。隣人を愛すること。国を愛すること。愛はもちろん生きる力を与えますが、同時に苦しみや悲しみの種ともなります。愛することはすばらしいことですが、自分を中心に据え、必ずやどこかに線を引きます。どこに線を引くかは人によってさまざまですが、内と外を区別することで必ず差別をします。自分の近くにあり大切にしたいと願うものと、そうでないものを」

正義や愛を声高に叫ぶ映画はその典型かもしれない。由衣は目を閉じた。

主人公は常に正義で家族や信じるものを命を懸けて守ろうとする。そのため主人公は明確に線を引く。守るべき者とそうでない者を。結果、いったん外側に追いやった者に対しては、あり得ないほど冷酷な仕打ちを平然とする。機関銃を乱射し、どんな手を使ってでも相手を殲滅《せんめつ》する。常に「大切なものを守るため」と口にして容赦なく。自分は正義であると胸を張って。

そういえば美帆も似たような話をしてくれた。宗教学概論の講義で習ったというアメリカ軍の新兵からの質問。聖書にある『汝、殺すなかれ』という言葉と、現実社会の間にある気が遠くなるほどの乖離《かいり》。

「気になっていることが別にもう一つあります。質問してよろしいですか?」

「もちろんかまいません。どうぞ」

「それではお言葉に甘えて。すぐそばに、これから殺人を犯そうとする者がいます。この者はこれまでも人の命を軽く扱ってきた悪人です。もし今、この悪人を殺せば多くの命が助かるという状況において、多くの命を守るためその悪人を殺すことは許されるでしょうか? もちろん現代社会では、殺人を考えるだけの者を逮捕したり、ましてや殺すことは許されません。ですが仏教の世界ではどう考えるのでしょう?」

「今のご質問ですが」

貫主が口を開いたまさにその時だった。アラームが鳴った。

「お時間のようですね」

「誠に申し訳ありません。戻らなければならないので」

詫びを入れ、西園寺が腰を上げる。どうしても答えを聞きたいが、戻らなければならないのは自分も同じ。二人は畳の小部屋から縁側を抜け、玄関へ足を向ける。

靴を履き、暇乞《いとまご》いをしたところだった。貫主が続ける。

「仏教では、差別のない、あらゆる生き物への慈悲が強調されるとともに、慈悲が最高の道徳性を持つとされています。それゆえ、不殺生を含む他の道徳原理を超えてしまうことがあります。仏陀自身が語ったとされる『船上の殺人』という説話がありますから、よかったらお調べになってください。少しはお役に立てるかもしれません。またもし何か質問がありましたら遠慮なく問い合わせください」

思いがけない形で法話を聞いた由衣は礼をいって寺院をあとにしたが、歩きはじめると分院での日々、カールソン、サリタそれに北条の顔が思い出された。

法話を聞いたからといってすぐに何かが変わるとは思わない。けれども日々接する言葉の通じない患者たちに対して、自分は意識しないまでも壁のようなものをつくっていたのではないか。そんな気がして不安になった。何より、自分はそんなことをしていないと考えること自体、謙虚さを欠いて傲慢な態度に思えてくる。

「先輩。さっきの法話はつまり、謙虚になれってことですか?」

「まあそうだな。人間は風に揺れる柳だ」

「……柳ですか」

「日々受刑者と向き合うお前の立場からすれば、彼らと自分は別の世界に生きていると思わないほうがいい。そういうことだろ」

彼らと自分は同じではない。けれどもそれはたった今、この瞬間のこと。未来はわからない。

貫主はそれを縁といわれた。縁によって人は善人にも悪人にも成り得るのだと。実際、過去や周囲に目を向けると思い当たることがいくつもある。小学生の頃、同級生に嫌われるのが怖くて万引きをしそうになった。すぐに後悔してレジに並んだが、大なり小なり似たようなことは他にもあった。

「普通の医者なら、患者の不調や痛みの原因を探り、それを解決すれば終わりになる。けれどもお前のところは違う。もちろん医師と患者という立場だけで接することが正しく、一線を引くことをどこよりも厳しく求められる職場であることは間違いない。とはいえ、患者の将来を考えるとどうしても心配になってしまうこともあるはずだ」

ランの手術をしてくれた病院長も同じような言葉で励《はげ》ましてくれた。

西園寺はすべてを見抜いている。察した由衣は言葉につまった。

「お前のことは大学時代に見てきた。あっちこっちに首を突っ込む、好奇心旺盛《おうせい》な憎めない奴という印象だ。その態度は見上げたものだし、医者にも向いていると思う。だがな、決してやりすぎるな、そして飲み込まれるな」

同じことをいわれてしまった。敬愛していた浅井《あさい》に、部長の熊谷に、そして今度は西園寺に。

由衣はため息をつくことしかできなかった。

昼前の上り新幹線。車内は観光客と思しき乗客で込み合っていた。夏休み真っ盛り。前の席には、野球帽をかぶった小学生くらいの男の子が母親と一緒に座っている。

西園寺と並んで座り昼食を取る。西園寺は終始黙っていた。食事を終えてからは一人、論文を読みはじめる。本を手にシートを倒すと、由衣もいつの間にか寝入ってしまった。

東京駅到着のアナウンスで目覚めると、西園寺の姿はなかった。時刻はまもなく二時。ホームに一人降り立つと、湿った空気に全身を撫でられた。思わず顔がゆがむ。梅雨を思わせるじとじとした雨が町全体をぬらしている。恐ろしいほどに不快だ。むせかえるような雑踏を掻《か》き分け進むと、荷物を預け在来線に乗り換えた。

二週間前は酷暑だった。東京の町を眺めながら由衣は記憶をたどった。センターへ出張して八橋と食事をした翌日。自分はサリタが手紙を送っていた岩田絵美を探し求め一軒家を訪ねた。うだるような暑さの中、駅から歩いて何とか探し当てたが、そこは空き家だった。

今日向かう先は、サリタがストーカー行為をはたらいた細川尊が暮らすアパート。調書や裁判記録を読んで見つけた。住所は茨城県守谷《もりや》市。岩田絵美同様、すでに警察が訪問している可能性は高く、引っ越しして不在もあり得る。訪問は無駄足。そうも考えたが腹をくくった。

秋葉原まで移動し二度目の乗り換え。つくばエクスプレスを利用して守谷駅を目指す。四十分ほど電車に揺られ着いた駅は立派だった。駅前広場は整然と整備されホテルや銀行が見渡せる。由衣は日傘とスマホを手に地図を見ながら歩きはじめた。片側二車線の国道に沿って南へ進む。行き交う車が泥水を撥《は》ね飛ばす。大型のショッピングモール手前で国道を渡って住宅街に入ると右手に公園が、すぐ先にラーメン屋が現れた。

目指すアパートはラーメン屋をすぎた先にあった。赤い屋根の二階建て。玄関前には駐車スペースがある。耳を澄ますとどこからかピアノ曲が流れてきた。

細川の部屋は一階の四号室。五部屋が連なる奥から二番目。玄関前には錆《さび》の浮くバイクが停められ、細川と青マジックで書かれた郵便受けからは郵便物がはみ出していた。

法曹人材を養成する専門学校。そこへまじめに通い、勉強に励んでいた細川はこの部屋で何度かサリタに会っていたようだ。その頃はまさか、警察沙汰《ざた》になる事件に巻き込まれるとは想像すらしていなかっただろう。

中の様子を知ろうと路地を抜け、玄関とは反対側に回った。塀とは名ばかりの錆の浮いた柵《さく》が続く。ガラス窓にはカーテンが引かれ中は見えない。耳を澄ますと室外機の運転音が小さな唸りをあげる。まるで愚痴をこぼすかのようだ。在宅確認はできなかったが玄関に戻りブザーを鳴らしてみる。部屋の中で響くブザー。人の気配は感じられない。DMが溜まっているので不在と思われたが、別の期待を胸にさらに三度、しつこくブザーを鳴らした。

「うるさいな。いないって」

不機嫌丸出しの顔をのぞかせたのは右隣、黄色いTシャツにショートパンツの女性。玄関前には大人用の黒いキックスクーターが立てかけてある。

「お休みのところをすみません。急用で、隣の細川さんにどうしても連絡が取りたくて」

「だから、いないって。うるさいから帰ってよ」

舌打ちしてドアを閉める。と、由衣はドアノブにしがみついた。

「ごめんなさい。でも急用で。どこへ行ったかわかりませんか?」

「救急病院だろ。夜中に怒鳴り合いの喧嘩をしてパトカーや救急車がきてたからね」

「その病院はどこに?」

「しつこいな。知らないよ」

今度は本気で閉められ鍵もかけられてしまった。あまりにあっけない幕切れ。さすがにもう一度ブザーを鳴らすわけにはいかない。それこそ近所迷惑と通報されてしまう。あきらめきれず、代わって左隣のブザーを押したが誰も出てこない。ここでようやく白旗を揚げた。

この先できることは？　部屋の前で頭をひねった。千葉にあるカレー店の訪問。父と双子の兄がいるはずだが、さすがに今日これからの訪問はむずかしい。

細川がこの部屋に戻る可能性は……。メモを残すことにした。ノートを鞄から取り出し端《はし》を千切る。メモを書き付け、郵便受けに入れようとはみ出す届け物に触れると葉書が落ちた。拾い上げると「アルバイト」の文字。郵便局と赤字で印刷されている。

閃《ひらめ》くものがあった。地図アプリで確認する。と、考えもしなかった仮説が浮かび上がった。半信半疑で葉書の写真を撮る。書き付けたメモは、葉書とともに郵便受けに押し込んだ。

函館へ戻る新幹線には荷物を預けた東京から乗った。最終便にもかかわらず席をうめるのは外国人。何がおかしいのか、隣の席の女性二人は忍び笑いをしながら弁当を頬張っている。緑茶で喉を潤すと、由衣は貫主に教えられた仏陀の説話をスマホで検索した。ところが繰り返してもなぜかたどりつけない。終《しま》いには根負けし、途中で投げ出してしまった。

20

京都から戻った翌日。月曜の朝は、秋を思わせるすじ雲が空一面に広がっていた。まもなく立秋。暑さが衰えることはないが、高く澄んだ空は気持ちを落ち着かせてくれる。

熊谷から呼び出しがかかったのは午後。珍しく外で昼食をすませて戻ると、芙美がちょうど電話で話をしていた。教えられた由衣はすぐさま医療部長室へ向かう。

「相談を受けてた件だ」

目が合うと、机に向かっていた熊谷は腰を上げ由衣をソファへ導く。

「主治医をしてもらってるカールソン。札幌刑務所に戻せることになった」

腰かけた由衣はどう答えたものか迷った。相談に真摯に対応してくれた。その点はうれしかったが半面、見殺しとはいわないまでも患者を放り出した気持ちになる。

「……ありがとうございます。そう答えるべきなんでしょうか」

何もいわないわけにもいかず口を開いたが、ついて出たのは取って付けたような返答。

「まあ、こんなこともある。そういうことだから気にするな。肺癌であることは間違いないが見捨てたわけじゃない。輸血同意書へのサインを拒んでいるから手術はできないが化学療法で克服しようとしている。しかもこれは、患者であるカールソン本人が強く望む形でもある。違うか？」

「……そのとおりです」

強く要望したのは自分なのに、なぜか小さな声になってしまう。

「不満そうだな」

「そんなことは……本人も納得した処置ですから。それで、いつ？」

「方針が決まっただけで移送日時は未定だ。早ければ来週だが処遇部が決定、対処する」

「本人にはもう？」

「まだだ。正式に日時が決まり準備が整ってから説明する。本人とも話したが、教団で高い地位にある以上、抜け道というか、曖昧な形で進めるわけにはいかない。そう繰り返していた。ある意味、筋の通った主張だ」

たしかに正しい。

「いい忘れたが、移送が決まった理由は他にもある」

「他にも？」

「札幌に収容されてる高齢者が急激に体調を崩している。その患者を代わりに受け入れることにした。投薬だけですむ患者を長期間分院に置いておくわけにはいかない。お前が望んだ形だ」

ここまでいわれては反論のしようもない。いや、そもそも反論が成り立つはずもない。あるのは気の迷いと呼ぶべき心持ちだけなのだから。

「何もかも理解しよう。そんなことは無理だからやめろ。生まれも育ちも違うんだ。理解できないことがあってもいいじゃないか。それから木曜、裁判だったな？　準備はどうだ？」

「処遇部、弁護士さんと分担して進めています。午前の回診でランさんを診ましたが、傷口は完全にふさがっていました。痛みもほとんどないと。若いせいか回復が早いです。自分の足で歩けるというので、車椅子は不要と処遇部にも伝えました」

「それを聞いて安心した。それからもう一つ。サングラスとマスクを準備しておけ」

「ランさんの？」

「決まってるだろ。ただそこにいるだけで目立つんだ。それを大の大人が取り囲んでの移送となればなお更だ。勝手に撮影してサイトに挙げるバカが必ず現れる。面倒はごめんだ」

たしかに正論だ。

熊谷の下を辞し、いったん診察室へ戻った由衣だったがすぐにその足で回診へ向かう。

「カールソンさん。先週の面会どうでした？」

妻と教団関係者がやってくる。そう話すカールソンはこの件をとても気にしていた。暗に輸血同意書へのサイン拒否を強《し》いる二人。その二人と会ったことで心境が変化したかもしれない。

部屋に入って声をかける。ところが返されたのは意外な事実だった。

「会いませんでした」

「会わなかった？」

「断りました」

カールソンは読んでいた聖書を閉じた。

「訪ねてきたのに？」

「ありがたいことですが、会いたくなかったので」

「……それはプライドというか、もしかしたら怒りから?」

だがここでも、返ってきたのはまったく違う答えだった。

「顔を見たくなかった。それだけです。もし会うなら喧嘩したくないです」

淡々と、まるで他人事といった調子でいい切る。話が通じない。これまでもずっとそうだったが、この点はいつになっても変わらない。同じ日本語を話しているのに。

「教会に行ったことありますか?」

言葉を失った由衣に、見かねたようにカールソンが話しかけてきた。

「幼稚園の頃、チョコレートほしさに二、三度」

「聖書は読んだ?」

「いえ」

「それではどの宗教でもかまいません。その教義を学んだことは?」

「学生時代、京都で般若心経《はんにゃしんぎょう》の写経をしました。けれどもそれは庭園を見るためです。教義を学ぼうと考え、したことではありません」

透析を拒否して死んだ平田。無期懲役で服役していた平田は日々、読経に明け暮れていた。その平田から亡くなる前、般若心経を読むよう勧められたがまだ手にしていない。

「宗教とは無縁?」

「そのとおりです」

「つまりこの私とは真逆だった。私はアメリカ南部、アラバマ州の小さな町で生まれました。そこで教え込まれたのは神に祈ること。それが何よりも正しいということ。両親は二人とも平凡な教師でした。父は釣りが好きで、子どもの頃は近くの川で一緒にマスを釣りました。母はピアノを弾《ひ》くのが大好きで。そんな二人はキリスト教原理主義と呼ばれる宗派に属していました。すぐ近くで暮らす祖父母も。

　原理主義は簡単にいえば、聖書の教えを硬直的に歪曲《わいきょく》して解釈する者たちの集団で、当然ながら反同性愛、反中絶を叫んでます。ダーウィンの進化論ももちろん否定します。そんな土地に生まれ育った私が改宗したのはそれなりに理由があったのですが、両親は驚いたものの結婚して独立していたため、とやかくはいいませんでした。一応、キリスト教だったので。でももしイスラム教や仏教に改宗すると話したら烈火のごとく怒り、反対したはずです」

　手にした聖書に目を落とす。それは手垢《てあか》で汚れていた。

「日本人は何て強いんだろう。布教をしながらよく思いました。多くの日本人はあなた同様、何にも頼らず生きてます。もちろん悲しい時、泣きたい時には親兄弟、もしかしたら親しい友人に相談するかもしれない。でも最後は自分の二本の足で立って歩いていく。立派です」

「……立派といわれてもピンときません。それが当然と考え生きてきたので。自分なりに下した決断であればその結果に従うしかありません。時が解決してくれることもあるでしょうが、そうでなければ一生引きずって生きていく。それだけです」

「何かに、いえ誰かに助けを求めることは？」

「もちろんあります。でもそれは神様のような存在ではない。少なくとも自分はそうです」

「生まれてからずっと、つまりあなたが生きてきたよりずっと長い時間、私はナザレの神を信じて生きてきました。それをここでやめるつもりはありません。結果、死んだとしてもそれは一生涯、信仰を貫いたことになります。何より復活もできるわけですから」

「どうぞ好きにしてください」

これを最後に二度ともう話さない。由衣は誓った。

「医師にできることは限られています。それは基本的には肉体、つまり物質的な意味での治療でしかないと考えています。心の、精神的な面の治療もありますが、こちらは容易ではありません。もちろん将来、心や精神の治療も今よりはよくなると思います。けれどもその前に、ヒトという種は滅びてしまう。そう考えています」

カールソンの部屋をあとにした由衣は、同じように頑固に透析治療を拒否した平田を思い返していた。平田が治療を拒否したのはそれがつらかったから。死にたかったわけではなく、生きがいだった妻との交流ができなくなってしまったから。そこに祈りや復活という宗教的意味合いはまったくなかった。

難儀なこの世を生き抜くため、その苦しみを減じるため宗教の力を借りる。何者かにすがる。これは理解できる。けれどもこの世よりあの世、見たこともないあの世でのありようを優先させる生き方は今の由衣には理解できなかったし、受け入れることもできなかった。

法然院の貫主の法話にふれた時、謙虚になろうと誓った。西園寺が諭《さと》してくれたように、患者である受刑者と自分とを黒と白に分けるのではなく、どちらにも転びうる灰色の世界に生きる弱き者と考えることにした。けれども……。

受容ではなく拒絶してしまうのは未熟だからだろうか? 人と交わり歳を重ね、経験を積めば、理解が深まり受容へと変貌《へんぼう》できるのだろうか?

カールソンの移送は形式上、矯正施設の運営上の理由によるもので、由衣個人の能力や信条によるものではない。誰にも責められるいわれはない。けれども今後、似たような患者を診ることになった時、広い心で受け入れ一心に向き合えるかと問われたら自分でもわからなかった。

結局自分は、手に負えない厄介者を、体のいい言い訳とともに放り出した。そうした結果になることを望み、素知らぬ顔で小細工を施しレールを敷いた。そんな気がしてくる。我田引水ではなく客観的視点からの提案だった。そう考えようと努めるが、そう思えば思うほど、いやすでにそう思うこと自体が問題なのだと思えてくる。

あの北条も、敬愛した浅井も、多くの受刑者に接し経験を積み、自分なりの目的地を見定めた。「恩返し」と北条が呼んだ行き先は受け入れられないが、それでも自分なりの結論を見出したことは事実だった。

夕方。回診を終えた足で処遇部に島岡を訪ねた。ところが執務室は閑散として誰もいない。しかたなくメモを残すと診察室へ戻った。

島岡から電話が入ったのは終業間際。由衣はスマホと写真を手に処遇部へ急いだ。

「連絡ありがとうございます」

島岡はまだ制服を着ていた。

「帰ろうと思いましたがあまりに暑くて。少し陽が陰ってからと思い休んでいたところです」

この季節、日没は夕方の七時。まだまだ蒸し暑い時間は続く。

「実は見ていただきたいものがあって。これ、スマホで撮影した写真を印刷したものです」

空いた椅子を引き寄せ腰かけると紙を手渡す。

「葉書のようですね。これが何か?」

由衣は細川のアパートを訪問したこと、葉書が細川宛ての物であること、さらに守谷市の細川のアパートと三郷市の空き家がさほど離れていないことを説明した。

「他人の葉書を撮影する行為は個人情報の観点から問題視されると思います。自分も罪に問われたくはありません。ですからデータはこの場で消去します。でも写したこの葉書が郵便受けにまだ残っているかはわかりませんので、印刷したこの写真は念のため保管しておきます。確認が取れたら破棄しますので教えてください」

由衣は島岡の目の前で写真データを消去してみせた。

「つまりこの葉書は……」
二、三やりとりを交わすと、島岡は大きくうなずいた。
「……趣旨はわかりました。さっそく確認してみます」

「事件発生からまもなく一ヵ月ですから、早く犯人、捕まるといいんですけど」

困惑した表情の島岡と別れ、診察室へ戻った由衣は帰り支度をはじめた。陽はまだ陰っていないが外に出て風にあたるほうが気持ちいい。白衣をロッカーへ戻すと玄関から出る。

ちょうど通用門に向かって歩きはじめたところだった。横浜の西園寺からメールが届く。貫主に教えられた説話の件だ。読みはじめると、すぐに自分のした間違いに気づき思わず笑ってしまった。どうしても見つけられなかった仏陀の説話。それもそのはず、必死になって『戦場の殺人』を検索していたが正しくは『船上の殺人』。西園寺のメールにも、はじめは「戦場」で探したが見つからず、途中で「船上」と気づいたとある。

すぐにメールを返した由衣は自宅とは反対方向へ歩き出した。熊谷と一緒に入った津軽海峡を一望する食堂。そこでゆっくり説話を読むことにした。

店はすいていた。一番奥の席に着くとアイスコーヒーを頼む。

説話は短かった。それは仏陀が船長だった前世での話で、自身が語ったものとされていた。

ある時商船が大海に向け、五百名の商人と財宝を載せて出港した。ところがその中の一人は悪人で、他の商人を皆殺しにして財宝を奪おうと考えており、船長はこの悪人がしようとする悪行を夢の中で知ってしまう。ちなみにこの商人たちは、完全な悟りに向かう菩薩《ぼさつ》でもあったので、悪人がこの商人たちを殺してしまうと、その罪によって地獄へ堕《お》とされ焼かれてしまうことになる。こうした状況で船長は、商人たちが殺されず、さらにこの悪人が地獄へ堕ちずにすむ方法を七日間熟考。結果、この悪人を殺すことが必要と考えたという。仮にこの時、悪人のことを商人たちに打ち明ければ、商人たちは悪人を殺してしまう。すると今度は商人たちが地獄へ堕ちてしまうため、船長は自ら悪人を殺すことを決断したというのだった。

それでは船長、つまり前世の仏陀はその後どのような業報を受けたのか？　何よりも気になる点だったがこれについては諸説が伝わっているという。その中の一つ上座部系文献によれば、前世の仏陀はこの殺人の罪により死後久しく地獄で苦しみ、カディラという樹で足を怪我したという。ところが大乗方便経ではまったく逆。不殺生戒《ふせっしょうかい》を破ったのに仏陀は地獄に堕ちるどころか輪廻《りんね》を超え、さらに殺された悪人もまた無間《むげん》地獄へ堕ちることから救われたという。前者の、地獄に堕ちた話はすんなり受け入れられたが、後者はおよそ信じられず、受け入れがたかった。

気楽に読みはじめた由衣は、思いがけない展開と結末に驚かされたがそれ以上に、仏陀が受けたという業報の一つを知るに至っては困惑しないわけにはいかなかった。

前世の仏陀は殺人を行っていたばかりか、多くの功徳を生じさせてもいた。何よりこの説話は、北条が「恩返し」と称して行った殺人と酷似している。それがまた由衣を混乱させた。

美帆を通して聞いたキリスト教における「汝、殺すなかれ」の「殺す」の解釈。それは「戦時ではなく平和な時に計画して人を殺す」というものだった。けれどもこれは美帆が冷評したようにご都合主義に満ちた詭弁《きべん》にしか感じられずまったく心に響かなかった。

ところが仏陀のこの説話に関しては安易に流すことはできなかった。にわかには信じられず、関連するサイトに目をとおすと、仏教における慈悲と殺生の考えが説明されていた。曰《いわ》く「仏教において最高の道徳性を持つとされる慈悲は、それゆえ不殺生を含む他の道徳原理を超えてしまう」と。例として、『瑜伽師地論《ゆがしじろん》』という重要な文献における「慈悲殺生」の考えが、菩薩による「一殺多生」を例に説かれていた。

そもそも仏陀は、菩薩が悟りを啓いた者であるから、菩薩こそ理想的な修行者であると考えられた。そこで誰もが「菩薩戒」、つまり「菩薩として生きるためにはどうあるべきか」を知りたいと願うようになり、その指針の一つとして『瑜伽師地論』が書かれたという。

それではここでいう「一殺多生」は何かといえば「一人を殺すことで多くを生かす」ことで、「目の前に、まさにこれから大量殺人を犯そうとする者がいる。彼を殺せば多くの命が助かるが、ここで多くの命を救うため彼を殺すことは許されるのか?」という問いになる。この問いに対して先の文献は「憐愍《れんびん》の心で彼の命を断じたならば、これによって菩薩戒に違犯したことにはならないし、多くの功徳を生む」と答え、さらに「菩薩は罪を犯す悪人の命を断って、悪人が悪をなすのを防ぎ、多くの人の命を救わねばならぬ」とまで規定しているという。つまり「慈悲殺生」すなわち「慈悲の心で行った殺人は許されるだけでなく価値を持つ」と解される。これが正しい教えであるなら、北条が犯した罪は責められるべき行為ではなくむしろ……。

しばらくの間、由衣はストローで溶け残った氷をかき混ぜながら北条に思いを馳《は》せた。

死刑囚となる男に惨殺された女児と母親。その二人に娘と自分を重ねた北条は、不幸の芽を摘むため受刑者を殺害した。イタリアへ発つ前、北条は自身の行為を恥じてはいなかった。誇ることはないにしろ「死の床でも後悔だけはしない」といい切った。クリスチャンの北条が、仏陀のこの説話を根拠に自らを正当化して実行に移したとは考えられない。けれども仮に根拠の一つといわれた時、自分は反論できるだろうか？　これは思いがけない問いだった。

紀元前に生きた仏陀の教えを伝える経典の一部に、仮に殺人を容認する記述があったとしても、二十一世紀を生きる自分たちの社会でそれがそのまま通用するはずはない。そもそも仏教の知識の欠片《かけら》もない自分のような者が、数多《あまた》ある教えや経典のうち、大乗方便経のこの部分にのみ光を当てて論じるなど、教えてくれた貫主に対して失礼というものだろう。如何《いか》なる殺生も肯定しているはずはないのだから。しかしながら有史以来、同じようなことに思い悩み、如何に生きるべきかと苦悩し、解決策を見出そうと模索し続けた人間が多数存在したことはわかった。

北条は今でもあの時の考えに囚《とら》われているのだろうか？　使命感とも思える信念は綻《ほころ》びることはなく、今もなお強固に北条を支えているのだろうか？

暗澹《あんたん》たる気持ちで由衣は海峡を眺めた。

21

立秋の朝。空には真っ白な入道雲が浮かんでいた。夕立があるかもしれない。

ＪＲ札幌駅からはタクシーで数分。札幌地方裁判所は、広大な北海道大学植物園のすぐ近くにあった。一九七三年に建てられた八階建ての本館は茶色のタイル張り。市民の憩いの場である大《おお》通《どおり》公園にも面している。

ランが出廷する裁判は本館八階、８０４号法廷で開かれる。これまで札幌には何度もきている由衣だったが札幌地裁ははじめて。サングラスにマスク姿のランを刑務官二人が左右から囲む中、少し後ろから続いた。一階でセキュリティチェックと手荷物検査をすませ入館。通されたのはほどよくエアコンの効いた窓のない控室《ひかえしつ》。足を踏み入れると高田がすでに待ち受けていた。

「遠路、ご苦労様です」

腰を上げ一同を迎える高田はグレーのスーツを着ていた。

「今日はよろしくお願いします」

同行してきた年かさの刑務官が挨拶を返す。

「ランさんと話してもかまいませんか？」

高田が、椅子に腰かけたランを横目にさっそく刑務官に話しかける。

「どうぞ。ですが、話した内容を日本語で説明してください」

「承知しました」

礼を口にすると高田はランにベトナム語で話しかけた。続けてその都度、日本語に訳す。とはいえ口にしたのは「体調に問題はないか」、「何かあったら遠慮なく口にするように」という常識的な内容だった。

「正午開廷で、はじまって少ししたら声がかかります。ですからそれまではこちらで待っていてください。私は法廷にいるのでここにはいません。係員がきたらあとについて入廷してくださ い。はじめに弁護人質問を、この私が日本語で行い、それをベトナム語に訳します。これが二十から三十分程度。次いで検察官から同じように質問されます。なお、検察官からの質問は彼らが依頼した者が訳します。質疑時間はやはり三十分程度なので一時間程度で終わります」

高田がベトナム語を交えランに説明する。

「答えたくない質問があれば、答えたくないといってください。それから嘘をつくと偽証罪に問われる可能性もありますから、記憶に残っていないことを質問された場合は、曖昧な回答はせず、わからないと正直にいってください。理解できましたか?」

高田の説明にランは一言「わかった」と日本語で答えた。

「金子さんの傍聴席は法廷に向かって右側の一番前です。席は確保してありますから、ランさんが呼ばれた時、一緒に移動してください」

てきぱきとした指示だった。

自分が裁かれるわけでもランが裁かれるわけでもない。だが、ランがあっけらかんとしているのに対して由衣はなぜか緊張してきた。ランが何か、思いもしない発言をして不利な扱いを受けてしまうのではないか。ありもしないそんな思いがわき上がってくる。心配は不要と高田から説明されたにもかかわらず、まるで溺愛《できあい》する娘の身を案ずる母親になったようだった。

「証人の方。お願いします」

控室のドアが開かれたのは定刻を五分すぎた頃だった。刑務官に促され、ランが腰を上げて法廷へ向かう。由衣もあとを追うように傍聴席へ向かった。

はじめて入る札幌地裁の法廷。傍聴席は想像よりずっと狭かった。席は二十ほど。法廷と傍聴席を中央で仕切る柵。その柵の手前に傍聴人八名が座っていた。身なりなどから五人は報道関係者と思われたが、残り三人は外国人に違いなかった。

由衣は指示された最前列の端に席を取った。

ランは、証言台に寄りかかるようにして立っていた。右手に腰かけているのは浅黒い顔をした背の高い男性。痩《や》せ細り血色も悪い。被告人のハイに違いなかったが、見るからに不健康で食事も満足に取れていないようだった。

高田はそのハイの後ろ、弁護人席で胸を張って起立していた。対する左手の男性検察官は小馬鹿《こばかか》にした視線をハイに向け手持ち無沙汰《ぶさた》にしている。その様子は高田と対照的だった。

先に質問をはじめたのは高田だった。資料を手に日本語で、次いで「それでは今の質問をベトナム語に訳して質問します」と口にしては逐一《ちくいち》ベトナム語で話しかける。これにランが、時々小首を傾げるような仕草を交えてはベトナム語で返す。日本語だけのやり取りに比べ倍近い時間がかかるが、高田は辛抱強く質問と答えの翻訳を繰り返した。その高田が繰り返しランに求めたのは、事件当夜午後九時から十時頃までの二人の行動に関する説明だった。

「……窃盗事件のあった日の翌日、ハイさんはボドイ仲間四人と豚を風呂場で解体してからBBQにして食べたと認めています。けれども事件当日の夜はあなたと一緒にいたと話しています。ランさん。事件の起きた日はあなたの誕生日だった。これに間違いはありませんか？」

日本語の質問をベトナム語に訳して問いかける。か細い声で答えるラン。ベトナム語なので何をいっているかわからないが、それを高田が訳して聞かせる。

「……その日はたしかにランさんの誕生日で、二人は町で買った小さなケーキを分け合って食べたのですね。ちなみにそれは、夜の何時頃だったか覚えていますか？　たとえばケーキを食べながらテレビを見たとか？」

質問に答えるラン。最後に高田が、盗んだ豚を仲間四人と食べた経緯をたずねると、それまで小声で答えていたランは顔を上げ裁判官を睨《にら》みつけた。訳す高田の言葉も熱を帯びる。

「組合から農家を紹介されたものの約束された給料は支払われませんでした。いろいろと理由を付けて天引きされ、もらえたのは毎月十万円にも満たない金額。仕送りはもちろん日本での生活も十分にできませんでした。盗みをしないと生きていけないのです」

限られた時間の中、ランが証言したのは日本の受け入れ先に問題があるという内容だった。ところが次いで行われた検察からの質疑はランにとっても厳しいものとなった。検察は、ハイは豚を盗んだだけでなく、果物を盗んで金に換えていたことを指摘、ランに迫った。

「……証人であるあなたも、仲間が盗んだ豚を食べていましたね？　誕生日の夜は一緒にいたと証言していますが、ケーキを食べたのではなく、豚を盗みに行ったのではありませんか？」

質問を訳して聞かせたのは検察側のベトナム人通訳。感情を交えず淡々と訳す。

「……ケーキを買ったとのことですが、店員はまったく記憶にないと証言しています。ケーキを食べながら見たというTV番組も犯行時刻の十五分前には終了しています。すべてが作り話で、実はあなたも共犯なのではありませんか？」

肩を小刻みに震わせるランが下を向いたまま答える。意味はわからなかったが、その声が怒りで染め上げられていることは伝わってきた。勢いに飲まれてしまうほどだった。

男性通訳が訳す。

「それなら私のことも捕まえればいい。こんなことをいわれるならもう死んだほうがいい」

検察官は、そんなランをさらに追い詰めた。

「ここは日本で、あなたの生まれたベトナムとは違います。日本で働く前、あなたたち技能実習生は、日本の習慣やマナーなどを学んだはずです。証人は先ほど、母国ベトナムでも家畜を盗むことは悪いことだと証言しました。つまりあなたも被告も、家畜を盗むのは悪いことだとわかっていながら被告は家畜や果物を繰り返し盗んだ。あまりに数多く犯行を重ねた結果、いったいいつ何頭盗んだかも忘れてしまったのではありませんか？」

勝ち誇った調子で詰問する。その質問がベトナム語に訳された時だった。それまで下を向き殻に籠もるように縮こまっていたランは、弾《はじ》かれたように顔を上げると日本語でまくしたてた。

「日本人、皆嘘つき。嘘ばっかり。日本人、何度も私抱いた。ハイと私、皆こわれた。ベトナム人、幸せない」

一呼吸置くと、思いの丈《たけ》をぶちまけるように叫んだ。

「日本、大嫌い！」

憎悪に満ちた声が響き渡った。被告を見つめる三人の裁判官の顔がゆがむ。

「証人は、質問されたことについてだけ答えてください。余計な発言はしないように」

威厳《いげん》を取り戻そうとしたのか、最も若く見える女性裁判官が注意する。それ以降、ランは何も答えなかった。

日本と日本人に対する憎悪に満ちた煮えたぎる思い。それを爆発させたランを見るのはつらかった。目を合わせることもできない。

裁判終了後、往路同様長い時間電車に揺られ函館に戻った。部屋へ戻す前、由衣はランの体調を診察室で確認したが当のランは一言も発しなかった。刑務官に連れられランが出ていくと、入れ代わり芙美が入ってくる。

「どうでした？　ランさん」

「何とか無事に」

「それはよかったです。安心しました。それでは私、今日はこれで」

わざわざ居残りしていたようだ。

ほっとしたのもつかの間、腰を下ろしてメールを確認すると熊谷から届いていた。「カールソンの移送は来週末に決まった」とある。来週は夏休みだから不在で見送りはできない。ところがおかしなもので、手を離れ、気持ちの上では楽になるはずなのに、なぜかそれ以上に喪失感が広がる。煩わしく手のかかる患者と考えていたのに。

どうしてこんな気持ちになるのだろう。そう思ったところへ別のメールが新着した。高田だ。

こわごわ開いてみると、出廷に対する礼、ランの体調を案ずる言葉、さらに判決は盆休みをはさむので一ヵ月後になると書かれている。ランの、日本語による発言にはふれていない。もちろん責めを負う立場にはないし、仮に責められても何ができるわけでもない。けれどもふれていないことが逆に気になった。時刻は六時すぎ。陽は傾いたもののまだ明るい。

迷ったものの、受話器に手を伸ばした。

「函館分院、金子です」

《今日はありがとうございました。お疲れのところ、わざわざ》

高田は、呼び出し音が二回鳴ったところで出た。

「こちらこそ、メールありがとうございました。お役に立てたかちょっと心配で」

《むしろこちらが心配をかけてしまったようで。でも、責任など感じていただく必要はありません。裁判官は驚いた顔をしていましたが侮辱したわけではありません。すべてはあの嫌みな検察官のせいですから》

「そうだといいんですが」

《ランさんにしたら、あれくらいいわなければ気持ちが収まらなかったのだと思います》

日本、大嫌い。あの言葉を聞いた時、由衣は自分に罵声《ばせい》が浴びせられ、嫌われたと感じた。手術をして命を救い、予後を心配して食事にも気をつかった。結果、「オムレツ、おいしい」と口にしてくれた。芙美にそういわれ、ランに理解し受け入れてもらえたと喜んだ。ところがそれはすべて幻想だった。理解などほど遠く、ランの殻を破るなど少しもできていなかった。あらためてその事実を鼻先へ突き付けられ、思い知らされたのがあの叫びだった。

「ランさん。自分の裁判でも『悪いのは相手で自分は何一つ悪くない。刺されても当然で謝罪をする気などまったくない』と繰り返して不利になってしまったと。身体の中に恨みつらみが溜まってるんですね」

《裁判に臨むにあたっては、そうした部分は本当にむずかしいと感じます。弁護士としての私の活動は、被告人が出廷する日本の裁判で少しでも有利になるよう取り計らうことです。けれども被告であるベトナム人自身が、自分の置かれた立場をどこまで正しく認識しているかは心もとない限りです。本来であれば正しい認識の下、いうべきこと、いったほうがよいこと、逆にいってはならないことを有利不利を含め正確に理解した上で出廷しないと、黒白をつける裁判で戦うことはできないのですが》

　言葉に不自由しない高田でさえこう感じているなら、外国人が被告となる裁判には多くの問題が潜んでいるに違いなかった。

《国内には今、五十万人以上のベトナム人が在留しています。けれども誰もが正しく生きているわけではありません。感染症が収まったこともあり、直近では年間三十万人を超えるベトナム人が来日しています。このうち二十万人弱は旅行など短期の滞在ですが、十万人近くは留学や技能実習の身分で、全員ではないものの長く在留することになります。危惧《きぐ》しているのは、来日や在留者が増えることで、犯罪に手を染める者も増えてしまうのではないかという点です》

　答えずにいると高田が続けた。

《留学や技能実習の身分でくるベトナム人は、夢を持って来日したものの、雇止めや賃金の未払いなどに遭い一部の者は失踪《しっそう》していきます。こうした実態からも、受け入れる日本側に大きな問題があることは明らかです。でも弁護士として多くのベトナム人と接したことで、彼らもまた複雑な事情と問題を抱えている現状が見えてきました。そうした者の多くは地方の出身で、十分な教育を受けられなかった者たちです。来日前後、日本語教育やマナーを学ぶ機会も与えられますがそれも満足のいくものではなく、信じられないことにそうした機会すら時に奪われてしまって。先ほどお話ししたように裁判の場でも、検察や弁護士の役割すら正しく理解できず、自分の立場を不利にしてしまうこともあります。加えて、差し伸べる手も不足しています》

ベトナム人の血が流れる高田にすれば、もどかしくてしかたないのだろう。

「先日、『使命』という言葉を使われていましたけど」

《見捨てられない。もしかしたらこういったほうがぴったりするかもしれません。自分の身すら守れない者も多く、そうした者はまたあらゆる面において思い至らないのが実状なので。

こうしたことを知れば知るほど、自分の出自を考えるようになります。実は、そんな彼らと自分に大きな差はない。私はただラッキーだった。それだけなのだと》

高田の母親はベトナム戦争を生き抜き日本人と結婚した。その娘として生まれた高田も弁護士となるため相当の努力をしたはずだ。ラッキーといっても、母親の命がけの苦労までをも考え合わせれば天から無条件に今の身分を与えられたわけではない。

「ランさん。出廷も終わったので来週にも福島刑務支所へ戻ることになると思います」

《もはや病人ではない。そういうことですね》

「はい。ほぼ回復したので。あの……最後に一つ教えていただきたいことがあるのですが、このような話を私にしていただいたのはなぜ？」

《金子さんが過分に心配されているように感じられたので》
一息つくと高田が続けた。
《ランさんを非難する気は毛頭ありません。あのように生まれたのはランさんのせいではありませんから。でも彼女のあの美しさはちょっと危険というか普通ではありません。ですから》
電話はそこまでだった。受話器を置きながら由衣は高田から投げかけられた言葉を反芻《はんすう》した。自分はランに振り回されているのだろうか、と。無意識のうちに。わからなかった。だが少なくとも高田の目にはそう映っていた。だからこそわざわざ口にしてくれた。
目に見えて回復したきたランはまもなく福島刑務支所へ、カールソンは札幌刑務所へ戻る。サリタは未《いま》だ目覚めることなく函館総合病院に入院中。
春先からずっと気になっていたこれら外国人三人はまもなく全員が分院を去る。

22

函館。羽田。仁川。ローマ。空港到着は夕方。夕食後、ローマ中心街のホテルに着いた時には夜の十時になっていた。

翌日。観光初日はコロッセオを振り出しに名所を回った。真実の口では二人して彫刻の口に手を入れた。昼食は本場のスパゲッティ・カルボナーラ。パンテオンまではジェラートを食べながら散策し、トレヴィの泉ではコインを後ろ向きに投げ入れた。

「由衣さん。写真撮って！」

観光二日目。ジェラート代わりにスマホを手にした美帆が、石造りのスペイン階段に腰かける。美帆とのローマ観光は昨日と今日の二日。明日の朝からは別行動になる。

「今度は、二人一緒のところを撮ってもらう」

いうが早いか、すぐ近くにいる黒人女性にスマホを手渡す。

「由衣さん。早く、早く」

せかされた由衣は美帆の隣に走り寄ると、スマホを構える女性に笑顔を向けた。

「本当はジェラート食べてるとこ撮りたかった」

「ダメよ、禁止なんだから。それにしても暑いわね」

恨めしげに天を仰ぐと何度目かわからない台詞《せりふ》を口にした。日焼け止めをしっかり塗って帽子にサングラスという格好だが、容赦ない太陽の下ではどこまで役に立つかわからない。

「これじゃ干からびちゃう。冷たい物飲みたい」

汗をぬぐいながら階段を下りると、すぐ近くにあるカフェに逃げ込んだ。

「すぐそこの温度計、三十八度って表示してた」

「昨日はこれほどじゃなかったのにね」

「それでも三十五度はあったよ」

腰かけた美帆がメニューを手にする。

「冷たいエスプレッソってないんだ」

「エスプレッソは絶対ホット。意地でも冷たくしない。そんな感じね。でも昨日飲んだ『カフェ・シエケラート』はおいしかったでしょ?」

「おいしかった。日本のアイスコーヒーより味が濃くて喉越しもすっきり。でも今日は、こっちのグラッタケッカって飲み物にしてみる」

「かき氷にそっくり。私はグラニータにするわ」

美帆の前には、砕《くだ》いた氷の上にレモン味のシロップ、それにキーウイのシロップ漬けを載せたものが、由衣の前にはオレンジの果汁を凍らせたものが並べられた。

「冷たくておいしい。ジェラートより好きかも」

美帆が満面の笑みで頬張る。

「由衣さんと一緒でよかった。こうやっておいしいもの食べる時、一人じゃつまらないし」

由衣も素直にうなずいた。

今日はスペイン広場を振り出しにサンタンジェロ城へ。最も楽しみにしているヴァチカン美術館は午後から。有名なフレスコ画をシスティーナ礼拝堂で観てからサンピエトロ大聖堂へ移動。じっくり観光する予定だ。

「明日レオに会うけど由衣さんはミラノでしょ？　大聖堂が有名だけど他に何を観るの？」

「ダ・ヴィンチを記念した国立の科学技術博物館と『最後の晩餐《ばんさん》』のある教会。時間が余ったら、ローマとの間にあるフィレンツェに行ってみようかなって」

ミラノまで足を延ばすのは北条に会うため。会えるかもわからないが、行かないわけにはいかない。だが美帆にいうべきことではない。

「おいしかったわね。それじゃ、サンタンジェロ城へ行きましょう」

二人は勢いよく腰を上げた。

欲張って歩き回った二日目も酷暑の一日だった。Tシャツは汗まみれ。足は棒のようになってへとへとへと。それでも夕食時、美帆とワインを飲みながらテーブルに並ぶ生ハムに子豚の丸焼きポルケッタを楽しんでいると時間が経つのも忘れてしまう。二人して千鳥足でホテルへ戻った時には深夜になっていた。

明日からはミラノ。ローマには戻ってくるのでスーツケースはホテルに預ける予定。欠伸《あくび》をしながら、必要なものをリュックに移したが途中、大失態に気が付くと色を失った。北条の連絡先。持参したはずの絵葉書が見つからない。スーツケースも二度、丹念に探ったがどこにもない。酔いが一気に醒《さ》めた。

テーブルの上、または近くに落ちている可能性は高い。けれども部屋の鍵は今ここ、手元にある。誰かに頼むことはできない。マンションの管理会社に連絡して……。あれこれ思案していると妙案が浮かんだ。情けなく恥ずかしい限りだが、事ここに至っては見栄《みえ》を張っている場合ではない。時刻はまもなく午前二時。時差は七時間だから、日本ではそろそろ朝の九時。出勤のタイミングだ。そこまで考えた由衣はスマホに手を伸ばした。きっと笑って協力してくれる。そう願いながら。

《おはようございます。何かありましたか?》

呼び出し音が四回鳴ったところだった。太い声が返される。

「八橋さん。おはようございます。分院の金子です。朝早くから申し訳ありません。このままお話できますか?」

《だいじょうぶですよ。十分もするとセンターに着きますが》

「すみません。実は今、夏休みでローマにきてるんですが……」

申し訳ない思いに包まれながら、北条からの絵葉書に書かれた住所を教えてほしいと依頼した。

《……ローマですか。それはいいですね。どうぞゆっくり楽しんでください。ご依頼の件、絵葉書は診察室の机の中にあるはずですから到着次第、お送りします》

「どうもありがとうございます。以前もたしか、同じようなお願いを電話で」

見えない相手に向かって頭を下げる。

《気にしないでください。それより電話をいただいたのでこちらからも一つ》

口調があらたまったように感じられた。
《分院で視察をした議員の西尾。覚えてますか？》
「もちろんです。八橋さんの高校の同級生で、お兄様の代わりに出馬して初当選されたという」
《そう。あの西尾です。実はあのあと、奴から電話があって分院のことを話してました》
「どんなことですか？」
《矯正医療に興味を持ったみたいです。これまでにもいくつか刑務所を視察したようですが、議員の立場で見せられたところはどこも整った場所ばかりで。生の現場をはじめて見ることができたと。それに何より金子さんの厳しい指摘はとても身に沁みるものだったと反省してました》
「そうでしたか。お知らせいただきありがとうございます」
《これですぐ、我々を取りまく環境が改善されるとは思えませんが同行した甲斐《かい》がありました。ところでご依頼の件、三十分以内には送りますがもし届かなかったらメールください》
依頼した北条の住所は十分もせず送られてきた。

ローマを発つ朝は曇り空だった。ホテルの窓から見えるのは威風堂々としたヴィットーリオ・エマヌエーレ二世記念堂。コリント式の円柱に噴水、勝利の女神像、ブロンズの騎馬像などで見事に装飾されたこの歴史的建造物は、ヨーロッパを支配していたというローマ帝国を彷彿《ほうふつ》とさせる。百年近く前に完成した大理石造りのこの記念堂は、景観を乱すという理由で市民からは当初「ウエディングケーキ」との蔑称《べっしょう》で呼ばれたようだが、周囲を圧倒する力強いその姿は由衣には誇らしく見えた。

「出発よ」

朝食をすませ荷物を預けた由衣は時計を見た。レオナルドとの約束は九時。テルミニ駅までは徒歩で二十分ほどだから、そろそろ出発しなければならない。

「美帆ちゃん、とっても似合ってるわ」

「ありがとうございます。今日は長袖にしました」

茶色の髪はロングボブ。装いはリネンの長袖シャツと萌黄《もえぎ》色のパンツ。足元はすっきりした革のサンダル。若さはじける姿だ。

「それじゃ行きましょう」

由衣は先に立つとナツィオナーレ通りを北東へ進んだ。背中には、おやつ代わりのアマレッティ一袋と水を入れたリュック。途中、空を見上げると厚ぼったい灰色雲が垂れ込めていた。今にも泣き出しそうに見える。

「朝起きて空を見て、曇りでよかったって思っちゃいました」

「実は私も。昨日の暑さは強烈だったから」

どこからともなく雷鳴が聞こえてくる。

「急ぎましょう。降られちゃうかも」

足を速めた。通りの両側に続くのは五階建ての建物。どれもがクリーム色や薄茶色の石造りで一階は店舗、二階以上は住居。縦横無尽に走る石畳の通りには、車やバスに交じって、ものすごい勢いで飛ばすバイクが何台も見られた。しかも二人乗り。雑然とした印象を受ける。

「レオ！」

美帆が駆け出したのは、テルミニ駅のせり出す巨大なファサードの下、半袖シャツに短パン姿のレオナルドを見つけた時だった。

「ご無沙汰してます」

目が合うと丁寧にお辞儀をする。場にそぐわぬ挨拶に由衣は思わず笑ってしまった。

「こちらこそ。やっとローマにくることができました」

「どうです？　ローマ？」

「観るところが多すぎて。どこへ行っても歴史を感じ、圧倒されます」

「日本と同じ。長い歴史あります。コロッセオやトレヴィ、どうでした？」

「もちろん行ったよ。コロッセオ、教科書の写真と一緒だった」

答えたのは美帆。

「金子さん、これから行く？　ミラノ」

「はい。乗れる電車に乗って行こうかと」

「気を付けてください。詐欺師、いっぱいいます。大聖堂に。観光客狙う、ハトの餌《えさ》やり詐欺。ハトの餌、タダと差し出します。でも嘘。受け取ったら駄目。金払え、いいます。ミサンガ同じ。日本人女性カモ。特に狙われます。相手にするのダメ」

「ありがとうございます。くれぐれも注意します」

「由衣さん。一人だから気を付けてね」

美帆が心配そうな顔を見せる。

これまでの旅行では、詐欺はもちろんのこと危険な目に遭ったことはない。それもあって心のどこかで「何も起きるはずはない」と思ってしまうが過信は禁物。

「アドバイスを忘れず心して行ってきます。美帆ちゃんもシチリア楽しんでね」

手を振りながら別れを告げた。


九時半すぎに発つ電車で一路ミラノを目指した。フィレンツェ着が十一時すぎ。ミラノまではさらに二時間ほどが必要だった。

一時すぎ。霧雨《きりさめ》のミラノに着いた。湿度はローマと変わらないが気温は低い。もちろん真夏なので涼しいほどではないがローマよりすごしやすい。だがそれもそのはず。緯度を確認すると北緯四十五度。稚内《わっかない》とほぼ同じと知り納得した。

昼食は駅の近くで、名物と教えられたカツレツを食べることにした。子牛の肉を薄くのばし、パン粉をつけバターで揚げた料理は香ばしいキツネ色。さっそく熱々を口にしたが気持ちは上向かない。味覚は「おいしい」と訴えるが感動が伝わってこない。

フォークとナイフを置くと水を飲み、瞼を閉じて自問した。

ミラノに着いた。目的は北条に会うこと。娘家族と同居しているという家までは、地下鉄や電車などを乗り継げば一時間ほどで着く。会って話をするだけだから長くても二時間。それを終えればあとは自由。ミラノに飽きたらフィレンツェに移動すればいい。この機会を逃せば次にいつ会えるかはわからない。もしかしたら一生、会えないかもしれない。ぐずぐずしていると夏のバカンスでミラノを離れてしまうかもしれない。いや、すでにミラノには……。

四時まで。必ずそれまでに決める。カツレツにほとんど手を付けないまま会計をすませると時計を四時にセットした。大聖堂までは徒歩で、傘を差して向かう。

ミラノはファッションの発信地。通りには有名ブランド店はもちろん将来有望な魅力的な店も軒を連ねている。普段なかなかお目にかかれないセンスのよい服に出会えるチャンス。そういいきかせウインドウを覗《のぞ》き込む。

「ワタシ、トモダチ。フリー、フリー」

大聖堂に着いた時だった。声をかけてきたのは巨体の黒人男性。いきなり近寄ってくると握手をしようとする。手にはミサンガ。由衣は精一杯怖い顔をして「ノー・サンキュー」を繰り返すと何とか男を振り切った。

気を取り直して大聖堂に向き合う。周囲には傘を差しながらもカメラを向ける大勢の観光客。由衣もスマホを向けてから解説に目を落とした。

……一三八六年から約五百年という長い時間をかけて造られたこの白亜の聖堂は世界最大級のゴシック建築で百三十五の尖塔《せんとう》から成る。特筆すべきは、正面にあるブロンズ製の五つの扉、およびステンドグラスで……。

大きく頭を横に振った。繰り返し三度読んだがまったく頭に入ってこない。

誤魔化すのは止めだ。吹っ切るようにもう一度頭を振った。すべきことはわかっている。

踵を返して地下鉄を目指す。ミラノの中心街にあるドゥオーモ駅。ここから由衣は、リネア・ロッサ（赤線）と呼ばれる地下鉄一号線に乗車した。乗客は少なく、空いた席に腰を下ろす。車内広告は何が書いてあるかわからず手持ち無沙汰だった。

北条が暮らすのはヴィッラサンタという町。ミラノと聞いていたが実際は、ミラノの北東十八キロほどのところにある郊外の町だった。来訪前に調べたところ、すぐ近くにはモンツァという紀元前まで起源をさかのぼれる歴史ある町があった。ヴィッラサンタに行くにはこのモンツァの手前まで地下鉄で移動。その後、バスなどを利用するようだった。

ヴィッラサンタの駅に着くと雨は上がっていた。駅舎にはイタリアとユーロの国旗が飾られている。由衣は地図を見ながら歩道を北へ進んだ。建ち並ぶ建物の壁は落書きだらけ。すぐ前の空き地には銀杏《いちょう》の大木がそびえている。線路に沿って伸びる歩道は車と接触しそうなほど細かった。しばらくそのまま進むと、まもなく歩道は右へ緩く曲がり、小さな丸い枯れた噴水にぶつかった。キックボードに乗った子どもたちが勢いよく走ってくる。背中越しに自転車のベルが鳴り響くので振り返るとTシャツ姿の老婆だった。

線路を背にアスファルトの通りを進む。スマホの地図がまもなくの到着を示す。顔を上げて周囲を見回すと、小ぎれいな通りの両側には花壇があり、色とりどりの季節の花が植えられていた。

もうすぐそこ。地図が指し示すその家は右手にあった。広い庭には二本、大きなヒマラヤスギが茂っている。庭の周囲は、石と鉄で造られた背丈《せたけ》ほどの柵で囲まれ中はほとんど見通せない。それでもレンガ色の屋根に、白い壁の平屋がわずかに覗かれた。

この家に北条が。そう考えたが一歩が出ない。目に見えない何かに行く手を阻《はば》まれたように足は地に貼り付いて動かない。雲間から薄陽が射《さ》してくる。バカンスに行っていない平日午後を考えれば、孫娘の世話で北条は在宅。仕事を持つ娘夫婦は不在のはずだから今しかない。

緑色に塗られた鉄製の門。覚悟を決めると呼び鈴を押した。二度、三度。

誰が顔を出すのだろう。北条か、それとも家族の者か。何をどう話したらよいだろう。緊張しながら待ったが反応がない。空き家のごとく無視されてしまう。それでも二度、今度は強い気持ちで臨んだが結果は同じだった。

拍子抜けした。安堵の上に、理不尽なそんな思いが重なる。約束したわけではなく、不在でもしかたないと考え訪問した。にもかかわらず、ひどく損をした気持ちになる。再会できない運命だった。わき上がるのはそうした思い。落胆に空腹が重なる。

顔を出した太陽が周囲を明るく照らしはじめると木陰に避難したくなった。人影のない歩道を進むと小さな公園に出た。名も知らぬ広葉樹が枝葉を広げ、石造りのベンチに影を落としている。向かいは駐車場。赤い車と古ぼけたバイクがオリーブの脇に停まっている。

何もできなかったのに、いや、何一つできなかったからか、油が切れたように身体を動かすのが億劫《おっくう》になっていた。ベンチに腰かけた由衣は強くなる陽射しを避け、リュックから水とアマレッティの袋を取り出した。アマレッティはお気に入りスイーツの一つ。本場ローマで見つけ思わず買ってしまった。

甘くほんのり苦いアーモンド風味。一口食べるとそれだけで笑顔になる。ぺろりと二つを平らげ三つ目を手にした時だった。オレンジ色のTシャツに麦藁帽の女児が駆け寄ってくる。

「食べる？　お名前は？」

一つを手に話しかけてみる。と、聞き覚えのある声が響いた。

「由衣先生。どうしてここへ？」

23

二年ぶりの再会。北条は驚くほど太っていた。声音は変わっていなかったのですぐに本人とわかったが、その姿はイタリア映画に出てくる恰幅《かっぷく》のよい肝っ玉母さんそのものだった。

「ご無沙汰してます。友人がイタリア旅行をするというので一緒に遊びにきました。そこでちょっとここまで足を延ばして」

由衣は腰を上げた。

「ローマには？」

「今朝まで。コロッセオやスペイン階段を回りました」

アマレッティを手にした女児がまとわりつく。

「ソフィア。ダメよ」

声をかけると北条が軽々と抱き上げた。

「おいくつですか？」

「この夏で四つに。ねえ、ソフィア」

茶色の髪に白い肌、黒い瞳。その頰を北条が撫でる。幸せを絵に描いたような光景だ。

「……ご家族は」

口をつくのは月並みな質問。

「娘の千波《ちなみ》、サルヴァトーレ・ロッシという義理の息子、それにこのソフィアとの四人暮らしです。二人は普段ミラノで仕事をしており戻るのは七時すぎ。ソフィアの面倒は私がみています」

「たしかファッション関係のお仕事を?」

「ええ。日本ではまだ知られてないブランドですけど、なかなかセンスはいいですよ」

答えも平凡なものだった。

「バアバ、バアバ」

ソフィアが割り込んでくる。孫娘をあやす北条。それを見て由衣は、ようやくこの場へきた目的を口にすることができた。

「羽田空港でうかがった話、ここでもう一度話したいんですけど?」

「わかりました」

ソフィアを抱いたままベンチに腰かける。由衣も隣に座った。

「……ずっとイタリアには憧《あこが》れがあって。『ローマの休日』と『ゴッドファーザー』が何よりも好きだったから。だから友人から誘われた時、一も二もなく一緒に行くと。でも行くと決心したら、映画のこと以上に北条さんのことが思い出されて。ミラノにも必ず足を延ばして北条さんに会う。いえ、会わなければならない。そう思ったんです」

由衣は目を合わさず、前を向いたまま言葉を連ねた。

「でも……本当のことをいえば直前まで決心はつきませんでした。それでもイタリア行きのことが頭に浮かぶと心が叫ぶんです。必ず会えって。

羽田空港で見送ったあと、弁護士や検事に会う機会がありました。そうした場で相談すると誰もが口をそろえていうんです。事件化はむずかしい、事件化して何になるって。実際わかってもいました。証拠なんて一つもない。あるのは北条さんの言葉だけ。それでは警察だって相手にしてくれないと。

それではどうして、何を思って会おうと考えたんだろう。目的は何なのだろう。繰り返し考えてみたんですけど、どうしてもわからなくて。迷いに迷って、でも一歩下がってもう一度自問してみたら少しずつですけどようやく輪郭がはっきりしてきたのです。それは他でもない自分のためだって。矯正医官として受刑者と向き合う仕事をしている者の義務だって。だから聞いてほしいんです。北条さんに何かをしてほしいわけではありません。日本へ戻ってほしいなんてこれっぽっちも思ってません。ただ、この私のために」

「……わざわざ遠い国のこんな田舎《いなか》にまでいらして。由衣先生は変わりませんね。話をしていると浅井先生を思い出します」

ゆっくりと顔を向けると、孫娘を抱きながら視線を遠くへ向ける。強くなってきた陽射しが、風に揺れる枝葉を抜け北条の顔をまだらに照らす。

「どうぞお話しになってください。気のすむまで」

はるか遠くへ置いてきてしまった時間。それを懐かしむ表情を浮かべながら北条は静かにうなずいた。

「告白は、私の心に響きました」

目を閉じて気持ちを落ち着かせるとあの日の光景がよみがえってきた。飛び立つ飛行機の音。水色の空に浮かんでいた霞《かすみ》のような雲。

「いろいろなことを考えました」

由衣は瞼を閉じたまま、自分に言い聞かせるように言葉を選びながら紡いだ。

「矯正施設で長年看護師として働き、数多くの受刑者でもある患者を助けてきた北条さん。その北条さんが『社会への恩返し』と考え、実行されたことを。立ち去る時、頭を下げておっしゃった『私、幸せでした』という言葉を。

私がはじめにしたこと、できたことは、北条さんの行動や言葉を受け入れることでした。自分が北条さんの立場に置かれたらきっと同じことをした、と。間違っているのは社会のほうで、むしろ北条さんは自らを犠牲にして果敢に立ち向かったのだと。何より敬愛する浅井さんも同じように考え苦しまれたと説明されこの思いは強くなりました。あれはしかたのないことだったと。

お話ししたようにその後、法曹関係の方に相談する機会もあって繰り返し考えるようになりました。すると気が付いたんです。北条さんの考えに共鳴してる自分、さらにその自分を肯定しようと躍起になっている自分がいることに。信じられなくて……身体が硬直して震えました」

思い出から覚めるように瞼を開くと、由衣は一つ一つ思いを噛みしめた。

「先日京都で、浄土宗の貫主さんから法話を聞く機会がありました。そこでおっしゃっていたのは、人間は誰もが灰色で、縁によって白にも黒にもなると。それを聞いて、自分はまさに右に左に揺れ動く弱い人間だと再認識しました。もちろん過去のことではなく未来においても。この場で、自分は白であなたは黒と断ずる気持ちもありません。むしろ縁によって、明日にも黒くなってしまう可能性もあるのだとあらためて感じています。

実はこの貫主さんからは別の、仏陀の前世の説話も紹介してもらいました。『船上の殺人』というものです。驚いたことにこの説話では、仏陀は慈悲の心から前世で人を殺していました。まさに北条さんと同じ考えを突き詰めた結果。でも……仮に仏陀が前世で人を殺していても、現代社会においては世界のどこであっても許されるものではありません。それは理由にはなりません。けれども納得はしました。何千年も前から人間は、同じようなことを考え苦悩し、どうしたらよいか真剣に思索を重ねてきたのだと。

こうしたことを考えていると、いったい自分は何をどうしたらよいのか、どんな顔で北条さんと向き合ったらよいのか、隘路《あいろ》に迷い込み抜け出せなくなってしまって。それでも何とか未熟な自分が導き出した結論は、曖昧なまま放置しておいてはいけない、ということでした。あの日、私は何もできませんでした。ただ一人唇を噛みしめることしか」

木洩《こ も》れ陽《び》の中、由衣は北条と視線を合わせた。

「ですからはっきりと、あの時いえなかったことを今、ここでいいます。

北条さん。あなたがしたことは間違っています。長年矯正医療に尽くしてきた功績は認めます。けれども、だからといって許されることではありません」

北条は終始黙っていた。膝《ひざ》の上でいつしか寝息を立てる孫娘を静かに撫でながら。その顔がゆがむこともなかった。

長い間溜め込んでいた塊をようやく吐き出した。これで軽くなる。そんな気持ちが、思いの丈をぶつけた由衣を包み込んでいく。ところが北条の反応は薄かった。

「ここから北へ百キロくらい進むとそこはもうスイスです。サルヴァトーレのロッシ一族は元々、スイスとの国境近くにある小さな村の出身なんです。それが百年ほど前、一族全員が村を出て、この近くに移り住んできたのだと教えられました。彼らは今でも、ここから車で三十分ほどの土地でチーズを作って生計を立てています。一人サルヴァトーレだけがそこを離れ、ファッションの道に進むことを決め、ここで暮らしてます」

清水の舞台から飛びおりる。そんな覚悟で臨んだ由衣をまるで無視するかのように、北条は自分のことを話しはじめた。

「サルヴァトーレと娘の千波が出会ったのはミラノの大聖堂だそうです。詐欺師に騙されそうになった娘をサルヴァトーレが助けてくれて。それが縁でした。でも、結婚してこちらに嫁にきた当初はなかなか馴染めなかったそうです。当時はまだサルヴァトーレの両親も元気で同じ屋根の下で暮らしていたそうですが、何から何まで日本とは違い気の休まる間もなかったと。また同居はしていなかったものの、毎週のように会う祖父母を含めた親戚との付き合いもむずかしくて。言葉のすれ違いはもちろん、物の考え方が違うわけですから。

三年ほど前。ソフィアがまだ一歳になるかならないかの頃、お舅《しゅうと》さんが事故で亡くなられ、お姑《しゅうとめ》さんも身体を悪くして。それを機に私に声がかかりました。一緒に暮らそう。ソフィアの面倒を見てほしいと。でも正直、気は進みませんでした。友だちもいない、イタリア語も話せない。この年になって新しい言葉を覚えるなんて考えただけでもう。そんなマイナスのことしか頭に浮かばなくて。娘や孫と一緒に暮らせる喜びより、異国の地で、特に毎週のように一族で集まって食事をするという習慣というか暮らしにはついていけない気がして。それもあって何度も断ったんです。それでも一年だけ、そう懇願《こんがん》されて渋々決断しました」

「すると最初は一年で日本へ戻るつもりで？」

「ええ。一年だけという条件付きで承諾を伝え、それから準備に入りました」

その準備には、あの行為も含まれていた。

「……今となっては何をいってもしかたがない。そう思ってるんです。終わってしまったことですから。あの男が生き返ることもありません。でも裁きを受ける必要はあるのかもしれない。そう考えることはあります。頭で。法律がありますから。ところが心はまったく反応しなくて」

「……気持ちは変わらない？」

「はい。ちっとも」

「だから日本へ戻ることもやめた」

「それは違います」

なぜか北条は強く否定した。目に力をこめて。と、ソフィアが目を覚ましてむずかる。

「お聞きになりますか？　どうでもいいような話ですけど」

うなずくと、背中を押されたように孫娘を抱きかかえ立ち上がる。北条はしばらくの間、孫娘に頬ずりを繰り返し、口を耳元に寄せては何かを囁きかけていた。

「誰にでもこんな時があるんですね。それがいつの間にか悪いことをする大人になってしまう。成長しないほうが誰にとっても幸せなのかもしれません」

心が汚れないまま成長することはできないのだろうか。

「先生。神様っていると思います？」

あの時と同じ。それは何の前ぶれもない唐突な問いかけだった。由衣はもう一度、隣に腰かけた北条をあの時と同じように見つめた。

「先生とお別れして、こちらに着いたのは四月のはじめでした。公園の桜はもちろん、辛夷《こぶし》が大きな白い花を咲かせ、庭には黄色のタンポポと薄青いオオイヌノフグリが咲き乱れて。

一族の方にお会いして自己紹介をしたのはこちらに着いて二週間ほど経った日曜のことでした。サルヴァトーレの祖父母はもちろん親戚の方が集まってくれて。総勢十五名ほどでした。ほころびはじめた藤《ふじ》が枝垂れる棚の下にテーブルが置かれ、伝統料理の数々が並べられて。そこで自己紹介するよういわれたんです。日本語でかまわない。サルヴァトーレが通訳をするからと。

とても緊張しました。なぜなら娘からいろいろ聞かされ、自分は受け入れられないと考えていたからです。実際、口を開いても誰一人興味を示さず、社交辞令でとりあえず聞いているふりをする。そんな様子でした。しかもそれがこちらにも伝わってきて。覚悟していたこともあり、気にしないで早く終わらせてしまおうと、それればかり考えてました。ところがある話をするといきなり皆の目つきが変わって身を乗り出してきたんです。

由衣先生。こんなに閉鎖的な社会が、この私に興味を示した理由がわかりますか？」

イタリアの田舎町で生まれ育ったサルヴァトーレ・ロッシ。そのロッシ一族が、極東の地からやってきた高齢の女性の話に耳を傾けた、その理由。

「……わかりません」

「洗礼と聖書です」

「洗礼と聖書?」

「はい。お話ししたと思いますけど私、幼児洗礼を受けカトリック系の高校へ通ったんです。母が熱心だったので。でも自分の中には、親の思いを押し付けられたって気持ちも強くあって。ですから娘には洗礼はもちろん何一つしませんでした。教会へ行く時も一人。一緒に行ったことはありません。でも教会に行くといっても月に一度なので、娘も私のことを名ばかりクリスチャンとしか考えてなくて。そうしたこともあって熱心な義理の両親を前に、聞かれもしないのに、母親がクリスチャンとはいえなかったようなんです。さすがにおこがましいと感じたんでしょう。

一族を前に自己紹介といっても、何か特別な経験を積んだわけではなく。仕事の話をしても関心を示してはもらえませんでした。そんな中、恥ずかしながら実は自分も幼児洗礼を受けていた、高校もカトリック系だったので聖書も勉強した。最後にそう話したところ、その場の空気が突然がらりと変わって。その時です。天啓のようにルカの福音書六章三十七・三十八節がよみがえったんです。自然と、しかもイタリア語で。気が付くと私、それを大きな声で諳《そら》んじてました。

『人を裁くな。そうすれば、あなたがたも裁かれることがない。人を罪人だと決めるな。そうすれば、あなたがたも罪人だと決められることがない。赦《ゆる》しなさい。そうすれば、あなたがたも赦される。与えなさい。そうすれば、あなたがたにも与えられる』と。

これ、高校生の時、ミサで聖歌を歌って聖書を朗読した時に覚えた一節なんです。先生からいわれて。今後、社会に出ると苦しいことと悲しいことに直面し、押しつぶされそうになる。そんな時、聖書の言葉を思い出すと救われる。だから一つでいいから好きな言葉を覚えておきなさい。

それもできれば英語かイタリア語で、と。そこでこの一節を懸命に暗唱したんです。もちろんその時は、うるさくいわれるからしかたなくって感じで。

ところが思いがけないことに突然、この私を見る目、それが大きく見開かれ百八十度変わったんです。テーブルを囲む一人が叫びました。マンマ・ミーア！　って。

隣に座っていた姑が立ち上がると次いで両手を広げ、いきなりこの私を両腕で強く抱きしめました。それまで一言も話さず無表情を絵に描いたように黙って聞いていた姑が涙を流して。

わかるはずなんてないのに、感極まって話す姑のイタリア語がすんなり頭に入ってきました。『あなたは私たちの家族だ。一族の者だ』。そういっていることが耳ではなく心に直接響き、伝わってきたんです。高校卒業以来何十年も、聖書なんてほとんど手にしなかったこの私を神様が導いてくれた。その時それが実感されたんです。何の取り柄もない還暦すぎのこの私をロッシ一族は家族として受け入れてくれた。それがわかりました。それは洗礼と聖書のおかげでした。その瞬間から私にとって最も大切なものは娘が嫁いだこの家族、いえ一族になりました」

「それがあって日本に戻ることはやめた？」

「何よりも大切なもの。それはもう日本にはありません。裏切らず、泥を塗らず、しきたりに沿って生き、死んでいく。この異国の地で。それがこの私に残されたことなんです」

言葉にすることははばかられた。

「もしその一族が……」

「彼らが望めば」

伏せていた顔を上げた北条が真正面から由衣を見すえる。

「ババ」

二人の間に割り込むように、静かに抱かれていたソフィアが声を上げる。北条は、その小さな身体をあやすと頬ずりをした。

「ここには星の数ほどの教会があります。どこでも祈ることができます。誰もが日曜、当たり前のこととして教会に行き、神父様の言葉に耳を傾け、聖歌を歌い、祈ります。

あれから二年以上が経ち、教会で祈る機会は増えました。でも、後悔の気持ちはこれっぽっちも浮かんでこなくて。もしかしたら罪の意識に苛《さいな》まれ眠れない夜をすごすんじゃないか。そう思った時期もありましたけど、そんな時間は一度としてこなくて。それでいつしか確信するようになったんです。あれは間違ったことではなく正しいことだったと。だから自分は孫娘に笑顔を見せながら平穏な毎日を送ることができるのだと。ですから将来、もしこの家族にとって必要なことが起きたら私、迷わず突き進んでしまいます。あの時のように」

ミラノにまで足を延ばし、北条を訪ねた理由。

しなければならない。そう考えたことはすませることができた。その点では意味ある訪問だった。けれども北条から返ってきたのは頑《かたく》なともいえる言葉だった。

イタリアへ向けて出発する時、北条は口にした。娘と一緒に訪れた鍾乳洞《しょうにゅうどう》。そこで目にした強固な石柱に自分の心を垣間見《かいまみ》た、と。「日々沈積していく受刑者への不信。長い長い時間を経ることでそれが最後には、強固な意志を造り上げてしまうのではないか」と。

その心はミラノにきても変わることはなかった。いやむしろ、一族という新たな力を得て意固地にすら感じられるものにまで磨かれ強化されてしまった。それがわかると背筋が凍った。人間はこれほどまでに振り切れてしまうものなのかと。同じ日本人として、同じ職場で同じ時間を共にしてきたはずなのに。北条はカールソン同様、いやそれ以上に理解できない遠い存在になってしまった。そう思わないではいられなかった。

「この場で土下座して涙ながらに許しを請《こ》う。本当はそれが人間としてのあるべき姿なのかもしれない。頭ではそう考えるんです。ところがなぜなのか、どうしてもそんな気持ちにはなれなくて。私、どこかおかしいですか?」

じっとこちらの瞳を凝視する。

「……わざわざ日本からいらしていただいたのに」

立ち上がった北条が、あの日と同じように一礼し、背を向ける。

そこには看護師として甲斐甲斐《かいがい》しく患者の世話をしていたかつての姿は微塵もなかった。

24

羽田空港到着前。東京一円は強い雨にみまわれていると機内アナウンスが伝えた。二重のガラス窓を打ちつける雨水が勢いよく流れていく。

空港からはモノレールと電車を乗り継ぎ実家へ向かった。母への土産はオリーブオイルにチーズ、それにバルサミコ酢。

「イタリア、どう？　楽しかったの？」

疲れをものともせず、実家へ帰った由衣は土産物を使った料理を母に振る舞った。

「はじめてだからどこへ行っても楽しくて。でも覚悟して行ったのにあまりに暑くて。観光地巡りも大変。詐欺師もいて」

由衣は母に、ミラノでつきまとってきたミサンガ詐欺について語った。

「……私が行った三十年前にはいなかった気がするけど……一緒に行った学生さんは？」

「帰りは別の便だったの。シチリアのことはわからないけど、ローマ観光はとても楽しくて」

当たり障りのない説明を返すと、疲れたと断りを入れ先に横になった。本当はもっと話をしたかったが、北条とのやり取りが記憶から離れない。何よりも娘の自分を心配してくれる母。その母に不機嫌な顔を見せたくなかった。

「今日は一段と蒸し暑いそうよ。昨日、大雨だったから。外出の時は必ず帽子をかぶって。熱中症対策に水も忘れないで。何時の便？」

朝食の席に着くと小学生を相手にするような言葉をかけられた。

「立ち寄りしてから新幹線で戻る。ところで函館で起きた襲撃事件だけど」

たずねてみたが続報はないという。新聞やテレビでは報じられていないようだ。

母が作る朝食は懐かしい味で子どもの頃を思い出した。支度《したく》をすませた由衣は、集荷依頼をすませたスーツケースの引き渡しを頼み、帰路についた。

実家をあとにして駅へ向かう。空から射してくるのは容赦ない太陽光。アスファルトの道にくっきりと影が刻まれる。東京駅へ着いた時には十時をすぎていた。

函館へ戻る前の立ち寄り。それは千葉にあるサリタの家族が経営するカレー店の訪問。サリタに関してはこれまでに二ヵ所、三郷市の岩田絵美と守谷市の細川尊宅に足を延ばしたがどちらも不発。今日これからカレー店を訪問するがこれが最後と考えていた。

カレー店は、地元ではよく知られた繁盛店のようだった。ネットのレストラン情報によれば、父と双子の兄が厨房。弟が接客担当とある。評価も四点以上と好評で、利用客からのコメントも大半は好意的な書き込み。しかしながら家族三人は誰一人サリタの見舞いには行っていない。千葉から函館まで距離があることは間違いなく、店を空けられない事情もあるだろうが、それにしても薄情に感じられてならなかった。

東京駅地下五階ホームから総武線快速に乗り込む。千葉駅までは四十分強。電車に揺られながらサリタ事件の続報を検索したが目につく情報はない。

十一時。はじめて由衣は千葉駅に降り立った。人の流れに乗り、長い階段を伝って駅前広場へ。そこは想像したよりも狭苦しい空間だった。人があふれているためか混沌とした印象すら受ける。加えて頭上や周囲にモノレールの太い橋脚やレールがあるため強い圧迫感を覚える。それもあって、新鮮な空気を求めるように空が見える右側の線路に沿って足を進めた。

目指すカレー店が目に入ってきたのは線路下のガードをくぐり、さらに私鉄線路を抜けてからだった。交差点の一角を占める自動車販売店。カレー店はその販売店の向かいにあった。店頭にはインドとミャンマー国旗。ドアの脇には大きな木彫りの象が誇らしげに置かれている。

評判の店だからまずは食事をしてみよう。由衣はドアを押した。途端に強烈なカレーの香りと緩やかなシタールの音色に全身が包まれる。壁は一面ピンク色。突如未踏のインドの地に放り込まれたように感じられ、一瞬、足が止まった。開店直後のためか、客はカップルと思われる男女が二人だけ。ともにポロシャツ姿で、カレーとナンを頬張りながら何事かを話し込んでいる。日本語ではない。

「いらっしゃませ」

近づいてきたのは鼻の下に濃い髭《ひげ》を蓄《たくわ》えた男性。眉毛《まゆげ》が太く肌は浅黒い。歳の頃からサリタの兄と思われたが記憶にあるサリタとは似ても似つかない。

店内を飾るのはマハラジャ王族やガンジー、それに民族衣装に身を包む女性の写真。天井からはアラビアン・ランプが吊《つ》り下げられ、テーブルにはガラスモザイクのキャンドル・スタンドが置かれている。だが何よりも強烈にインド感を醸《かも》し出しているのはゴージャスなステンドグラス風装飾。細かいクジャク柄で飾られたガラス窓だった。

使い込んだ木製テーブルに着いた由衣はお勧めランチからダックカレーを頼んだ。内装を興味深く眺めているとすぐに食事が並べられる。銀色のプレート上にはナン、タンドリーチキン、器に盛られたカレー。由衣はマンゴーラッシーを飲みながら手を付けた。その味は「週に一度は食べたい」というネットの評価を裏切らない上々のものだった。

サリタも子どもの頃からこのカレーを食べて育ったのだろうか。それを思うと羨ましいと感じるとともに、故郷インドへ戻ったほうが幸せになれるのでは、との考えが浮かんだ。

「サリタさんのお兄さんですか？」

食事を終え、支払いのためレジに立つと、先ほどの男性に声をかける。

「サリタ？」

いきなり男が睨みつけるような視線を向け、慌てて奥へ駆け込む。代わって現れたのは、背の低い険しい表情をした髭だらけの老いた男性だった。

「あんた、誰？」

「医療刑務所でサリタさんの治療を担当した医師です」

「函館の？」

「そうです」

分院にサリタが入院していたことは知っているようだ。男は視線を下げ、思案するような表情をする。由衣は、男の次の言葉を辛抱強く待った。

「サリタ、今どこ？」

「お父様？」

「そう。父親」

「居場所、知らないんですか？」

「知らない。誰も教えない」

これもまた意外な答えだった。出所した際、誰一人迎えにこなかったことから、サリタ本人が家族に連絡をしなかったことは想像された。ところがこちらが医療刑務所と口にしただけで函館と返してきた。他方、銃で撃たれ入院する事態になったのに、救急搬送された病院名すら知らされていないという。居場所を知らなければ見舞いに行けるはずもない。

「サリタ。会いたい。かわいい一人娘。でも警察いじわる。教えてくれない。サリタ、悪いことした。でもやり直せる。若いから。インドへ戻ってやり直せばいい。ずっとずっと心配」

涙声を出すと、いきなり由衣の手を取り両手で強く握りしめてくる。

「あなた、親切。とっても。サリタのこと、少しわかった。サリタ、元気？」

「まだ入院をしています。意識も戻っていません」

「とってもひどい。テレビ、撃たれた、いってた。犯人、許せない。誰？」

「わかりません。警察が追ってますがまだ捕まってません」

「悔しい。会える、サリタ？　とっても会いたい」

「ご家族なら会えるはずなので、事前に警察か病院へ連絡したほうがいいと思います」

「警察、嫌い。サリタ捕まえた。どこ？　病院」

由衣はスマホを取り出すと、函館総合病院の住所や連絡先を検索し、伝えた。

「どこ？　部屋」

「たしか三階の……」

わかる範囲で説明した。

「ありがと。ありがと。家族で話す。カレー、届ける。サリタに」

洟《はな》をすする。

訪問した目的。犯人につながる情報は得られそうになかった。けれども父親の情にふれ、胸のつかえがおりた。訪問してよかったとの思いが胸に広がる。

「サリタさんを襲った犯人に心当たりはあるんですか？」

別れ際、由衣は最後の、そして最も聞きたかった質問を投げかけた。

「犯人きっとサリタの恋人。悪い奴」

「その恋人はまだ日本に？」

「少し前、インド戻った」

細川とは別にインド人の恋人がいた？　三角関係？　横恋慕による襲撃？　父親の話を聞く限り、原因は恋愛沙汰のようだったがにわかには信じられない。

出所を喜ばないサリタ。その姿を見た自分は、心の奥底に何か人にはいえぬ悩みを抱えていると感じた。何とかそれを知り、その悩みを解きほぐしたいと考えた。そうしなければ本当の意味での解決にはならない。そう考えたためだ。ところが父親は、どこにでも転がっている色恋が原因と口にする。それは娘のことを何も知らないから？　それとも知っていて……。

この日、函館に帰り着いたのは夕方六時すぎ。太陽はまだ沈んでいなかった。

自宅に向け市電に乗り換えると、美帆から無事帰国したという連絡が届いた。

25

夏はまだ長い。厳しい暑さが続くと思うと蟬の声も恨めしい。

「イタリアどうでした？」

登院早々、中村が笑顔で迎えてくれる。由衣は北条との苦い思いには蓋をして、美帆と一緒に回った観光地の思い出を話した。

「……詐欺師ですか。やっぱりいるんですね。でも被害に遭わなくてよかったです」

「事前にかなり注意されたので。でも驚いたのは、警察官が近くにいるにもかかわらず堂々と近づいてきて。さすがにどうなのって」

「困りますね。それにしても普段は腹立たしいことの多い日本ですけど、海外へ行くといい国だなって思うことが多くて。慣らされてしまったんですかね」

中村のその言葉に由衣は強く相槌《あいづち》を打った。いい加減な政治。はびこる不正。けれども戦争に巻き込まれることはなく、ほどほどの幸せは享受《きょうじゅ》できている。しかもそんな国は多くない。

十日ぶりの登院。芙美に土産を渡してから一緒に回診へ向かう。途中、廊下で詩織に会ったがその顔は冴えなかった。

「どうしたんですか？　元気ありませんけど」

声かけにもすぐには応じない。渋い顔をしている。

「……もしかしたらご家族の」

母親の体調が思わしくない。手術が必要。そう聞かされたのはつい先日のこと。

「ご心配をおかけして。実は昨日の夕方、帰ろうとしたらまた水もれで。遅い時間で業者さんにも連絡が取れなくて。今朝から電話をかけまくったんですけど……五月から毎月ですから」

「そうだったんですか。それで昨日はどこが?」

「守衛室のトイレです。守衛さんには本館のトイレを利用するようお願いしました。患者さんがからむ話ではないので少しはましなんですけど。こんな調子だと廃院もあるかなって」

沈んだ顔の詩織と別れ、芙美と回診に向かった由衣だったが、まもなく旅行前と大きく変わっていることに気が付いた。午前と午後、日課のようにやり取りしていた決まり文句、それがない。カールソンは札幌刑務所へ戻されたのだ。加えてあの美貌のランにももう会えない。

分院にはガイドラインがない。それもあってカールソンへの対応は中途半端な形となってしまった。もちろん直接の理由は別にあるし患者本人も納得している。けれども実際は難問の先送りにすぎず、本質的議論を避けているようにも見えた。

対してランの処置はわずかだが由衣の心を救った。短い期間だったが入院から退院まで、主治医としてなすべきことをもらさずすることができた。患者によっては生きて戻れない者もある。そうしたことまで考えれば合格といえる。誇ることではないが卑下する必要もない。

昼食後、久しぶりに外来患者を診た。患者は女性四人。誰もが札幌刑務支所に服役しているがそのうちの一人はブラジル人。日系で、日常会話は成立したが、込み入った話はできなかった。

休み明けで勘が戻らない。そんな不安もあったが、大きなトラブルもなくその日は終わった。帰宅後、ゆっくり風呂につかり旅の疲れを癒《いや》す。軽く夕食を取りソファに横になってテレビを見ていたが、十一時すぎに流れた速報のテロップが由衣の心臓を鷲《わし》掴《づか》みにした。

〝函館の女性銃撃事件、函館総合病院で犯人の身柄を確保。警察官一名が負傷〟

跳ね起き、急いでチャンネルを変えると、見覚えのある函館総合病院の正門を背景に女性レポーターが最新情報を伝えている。レポーターの背後には赤色灯を回転させる二台のパトカー。忙《せわ》しげに出入りする人々は警察関係者と思われた。

『……現行犯逮捕された容疑者は銃を所持しており、警察はその銃が七月の襲撃事件に使われたものと見ています。また別の関係者によれば、逮捕された男性は銃撃された女性の実の兄と供述しており……』

頭がついていかない。思いもしない展開だった。

最も驚いたのは、逮捕された犯人がサリタの兄という点。つい昨日、自分はサリタの父親、さらに兄と思われる男性と会った。その時の男性が、双子の兄の一人だったかはわからない。けれども父親は、サリタにカレーを届けたいと涙して訴えていた。

いったいどんな父娘《おやこ》、いや兄妹《きょうだい》関係だったのだろう。兄が逮捕されたとあるが、父親は無関係なのだろうか？　もし関係があるなら、父親が昨日この自分に見せた涙声や愛情深い言葉はどれも嘘だったことになる。

事件は大きく動いた。けれども謎は深まる一方だった。

普段より一時間以上早く起きると、昨晩報じられた函館総合病院に関するニュースを探った。結果、いくつかの事実を知ることができた。

まず、逮捕されたのはサリタの上の兄のアヤン、三十歳だった。発表によれば、サリタが入院する病院の情報が千葉で暮らす父親から寄せられたため殺害を目的に侵入。しかし部屋を特定できず、暗い廊下を徘徊《はいかい》していたところ警戒中の警察官と遭遇。職務質問から逃げようとして揉み合いになり、拳銃とは別に所持していたナイフで切りつけたとのことだった。警察官はナイフで腕を刺されたものの命に別状はなく全治一週間とのことだった。

「由衣さん。聞きました？　犯人逮捕の話。でもまさか実のお兄さんだったなんて」

登院後、診察室のドアを開いた由衣に投げかけられたのは芙美のこの言葉だった。

「おはようございます。私も昨日の夜、ニュースを見てびっくりしちゃって」

「暗い顔をしてたのは身の危険を感じていたから。そういうことですか？」

「そこまでは残念ながら」

「それにしても警察官が軽傷ですんだのは何よりでした」

芙美のお喋《しゃべ》りはしばらく止まらなかった。

浮ついた空気が分院に充満している。廊下を歩いているだけでそれが伝わってくる。もちろん由衣の心も波立ったまま。そんな中、気がかりな点が一つ。それは「サリタが入院する病院の情報が千葉で暮らす父親から寄せられた」という報道。もし本当なら……。

夕方四時。窓の外に広がるのは陽の光あふれる函館。輪郭をくっきり際立たせる白雲はそれだけで盛夏を感じさせる。

「由衣さん。たった今、熊谷さんから電話がありました。すぐに医療部長室までくるようにと」

回診から戻った由衣は、席を温める間もなく別館へ走った。

「金子です」

ノックしてドアを押すと視線がいっせいに注がれる。熊谷が無言でソファへ座るよう促す。向かい合うのは函館東署の倉本と刑務官の島岡。穏《おだ》やかな顔しか見せたことのない島岡が今日に限っては険しい表情をしていた。

「院長はセンターにいらっしゃる」

テーブルの上にはパソコン。そこには院長がいた。

「これは警察による任意の事情聴取だが、出席は業務命令でもある。分院としても見すごすことはできないので院長にも同席を願い出た」

鯱《しゃちほこ》張《ば》って熊谷が告げる。それはこれまで一度として目にしたことのない態度だった。

事情聴取。業務命令。有無をいわせぬ展開に緊張が一気に高まる。

《金子君。はじめにいっておく》

パソコンの中の院長が話しはじめる。

《自分は今、東京のセンターにきている。もちろん昨日の事件とはまったく関係のないことを話すために上京した。しかしながら、これから君が警察に話す内容によっては、センターはもちろん矯正局のしかるべき関係者への説明も必要になる。わかっていると思うが、分院はその名のとおりセンターの一組織で、センターは法務省矯正局の監督下にある。結果、何らかの処分が科される可能性もある。だがここではまず嘘偽りない説明をしてほしい。なお、自分のこの説明を含め、今日のこの場での様子はすべて録画されている》

話が終わると、言葉にできない空気が広がった。誰も、何も話さない。

伏せていた視線を上げると倉本と目が合った。その目は怒りに満ちていた。

「あんたが話したんだろ」

ポケットから写真を取り出しテーブルに投げ出す。四枚のその写真を、脇の島岡が丁寧に並べる。写っていたのは千葉駅近くにあるカレー店。そこから出てくる由衣自身の姿。

「どうしてこれを?」

「事件発生当初から俺たちはあのカレー店をマークしてた。だから出入り客すべてを撮った」

「すると私だけでなく」

「すべてっていっただろ。全員だ。その中にあんたがいた」

全員の写真を撮り、記録し、照合する。それは膨大な作業に違いなかったが、警察という国家権力であればできる。

「犯人が家族の中にいるってことは早い段階でわかっていた。だが銃の出どころと、実行犯の逃走先はわからなかった。うまいこと広い北海道のどこかに隠れちまったわけだ。そいつを捜し出すのは俺たちの仕事だ。だからそんなことはどうだっていい。だがな、素人が探偵気取りで出しやばってくることだけは許せねえ」

「出しゃばるって」

「違うっていうのか？　あんた、一昨日この店に行って喋っちまったんだろ。娘の入院先を」

あまりの剣幕にすぐには答えられない。

「どうなんだ？　嘘つくんじゃやねえぞ」

「……認めます」

隣に座る熊谷が大きくため息をつくと全身をソファに埋《うず》める。

「嘘はつきません。たしかにカレーを食べ、会計のあとで店の方と話をしました」

「相手は？」

「父親といってました。そこでたずねました。娘のサリタさんの居場所を知らないのかと」

「それで？」

「たどたどしい日本語が返ってきました。警察は何一つ教えてくれない。だから自分たちは、一人娘のサリタがどこで何をしているかわからないと。娘は若いからやり直せる。インドへ戻ってやり直せばいいと涙を流しながら。この私の手を強く握って」

説明をしていると、一昨日の光景がありありと思い出されてくる。

「騙されたんだよ。お涙頂戴《ちょうだい》の猿芝居に。襲撃した娘が死んでない以上、どこかに入院してるはず。けれどもその場所がわからない。襲った分院近くの病院であることは推測できたが、あてずっぽうに侵入するわけにもいかない。そんなところへカモがネギを背負って現れ、最も知りたかった情報を思いがけず与えてくれた。あんたが店を出たあと、親父《おやじ》はすぐに、止めを刺そうと道内に潜伏してた息子に娘の入院先を連絡した」

「……嘘だったんですね。私の手を握りしめて涙声で礼を口にしたのは」

「嘘じゃねえ。あんたに心からの感謝をしたんだよ。頼みもしないのに、わざわざ自分たちの下へ出向いてくれて、しかも最も知りたかった情報をタダで教えてくれたんだからな。呑気でバカなカモに心からの礼を、ありがとうって」

強烈に棘のある皮肉だった。

「俺は本部に戻って報告する。このお嬢さんの件はまかせた」

倉本はこの一言を残しソファを蹴《け》るようにして立ち上がると、挨拶もなく部屋を出ていってしまった。残ったのは沈黙。

「……でも、どうして？　実の娘であり妹ですよ。そのサリタさんを、血のつながった父親や兄が寄ってたかって」

絞り出すような声。沈黙を破ったのは打ちひしがれた由衣だった。

「名誉殺人。この手の殺人はこう呼ぶのだそうです」

ずっと下を向き、一言も喋らなかった島岡が顔を上げた。

「我々の理解の及ぶところではありませんが、彼らにとって妹は一族の名誉を穢した許されない存在で、生かしておくことはできなかったようです。恥知らずな存在は自分たち家族の手で葬らなければならない。そうでなければ同様に、自分たち家族にも白い目が向けられる。彼らはそう説明しているようです」

「名誉を穢すって、いったいサリタさんが何をしたんです」

「細川尊はご存じですよね？」

「サリタさんがストーカー行為を働いた、専門学校に通う」

「そうです。サリタと細川は恋人同士で、将来は結婚を考えていた。けれども家族はそれを許さなかった。特に父親は」

ここで島岡は一度言葉を切った。島岡自身、口にはするものの到底理解できず頭がついていかない。そんな表情を見せている。

「もともとサリタは、インドにいる従兄と結婚する予定だったそうです。もちろんこれは父親を含めた一族の者が決めたことで、サリタ本人にまったくその気はなかった。そんな中、来日するわけですが、サリタ本人からするとこれは村社会からの脱出を目論《もくろ》んだものだった。インドを離れ日本にきてしまえば何とかなると。

とはいえ本心を話したら来日できないことはわかっていた。そこで従兄との結婚前に少しだけ自由な時間がほしい、そう嘘の説明をして合意を取りつけたようです。もちろん父親は反対しましたが、あまりに頑固にいい張るため結婚するのならと渋々承諾した。ところが娘は一族の意向に逆らい、帰国しないどころか結婚までも反故《ほご》にした。しかもあろうことか日本人男性と付き合うほど堕落した。この事実は父親だけではなく二人の兄の怒りをも買ってしまった」

名誉殺人。聞いたことはあったが、愛する家族の一員を親や兄弟が名誉のために自ら殺害するとは理解できることではなかった。

「宗教的な側面、つまりヒンドゥー教の教えに基づいた独特の慣習に違いない。自分も当初はそう考えたのですがこれはまったくの誤解でした。少なくとも現在の名誉殺人は地域に根差したものので、宗教に関係するものではない。これが共通の認識のようです。実際名誉殺人はアフガニスタン、バングラデシュ、インド、ブラジル、トルコなどにとどまらず、移民や難民を積極的に受け入れているドイツ、フランスなどのヨーロッパ、さらには欧米を拠点とするインド人社会などで共通に見られる問題だそうです。国連の推計では全世界で毎年五千人以上が殺されていると」

それを知り愕然《がくぜん》としました」

「そんなに殺されてるのか」

口をはさんだのは天井を見つめていた熊谷だった。

「名誉殺人とは、家族や帰属集団にもたらされる不名誉を取り除くためのもので、名誉を回復する手段なのだそうです。不名誉とは、婚前交渉はもとより、子どもが勝手に結婚相手を選ぶことも含むようです。というより結婚という領域に、そもそも子どもたちに選択の余地はなく、勝手に相手を選ぶことは親が許さないとの考え方が強いそうです」

「時代錯誤に思えますけど」

「そうでしょうか」

思いもしないことだったが、島岡が異を唱えた。

「一家の長である父親による力の支配。それは珍しいことではありません。明治生まれの自分の祖父母も、思い返してみればそうでした。祖父母とも好きな相手はいたようですが、許されるはずもないと考え、親の決めた相手と結婚した。子どもの頃、そんな話を聞かされたことがあります。せいぜい世代で二つか三つ、日本でも戦前はむしろそれが当たり前でした」

息苦しい世界は実はすぐ近くにある。幸運にも自分が今、そこに属していないだけ。いや、もしかしたら慣らされてしまっただけで、実は自分の周囲にも似たようなことはあるのかもしれない。単に見えないだけで。だが、見えないほうが幸せなこともある。

「……名誉殺人を主張していることはわかりました。けれどもサリタさんと細川さんが恋人同士で、結婚まで考えていたという点はすんなり受け入れられません。ご承知のようにサリタさんは、当の細川さんへのストーカー行為によって罰せられ、刑務所に収容されてしまいました。ストーカー行為自体、愛情が形を変えたものと理解していますが、二人が恋人同士だったのはストーカー行為がはじまる前まではありませんか？」

「自分たちも当初はそう考えました。けれどもサリタが刑務所から送っていた手紙の受け取り人が実は、郵便配達のバイトをしていた細川尊本人だったことをつきとめ、こうした結論にいたりました。この件は金子さんからもアドバイスをいただきましたが、警察は細川本人からすでに事情を聞いています」

「本人から？」

「細川はかなりの重傷を負って長らく昏睡状態にありましたが、最近ようやく話せるほどに回復しました。そこで警察からはサリタ襲撃を伝え、代わりに事実関係を話してもらいました」

「入院の件は、細川さんのアパートのお隣さんから聞きました。でも重傷というのは」

「二人の兄に突然、寝込みを襲われたそうです」

「寝込みを」

「この件については、襲った当のアヤンもすでに吐いています。目的は細川を成敗するとともに、妹の行方を聞き出すことだったと。押し入ったアパートで妹のサリタからの手紙を発見。分院に収容されていること、七月初旬に出所することを知り襲撃を決意したと。ちなみに襲撃後、リュックサックを奪ったのは、家族の犯行とわかる証拠があってはまずい。そう考えたからだそうです。銃の出どころはまだ不明ですが、いずれ白状するでしょう」

サリタだけではなくその相手も許すことはできない。そこに由衣は、人の心の闇《やみ》と宿怨《しゅくえん》の根深さを感じた。カールソンの信条同様、自分には理解できない領域だった。

険しい表情の島岡が話を続ける。

「細川自身、サリタから一族のことを聞かされ容易には結婚できないと知って、頭を抱えてしまったそうです。そうしたこともあり、二人は当初、一族の目の届かない地方都市に身を隠すことを考えた。ところがそんな折、不調を訴えるサリタの身体に病魔が見つかる。しかも放置しておけば命の危険もある病で薬も高価。そうなると出奔どころではありません。まずは治療が必要です。とはいえ高額な医療費など準備できるはずがありません。どうしたものか悩んでいたところへ脅迫まで受けるようになってしまった。こんな絶望的状況で頭に閃いたのがサリタを刑務所に収容するという方法でした」

「刑務所に入れることが目的?」

「そこには二つのメリットがある。細川はそう説明してくれました。一つはサリタを一時的とはいえ家族の手の及ばない、つまり安全な場所に保護することができること。そしてもう一つが肺の治療です。収容され重い病気があるとわかれば無償で治療をしてくれます。

将来は法曹界で働きたい。そう願っていた細川は法律を学べる専門学校で資格取得の勉強に日々励んでいました。つまり法律的知識を豊富に持っていた。そこで細川はサリタと口裏を合わせ、過去の判例を参考にギリギリで起訴され刑務所に収容される罪状を選び、サリタに演じさせた。それが今回の、一度罰金刑を受けたあと、ストーカー規制法違反だけで起訴され、結果として数ヵ月程度に収まる実刑判決を受けて刑務所に収容されるという形でした。やりすぎて一年以上の実刑判決を受けてしまったら、出所後すぐに出入国在留管理庁に身柄を拘束されインドへ強制送還されてしまうかもしれません。かといって執行猶予付き有罪判決では刑務所に入れませんから執拗な家族の殺意から逃れることはできず、肺の治療も受けることができません」

　ストーカー行為に走る者の多くは住居侵入や名誉棄損など、ストーカー規制法違反以外の罪も重ねてしまう。結果、罪は重くなり一年以上の実刑をくらう可能性が高くなる。サリタの罪状がストーカー規制法違反だけにとどまることを知った時、珍しいと感じたが、これは意図して作られたものだった。いや、それだけではない。法廷でサリタが「今度はきちんと交際をしたい」とまるで再犯を宣言するような発言をしたのもおそらくは細川の指示。これを聞いた裁判官は、執行猶予を付けようなどとは決して考えない。つまり細川とサリタの二人は、執行猶予を何とか回避して一年未満という実刑判決が下されるよう周到に工作を重ねた。はじめに罰金刑を受け、次に法廷で驚くべき発言をするなどして。

「すると手紙の授受工作も」

「これも逮捕前、二人で決めていたそうです。はじめに細川が、茨城県の守谷にある自宅アパートから遠くない、しかし住所表示は一見自宅から離れた埼玉県内の空き家を探すべく郵便配達のバイトをはじめる。サリタは細川が探し当てた空き家に、事前に取り決めた偽名宛てで手紙を送るというものです。

　サリタに刑務所暮らしをさせることはもちろん、会えないことはつらい。けれども二人でいることは危険でもあった。実際家族の者はサリタを本気で殺そうと考え実行した。この事実を見れば、刑務所が最も安全でさらに治療までしてくれる理想の居場所であったことは間違いありません。この考えは、先ほどの名誉殺人よりずっと理解できます」

間違ってはいなかった。由衣の脳裏に、麻耶が訳してくれた言葉が浮かび上がった。

ベンガル語で話した時、サリタは麻耶に向かって「彼は必ず私を助ける」と口にしたという。この言葉を聞いた時、何のことか理解できずその時は間違った訳だと考えた。けれどもあの訳は正しかったのだ。恋人である細川はサリタに誓った。必ず救い出すと。そしてサリタもその言葉を信じた。細川は必ず自分を助けてくれると。

日本人にとっての刑務所は、決して居心地のよい場所ではない。それは罪を犯した者を収容する施設で、自由もない。入所は、その後の人生にもマイナスとなる。ところがそんな施設が、サリタと細川にとっては救いの場所になった。肺の治療を受けて体調が改善したサリタは、出所後に明るい未来を描いていた。ところが細川に会える喜び以上に、もしかしたらという不安も消すことができなかった。執拗につきまとい、従わせようとする親兄弟への恐れを。

「金子さんが郵便配達のバイト学生の話をしてくれた時、すでに警察は若い二人の共謀を疑っていました。次いで細川のアパートを訪問したと報告してくれた時、自分は迷いました。どこまで話すべきかと。犯人は家族の中にいる。警察は早い段階でそう目星をつけカレー店の監視をはじめていました。それを思えばあの時、はっきり申し上げるべきでした。今では後悔しています。これ以上無理をしていただく必要はない、監視対象の店には近づかないようにと」

由衣は思い出していた。島岡に報告して「事件発生からまもなく一ヵ月ですから、早く犯人、捕まるといいんですけど」と告げた際、島岡が見せた困惑した表情を。あの時は気にも留めなかったがあれは、水面下で進む捜査状況を知る者が見せたものだった。

「倉本さん。普段はもっと穏やかな方なんです。でも病院で刺された警察官と同期で、しかも結婚式に招待されるほど懇意にしている仲なので普段より力が入ってしまったんだと思います。ですから気を悪くしないでください」

気を悪くするも何もない。逆の立場であればきっと自分も同じ態度を示した。

《島岡君。丁寧な説明ありがとう。事情はよくわかった。あとのことは、冒頭話したようにこちらで引き取る》

「よろしくお願いします」

院長からの言葉を最後に事情聴取は終わった。

「注意したはずだ」

島岡が去り、院長との回線が切れてからだった。熊谷が言葉少なにいう。

「覚えています」

「なら話してみろ」

正視できなかった由衣は、恐る恐る視線を向けると歯を食いしばった。

「話せ！」

怒声が飛んだ。

「熊谷さんは……おっしゃいました。『くれぐれも周囲を巻き込むな』と。それに加え『私の行動が結果的に分院の評判を落としたり、ましてや矯正施設やそこでまじめに働く者に不利益を与えるようなことを起こしたら、その時はもうかばうことはできない。いや、むしろ俺は立場上、許すことはできない。それが組織というものだ』と」

黙って聞いていた熊谷は立ち上がると、窓のそばに移動し背を向けた。

自分は三つの場所を訪問した。けれどもどの場所からも、事件を解き明かす情報を得ることはできなかった。もちろん自分の力で解決できると考えていたわけではない。あくまで自分はサリタの主治医として、サリタを殺そうとした犯人を知りたいと考え行動した。けれども結果からみれば、自分の取った行動が引き金となり、警察官に怪我を負わせてしまった。これは事実。

「何を考えてる」

背を向けたまま熊谷が問う。

「……自分がカレー店を訪問し、そこで喋ったことが今回の病院襲撃につながった。その事実に驚いています。しかもそれにより警察官の方が怪我をしてしまったわけですから申し訳ない気持ちでいっぱいです。悪くすれば二人の命がなくなっていました。それを考えると、自分の軽率な行動を悔やむばかりです。怪我をされた警察官の方にまずは頭を下げ、誠心誠意お詫びをするしかないと。

また熊谷さんから直接注意を受けていたにもかかわらず、分院、いえセンターや矯正局にまで迷惑をかけてしまいました。誠に申し訳ございませんでした」

由衣は両手を膝に当て、深々と頭を下げた。

「よく聞け」

深いため息のあとだった。険しい熊谷の声に、由衣は姿勢を戻した。

「幸運だった。怪我をした警察官には申し訳ないが、俺が思うに今回の件はこの一言に尽きる。病院につめ、患者の警護をしていたその警察官は死んでいた可能性もあった。けれども何とか最悪の事態だけは避けることができた。だがこれは運がよかっただけだ。

警察官の妻は妊娠三ヵ月だそうだ。お前はこの新婚家庭の幸せを奪うところだった。仮に亡くなっていたら親兄弟を含めさらに多くの者から恨まれていた可能性もある。警察官の仕事は危険を伴う。それを承知でその道に進み、家族も皆それを理解している。けれどもだからといって、誰もが殉職を素直に受け入れられるはずもない。それが人間だ」

由衣はただ黙って話を聞くしかなかった。

熊谷は一人、ポケットに両手を入れたまま窓辺にたたずんでいた。

「お前は暴《あば》れ馬だ。だが、上司である俺はそれがわかっていながらしっかり手綱を締めることをしなかった。すべては俺の責任だ」

「待ってください」

驚いて由衣は腰を上げた。

「責任はすべて、この自分にあります。熊谷さんにはありません」

「甘えるな！　余計なことをして二人が死ぬところだったんだぞ！」

窓が震えるほどの声だった。振り返った熊谷の目には光るものがあった。

「今週あと二日。謹慎を命じたいところだが通常業務は外せないからこれだけは続けろ。それからこれとは別に、お前が主治医を務めるすべての患者の引き継ぎ資料を金曜までに準備しろ。カルテもすべて整理して他人が見てもわかるようにしておけ」

由衣は息を飲んだ。

「これは業務命令だ」

目が合った。

「不満か？　だがいったはずだ。これが組織というものだと」

「……わかりました」

「院長は今週いっぱい東京にとどまり、センターおよび法務省の関係者に今回の件を説明する。処分の通達は来週以降、戻ってからとなる。それまでは矯正医官としての通常業務以外、一切無関係なことはするな」

熊谷がどっかりと椅子に腰をおろす。

「これから辞表を書く。お前も準備しておけ」

26

腫《は》れ物《もの》にさわる。針の筵《むしろ》。わずか二日とはいえこの言葉を身をもって味わう時間が続いた。引き継ぎ資料の作成は通常業務終了後。カルテの整理と合わせ実施した。最終日となる金曜は深夜までかかった。

土曜の朝。目を覚ますと窓から射し込む陽が部屋を照らしていた。荷物も散らかったまま。昨晩は疲れ切って戻り、着替えもせずカーテンも開けたままベッドになだれ込んだ。時計の針は十時を指している。由衣は起き上がるとシャワーを浴びた。目が覚めてくると懲戒免職という言葉が頭をよぎった。

昼食時。冷蔵庫の余り物を温めていると来客を知らせるチャイムが鳴った。休みの日にいったい誰？　相手は一階エントランスではなくすでに玄関ドアの前にまできている。忘れていた不安がよみがえる。忍び足で玄関ドアへ近づきドア・スコープを覗き込む。

「中村さん。どうされたんですか？」

不審者ではなく、訪問者が中村であることに由衣はうろたえた。

「ランチしませんか？　いい天気ですよ」

「ラ、ランチ？」

約束を忘れていた？

「連絡もせず訪ねてしまいました。体調が悪いようでしたら日をあらためますけど」

中村と知り、思わずドアを開けたことでだらしない格好を見られてしまった。しかもスッピン。

「少しお時間をいただければ」

「わかりました。天気もいいので近くを散歩してます。外へ出たら電話をください」

部屋に戻った由衣は慌てて外出のしたくをした。

昼食を取ったのはこぢんまりしたレストラン。中村はポルチーニのパスタ、由衣は三種チーズのリゾットを頼んだ。

「イタリアの話、していただけませんか？」

食後のエスプレッソを頼んだところだった。中村が思い出したように口にする。

「行かれたことあるんですか？」

「医大に入学した時、真っ先に休学届を出して一年間旅に出ました。いわゆるバックパッカーです。その時にローマへ。海外の起点にしたかったんです」

「すごい。どこを回ったんですか？」

「北極《ほっきょく》と南極、それに宇宙以外はほとんど」

その言い方がおかしくて由衣は笑い出してしまった。

「南極と北極はわかりますけど宇宙っておもしろいです」

「機会があれば。そう願っていますがどこも簡単には行けません。お金も必要ですが、それ以上に時間の工面が大変で。仕事をはじめてからは忙しくて、長期休暇といってもせいぜい一週間。毎年ビーチで寝転ぶだけです」

「ビーチは羨ましいです。貧乏性なのか歩き回っていないともったいなくて」

「ビーチは歳を取ってからでも間に合いますからね。ローマのこと、話してください」

促された由衣はカップを手に、美帆と一緒に観光したローマの町、人、食事、ファッションを思い出しながら語った。

「……フランスみたいに気取ってなくて、ふれ合う人は誰もが陽気で。もちろん食べ物はお酒も含めておいしいものばかり。詐欺師もいましたけどちょっと間抜けな感じで。それがまたイタリアらしくて。すぐにでも行きたいです」

「今度は一緒に行きましょうか」

カップを持つ手が一瞬止まった。

「仕事一筋の人生は尊敬に値するものです。でも、ちょっともったいない気もします。世界を見たなんていえるほどではありませんが、見たからこそ、もう一度ゆっくりと回ってみたい。最近そんなことを考えるようになっています」

何ごともなかったかのように話は続く。

「金子さんの旅行先はやっぱりヨーロッパ中心ですか?」

「そんなことありません」

「アフリカや南米は?」

「まだ。私が行った国なんていくつもありません。ちなみに中村さんが世界一周をして最も印象に残ったのはどこですか?」

「自然が好きなので、いい意味ではアフリカ大陸の南にあるナミブ砂漠、そこにあるナウクルフト国立公園です。本州の四分の一くらいの面積ですが、オレンジ色に輝く砂丘、赤い山脈や雄大な景観は見ごたえがありました。人間を寄せ付けない感じで」

「いい意味っておっしゃいましたけど他にどこか?」

「インドのマザーハウスはいろいろと考えさせられる場所でした。いまや中国を抜き世界一の人口を誇るインドですが、そこかしこにスラム街があって。危険なので奥深くまで入り込むことはとてもできませんが、よくあんな環境で生きていけるものだと。日本人の感覚ではまったくついていけません」

あのサリタの故郷。ガンジス川での沐浴など、先日詩織も同じようなことをいっていた。

「マザーハウス、別名『死を待つ人の家』は、あのマザー・テレサが設立した施設です。世界各国からボランティアが集まり排泄《はいせつ》の介助、髭剃《ひげそ》り、洗濯や食事の準備などを無償で手伝っています。医学生になる前、理想にもあふれていたので、参加しない手はないと飛び込みました。でも三日で止めました」

「もっと長く手伝うつもりだったんですか?」

「特に決めてなかったので、実をいえば一日でも三日でもよかったんです。実際ずっと長く手伝っている者も数多くいます」

「記憶に残っているのはどんな点ですか?」

「まずは不衛生な点が気になって。しかたがない。そう割り切るしかないのでしょうが。自分が手伝ったのは排泄の介助と看取りで女性の手をさすり続けました。まだ若く三十代くらいでしたが痩せ細って。死を直視したのははじめての経験でした。でも三日後、自分はその場を離れ自由を謳歌する身に戻りました。するとボランティアをした意味がわからなくなってしまって。道を歩けば当たり前のように路上生活者があふれ、死を待つだけの人も襤褸《ぼろ》切れのように横たわっていたりと、マザーハウスへ行かずとも手助けが必要な人はもう数えきれないほどいて。

わずかの時間とはいえ人の手助けをした。これは間違いのない事実です。でも、それをした自分に残ったものは、そうした時間を経験したという自己満足以上のものではなかった。今でもそんな気がします。欧米からきているボランティアを見ても同じようなことを感じました。勲章とか飾りという言葉が適切とは思いませんが、何となく素直になれなくて。食事を満足に取れない子どもや孤独死は当時から日本でも報道されていました。つまり遠くへ行かずともすぐ近くに困っている人はいる。それを思えば日本でもやるべきことは山ほどあると。まあ、あの環境に長時間身を置くことはできない。それが正直なところでもありましたけど」

「分院でさえ介護の手は足りてません。高齢者は増える一方で塀の外でも状況は同じ。こんな状況で分院がなくなったらどうなるんでしょう」

「廃院の噂ですね。院長がセンターへ行ったのも廃院を協議するためと聞いてます」

「本当ですか？　噂だけと思ってたんですけど」

「設備の故障が続いてますからね。その場しのぎの修理は限界なのかもしれません。正式に廃院が決まれば別の医療刑務所への異動が命じられるかもしれません」

「異動……考えもしませんでした。東京のセンターならいいけど大阪や北九州なら、代わりに無医村にでも行こうかな」

「人事異動ですからね。勝手なことはいえません」

「もしそうなったら中村さんともお別れですね」

「結婚すれば別ですけど」

結婚？　誰と？

中村が笑顔を見せて立ち上がった。


結婚。結婚。結婚。

自宅を出る時には考えもしなかった言葉が頭の中で木霊《こだま》する。レストランをあとにした由衣は目的も見定めずひたすら足を動かした。

旅行の話をした時も「今度は一緒に行きましょうか」といってくれた。うれしかった。けれども結婚なんてこれっぽっちも考えてない。世間的には適齢期だし出産を考えれば猶予はない。それはわかっている。けれども中村とは数回食事をしただけ。身体の関係はもちろん……。

炎天下。恐ろしいほどの陽射しを天上から浴びながら子どもじみた妄想に振り回される自分にあきれた。これでは中学生以下だ。

美帆から電話がかかってきたのは、余計な思いに振り回され何をどうしたらよいかわからず交差点で立ち止まっていた時だった。

「連絡もらってたのにごめんなさい。バタバタして折り返しできなくて」

気を取り直すと平静を装う。

《だいじょうぶです。由衣さん、今どこ?》

「外でお昼食べてたとこ。美帆ちゃん家の近くよ」

《それならうちにきません? 冷たい物、準備しておきますから》

「ありがとう。ちょうど身体を冷やしたいと思ってたとこなの。それなら行くわね」

信号が変わると同時に由衣は力強く踏み出した。

「ご無沙汰してます」

「二階」

玄関のドアを開けて足を踏み入れると美帆の声が出迎えてくれた。三月までは毎週のように通っていたが、合格してからははじめてだ。

「入るわよ」

勝手知ったる美帆の部屋。階段を上がり声をかけてドアを開けると美帆が振り向いた。

「どうしちゃったの、その髪?」

「切った」

「それはわかるけど」

ローマで別れた時、肩まであったロングボブの髪はベリーショートになっていた。声と合わせハンサムな男の子といった印象を受ける。

「冷たい物、アイスコーヒーでよかった?」

「もちろんよ。ありがとう」

礼を口にして受け取ったが、ばっさり切ったその心境が何よりも気になる。

「旅行前から短くしようと思ってたの。暑いから」

「それだけ？」

答えない。美帆はもともと感情の起伏が激しく、思い立ったら一気に突き進んでしまうところがある。一途とも表現でき、よいほうへ転べばいいが、一歩間違うと思わぬところへ転げ落ちてしまう。「何事も経験」と、遠くから見ているだけでよいこともあるが見放すのはよくない。糸の切れた凧《たこ》のように行方《ゆくえ》知れずになっては困る。

グラスを手に視線を落とす美帆は黙ったまま。痺《しび》れを切らしたのは由衣のほうだった。

「レオナルドさんと喧嘩でもしたの？」

「別れた」

「レオナルドさんと？」

うなずく。

「シチリアで何かあったの？」

「駄目っていわれた。日本人は」

「何が？」

「日本人とは結婚させないって。レオの両親に」

「そんな話になってたの？　出発前は結婚の話なんて出ないっていってたのに」

ゆっくり顔を上げた美帆が一気にグラスを空ける。

「私、まだ二十一歳の大学生だよ。結婚なんて全然考えてない」

尖った声だった。

「仮にするとしても親の承諾なんていらない。一緒に暮らしたくなったら同棲《どうせい》する。それだけ。遠い日本での話だからどうせわかるはずないし。だから駄目っていわれたことなんて全然気にしてない。本当に」

「それならいいけど、でも別れたって」

「レオがいったの。ごめんって。自分は半分わかってたって。イタリアの田舎町で親戚一同ガチガチのカトリック。そこから抜け出したくて日本へきた。だから美帆を連れて帰ったら駄目といわれることはわかってたって」

「レオナルドさん、本気だったのね」

「私も本気だったよ。レオのこと大好きだったし。でも、あんまりごめんを繰り返すから白《しら》けちゃった。結婚なんてどうでもいいし、楽しいから一緒にいる。それだけでよかった。このまま頑張って勉強して医者になって、自分がしたいと思うことをして、そこにレオがいてくれたらいいなって。それだけだったのに」

「レオナルドさんは、どうしても結婚という形が必要。そういってるの？」

由衣は喉を潤すと質問した。

「そこまではいってない。でも、深く付き合うようになったらいってくるかも。シチリアへ行ってそんな気がした」

「話はわかったけど、レオナルドさんは美帆ちゃんのことが好きなんでしょ？　だからわざわざシチリアにいるご両親に紹介した」

「もちろんそうだけど」

「それなら髪を切って、これで終わりって今ここで決めなくてもいいんじゃない?」

「嫌いになったわけじゃないからもしかしたら縒《よ》りを戻すかも。セックス上手だったし、会うといつでもアモーレ連発で、きれいだよって繰り返してくれるから。でも、ずるずるいくのは嫌。だから一度、区切りを付ける必要はあるかなって。それには髪を切って形で示したほうがレオにも伝わると思った。だから切ったの」

さばさばとした物言いだった。自分の人生を自分の足で歩いている。美帆の言葉は由衣を勇気づけた。いやむしろ置いていかれそうな思ってもみない危機感を与えた。それが性格に起因するのか、世代の違いによるものかはわからない。けれども十近く年下の美帆は明らかに自分とは違うし、親の世代とは真逆ともいえる人生を歩んでいる。

五稜郭の近くでレオナルドを紹介された際「だって、私が先生に勝てるとこ若さしかないもん」と冗談っぽく口にしていたが、怖いもの知らずの若さは由衣の心を乱した。親であれば成長した娘を一歩引いた目で温かく眺められるかもしれないが……。

ぐずぐずしてたら中村さん、奪われちゃうかも。自分のものではないし何よりそこまで深い仲になってもいないのに。そんな気持ちがじわじわと広がっていく。

「いろいろあったけどイタリアへ行ったのはよかったと思ってる。観光地巡りは楽しかったし、おいしいものもいっぱい食べられたから。それに何より、いろんな人がいるってことがよくわかった。同じ人間なのに、生まれ育った場所や時代によってこんなにも物の見方や考え方が違うんだって。頭ではわかってるつもりだったけど現実は全然違った」

27

月曜の朝も蒸し暑いままだった。由衣は普段着ないスーツに袖《そで》を通した。真夏に着たいはずもないが立場を考えればいたしかたない。登院後、真っ先に医療部長室に熊谷をたずねると待っていたかのように腰を上げる。二人は辞表を携え院長室へ入った。

院長を前に雁首《がんくび》をそろえ深々と一礼する。

「このたびは自分の勝手な振る舞いにより、分院ならびに関係の方々に多大なるご迷惑をおかけしました。深くお詫び申し上げます。誠に申し訳ございませんでした」

熊谷とともに辞表を差し出す。

「先週、センターと法務省に出向き関係者へ不祥事の説明をした」

受け取った院長は大きく一つため息をついた。

「六月に通常国会が閉会しその後いっせいに人事異動が発表された。新局長に抜擢《ばってき》されたのは知ってのとおり、将来の事務次官候補と目される四十代の女性キャリア官僚だ。前任の佐々木局長とは親しくしてもらっていたので丸く収められると思ったんだが」

言葉を濁す。

「新しい局長にも説明する必要があるが概算要求の時期に重なったのであと回しにされている。

今朝の連絡では来週まで待つように、とのことだ。連絡が入ったら声をかける。それまでは通常業務を続けてくれ。これはそれまで預かっておく」

院長からの説明にうなずくと二人は院長室を辞した。

「由衣さん。どうでした?」

診察室へ戻ると芙美が駆け寄ってくる。

「概算要求の時期であと回しにされてるから来週まで待てと」

「それは朗報ですよ。ただでさえ矯正医官は少ないのに、優秀な由衣さんをこんなことで辞めさせられるはずありません」

すでに自分がしでかしたことは分院中に知れ渡っているようだった。

「でも、警察の方が怪我を負ったのは事実で、悪くすればサリタさんも含め二人が亡くなっていたわけですから。私が余計なことをしたばっかりに」

「そうかもしれません。でも悪意でやったことではないでしょ?」

「もちろんそうですけど、まだお詫びもすんでなくて。猶予をいただいたので、今週中には頭を下げてこようかと思ってますけど」

「たしかにそれはすませておいたほうがいいですね。でも軽傷って話ですから、お詫びは当然としてもそこで止めたほうがいいですよ。話を大きくしても喜ぶ人はいませんから」

「……そうですかね」

「気の弱いことはいわないで。だいじょうぶです。でも由衣さん、自分から辞表を出すのは駄目ですよ。絶対」

もう遅い。だがこれだけは人任せにできない。熊谷が辞表を準備したのに直接の原因を作った自分が何もせずのうのうとしているわけにはいかない。

「今週いっぱいは通常業務といわれました。着替えてきます」

蛇の生殺しにも等しい一週間になるがこれも自業自得。それからは淡々と業務をこなした。予約でやってきた外来患者を診て午前午後の回診を務める。水曜は当直もある。

人目にさらされるのは極力避けたくて昼食は院外ですませることにしたが、外へ出て暑苦しい蟬の声を聞くと笑われている気がした。

「今日はこれで。お先に失礼します」

終業のチャイムとともに芙美が腰を上げる。

「お疲れ様でした」

「由衣さん。ガッツ!」

芙美が力強く応援してくれる。わずかのことに涙が出そうになった。

月が変わり、白露《はくろ》も目の前。いつになく風が強い。窓ガラスを叩く風の音が気に障《さわ》る。三人の外国人が手を離れたためなのか、何事もなく一週間がすぎた。芙美は木曜まで夏休み。それもあってか分院全体がひっそり静まり返っているように感じられる。

翌週火曜の朝十時。院長から呼び出しの電話を受けた由衣は唇をきつく噛みながら別館へ急いだ。廊下に射し込む陽は今日もまだ強い。呼吸を整えノックして入ると熊谷が起立している。スーツ姿の由衣はすぐ横に並んだ。

「昨日の晩、センターから処分の通知がきた」

立ち上がった院長が辞令を手に進み出る。二人は背筋を伸ばした。

「懲戒処分を発表する」

院長が交互に視線を送ると静かに読み上げる。

「……函館分院　医療部長　熊谷比呂志　減給十分の二、二ヵ月。

　函館分院　医師　金子由衣　減給十分の二、六ヵ月。

処分の理由は国家公務員法違反。処分発令日は本日九月二日。今回の懲戒処分は法務省職員の懲戒処分に関する公表基準に従い法務省のホームページに掲載される」

熊谷が身体を固くして頭を下げる。由衣もならう。

「何かいうべきことは?」

「ございません」

神妙に熊谷が答える。

「ございません」

由衣も続く。

院長はしばらくの間二人を見つめていたが椅子に腰かけると引き出しから封筒を取り出した。

「これは不要になった」

目の前で破り捨てる。

「新しい局長はなかなかに厳しい女性だ。杓子定規《しゃくしじょうぎ》というか、いずれにしろ前任の佐々木さんとは違う。だからというわけではないが、これまで以上に自分を律し職務に邁進《まいしん》してほしい」

「承知いたしました」

二人はそろって返した。

「金子君」

由衣は頭を上げた。

「今回の処分。辞表を提出していたこともあるが、実際局長は免職もテーブルに載せていたらしい。だが役所のしきたりは前例踏襲。これまでの処分と比べ今回だけ重くすることはできない。よって、たった今通知した形に落ち着いた。だが最終的に局長を止めたのは、六月に分院を視察した西尾という議員だったそうだ」

八橋の同級生でもある二世議員。ポケット・チーフで汗をぬぐっていた、あの。

「そんな話を小耳にはさんだ。何が理由かはわからないが君を褒めていたらしい。もしそうなら次にいつ、どこで会うかわからないが、丁重に礼を述べるのが礼儀だ」

「……肝に銘じておきます」

「私からは以上だ。それから最後にもう一つ。発表にはないが今月末で職を辞す」

「院長が、ですか？」

間の抜けた質問だった。椅子に座ったまま院長が静かにうなずく。

「年末まではセンター長が分院の院長職も兼務する。新しい院長の着任は年明けだ」

院長の辞職が今回の件から派生したことは明らかだった。

「……自分が余計なことをしたばかりに」

心臓が締めつけられる。

「心配は無用だ。懲戒免職ではなく自主的な辞職だ。退職金も出る。気にする必要はない」

腰を上げると院長が続けた。

「六十をすぎた頃からずっと妻にいわれていた。還暦もすぎたのに、いったいいつまで仕事を続けるのかと。老後はのんびりヨーロッパですごす。この約束はいつになったら実現するのかと。その約束を果たす時がようやくきた。そういうことだ」

ハイの判決の日はあいにくの雨模様だった。事前に十一時頃と通知された電話が鳴ったのは正午少し前。由衣は心を落ち着けるよう深呼吸をしてから受話器を手にした。
《高田です。金子さん？》
「はい」
《判決が出ました。懲役一年執行猶予三年です》
執行猶予。それがわかると肩の力が抜けた。心なしか高田の声も弾んでいるように聞こえる。
「実刑は免《まぬが》れたわけですね」
《何とか。ランさんの証言もあって窃盗については証拠不十分。屠畜場法違反だけを争うことになりましたが、こちらはハイさんも認めていましたから。検察が控訴する可能性もありますが、これだけなら不起訴処分になってもおかしくない内容です》
「控訴期間はたしか十四日？」
《そうです。無罪はないのでこちらからは控訴しない。ハイさんには先ほどそう説明して納得してもらいました》

ランに報告しないわけにはいかない。だが喜ぶかどうかは微妙な気がした。ラン本人は、同じ高田の弁護を受けながらも実刑。罪状は違うため一概に比較することはできないが。

《ランさんには私から手紙を書きます。金子さんも気をつかうでしょうから》

「そうしていただけると。ご説明したように福島刑務支所へ移送されてしまったのでこちらにはもういません。ところで忙しそうですね。やはりベトナム人の弁護がほとんど？」

《今のところは。ここ数年、増える一方なので今後が心配です。でも過渡期かもしれません。そうであれば杞憂に終わります》

「過渡期？」

《遠くない将来、増えると心配した今日のことが思い出話になるかもしれません。ベトナム人からは最近、日本は稼げる国ではなくなったとよく聞かされます。賃金が安い上に円安。もはや借金を負ってまでくる必要はない。むしろこれからは韓国へ行くと。

もちろん国も手をこまねいているだけではありません。即戦力となる外国人材を呼び込むため去年、現在の技能実習制度を廃止して育成就労という新制度を創設することを決めました。これによって就労環境は改善され長期滞在も可能になると説明しています。とはいえ開始は数年後。実際どうなるかは誰にもわかりません》

普段考えたこともない現実。日本の置かれた現状をこんな形で知らされるとは。

「近くのコンビニでベトナム人のバイトさんをよく見かけますけど」

《中国人から一気に入れ替わりましたからね。実際、不法滞在も多いんです》

「でもベトナム人の方がこなくなってしまったら、今度は？」

《どこでしょう。インドネシア、いえ、もしかしたらスリランカ。でもたとえ制度を変えたとしても、日本が彼らを人間ではなく単なる労働力として扱い続けるなら、巷《ちまた》にあふれる問題は何一つ解決しません。同じことが繰り返される、いえ今後は一層深刻になるばかりかと》

これはいったい自分の生活にどこまでかかわることなのだろう。人口減少のスピードは恐ろしいほど。毎日のように人手不足が叫ばれているそんな日本で……。

受話器を置くと芙美が声をかけてきた。

「由衣さん。バングラデシュ出身の女性が来週くるみたいです」

エピローグ

薄っすらと空が白みはじめる。水平線に並んで見えるのは漁火。

「お前と釣りをするのは何年ぶりだ？」

「一年、いえ、二年ぶりです」

浮きを見つめながら由衣は答えた。釣りは処分発表前、熊谷から誘われた。もしかしたら馘《くび》もあるからと。結果、何とか免職は免れたが実際その可能性もあったと知ると熊谷の気づかいが身に沁みた。

「おい。引いてるぞ」

慌てて引き揚げたが遅かった。

「バラしちゃいました」

再び糸を垂れた。周囲が明るくなってくる。海は凪《な》いでいた。風はまだ涼しく心地よい。

「院長のこと。気にするな。かなり前から決めてたらしいからな」

「かなり前？」

「去年の春、懲戒処分があったろ。あの時決めたらしい。もう一度似たようなことが起きたらその時は辞めると」

「それって……私がまた何かしでかすと？」

「そこまではな。だが、あの人らしい」

「辞められたあとは？」

「のんびりするんじゃないか、しばらくは。金も十分あるだろうし。仕事したくなったらどこにでも行けるだろ」

熊谷が大きく伸びをして、その場に寝転がる。

鳴き声に顔を上げるとカモメが群れになって飛んでくる。

「……私、矯正医官に、いいえ、医者に向いてますか？」

「どうだかなあ」

「分院の役に立ちました？」

「……役にねえ」

数を増やしたカモメがうるさいほどの声で頭上を飛び回る。

「お前、どんな医者になりたいんだ？」

「どんなって……」

理想はあった、あったはずだ。でも……。

「サリヴァンって精神科医、知ってるか？」

「いいえ」

「俺も知らなかったんだがある時、もう二十年近く前になるが、手先が器用で何でもできる優秀な先輩に今のお前と同じ質問をした。その時に教えられたんだが『一番いい医者ってのは生活のために働く医者だ』と」

「生活の？　どういうことですか？」

「世のため人のためとか、かわいそうな子どものためとか、そんな理念とか正義感なんてものはどうだっていい。そんな思いが強すぎるといい結果にはならない。生活のため淡々と働く。それが一番って」

「それで熊谷さんは？」

「医者ってのは面倒だからな。俺はうまいもんが食えて、時々釣りができればそれでいい」

熊谷が立ち上がり、竿を固定する。

「小便してくる。見ててくれ」

時計を見ながら堤防を歩き出す。

高度を上げる太陽が、少しだけ秋めいた光を背中から投げかけてくる。今日もまた暑い一日がはじまる。

「プロポーズ、どうなんだ？」

視線を合わさず、戻ってきた熊谷がぶっきらぼうにいった。

由衣は竿を握ったまま、どっかりと腰を据えた熊谷の横顔を眺めた。

「奴に一度、相談されたことがある。医官同士が結婚したらどちらかは職場を去らなければならないのかって。だから教えてやった。今時そんな古臭い決まりはない。ただでさえ人手不足で猫の手も借りたいほどなのに、そんなバカな決定をすることはないって」

「猫の手、ですか」

「ネコの手は必要だろ？　奴らしい質問だ。あまりに子どもっぽい質問をするから、お節介と思いつつ上司の立場で一つ大切なことを教えてやった」

「大切なこと？」

「好きな女がいるなら押し倒せって。品行方正、まじめが服着て歩いてるような奴だからな。誰かが強く背中を押してやる必要がある。違うか？　ぐずぐずしてるとトンビに油揚げをさらわれちまうぞって」

「乱暴ですね」

「知ってるだろ？　俺は北海道の熊だからな」

「ヒグマですか？」

「鮭が好きなのは間違いない」

「熊谷さん、引いてます！」

「お！」

腰を上げ一気に糸を巻き上げる。

「バラしちまった。今日もまた坊主だ」

参考図書

『刑務官たちが明かす報道されない刑務所の話』　一之瀬はち　竹書房
『量刑相場　刑の番人たちの暗黙ルール』　森 炎　幻冬舎新書
『All Color ニッポンの刑務所30』　外山ひとみ　光文社
『ドキュメント長期刑務所』　美達大和　河出書房新社
『塀の中の患者様　刑務所医師が見た驚きの獄中生活』　日向正光　祥伝社
『刑務官しか知らない　刑務所のルール』　坂本敏夫　日本文芸社
『身分帳』　佐木隆三　講談社文庫
『刑法各論　補訂版』　山口 厚　有斐閣
「季刊　刑事弁護増刊」　現代人文社
「季刊　刑事弁護増刊　ver.2.1」　現代人文社
「外国人事件　Beginners ver.2」　現代人文社
『法然院　古寺巡礼京都　35』　梶田真章・道浦母都子　淡交社
『刑務所の精神科医　治療と刑罰のあいだで考えたこと』　野村俊明　みすず書房
『われよりほかに　谷崎潤一郎最後の十二年』　伊吹和子　講談社
『刑事の怒り』　薬丸 岳　講談社文庫
『「移民国家」としての日本　共生への展望』　宮島 喬　岩波新書
釈尊が前世で犯した殺人：大乗方便経によるその解釈　岡野 潔
https://api.lib.kyushu-u.ac.jp/opac_download_md/16922/p139.pdf
仏教と暴力の容認：慈悲と護法に注目して　川島耕司　国士舘大学政治研究　第13号
https://kokushikan.repo.nii.ac.jp/records/15511
日本仏教における「慈悲殺生」の許容　大谷由香　親鸞仏教センター
https://www.shinran-bc.higashihonganji.or.jp/anjali_web2020109_otani/
義務としての復讐をめぐる対比研究の試み―2　関根謙司　文京学院大学人間学部研究紀要　Vol.18
https://www.bgu.ac.jp/library/wp-content/uploads/sites/11/2022/08/hum2016_059-073.pdf

執筆にあたり、こころよく取材にご協力いただきました
東日本成人矯正医療センターの皆さまに心から感謝申し上げます。
また次の専門家の方々から様々なご助言をいただきました。
梶田真章氏（法然院　貫主）からは仏教、
布野貴史氏（弁護士）・鈎宮子氏（弁護士）からは法律、
日向正光氏（社会医療法人公徳会若宮病院副院長）からは
福島刑務所医務課勤務時代の貴重なお話をうかがいました。
謹んでお礼申し上げます。

※本書は書き下ろしです。
この物語はフィクションです。実在するいかなる個人、団体、場所等とも一切関係ありません。

嶋中 潤（しまなか・じゅん）
1961年 千葉県生まれ。東北大学理学部卒業、東京工業大学大学院修了。国際宇宙ステーション利用業務に従事。2013年、『代理処罰』で第17回日本ミステリー文学大賞新人賞を受賞。
著書に、無戸籍者の苦悩を描いた『貌《かお》なし』、国際宇宙ステーションでの国際テロを描いた『天穹《てんきゅう》のテロリズム』、死刑制度に翻弄される者の悲哀を描いた『死刑狂騒曲』など。
本作は『ここでは誰もが嘘をつく』『ここでは祈りが毒になる』の続編となる。

ここでは言《こと》葉《ば》が死《し》を招《まね》く

二〇二四年十月十五日 第一刷発行

著者 嶋《しま》中《なか》潤《じゅん》
発行者 篠木和久
発行所 株式会社 講談社
〒一一二-八〇〇一 東京都文京区音羽二-一二-二一
電話 （出版）〇三-五三九五-三五〇六
（販売）〇三-五三九五-五八一七
（業務）〇三-五三九五-三六一五
本文データ制作 講談社デジタル製作
印刷所 株式会社KPSプロダクツ
製本所 株式会社国宝社

定価はカバーに表示してあります。
落丁本・乱丁本は購入書店名を明記のうえ、小社業務宛にお送りください。
送料小社負担にてお取り替えいたします。
なお、この本についてのお問い合わせは、文芸第三出版部宛にお願いいたします。

ISBN 978-4-06-537288-3
N.D.C.913 303p 19cm